MONIKA HELD
Trümmergöre

Monika Held

TRÜMMERGÖRE

Roman

Dieser Titel ist auch als E-Book erschienen

Eichborn Verlag in der Bastei Lübbe AG

Originalausgabe

Copyright © 2014 by Bastei Lübbe AG, Köln

Lektorat: Doris Engelke, Frankfurt
Umschlaggestaltung: Christiane Hahn, Frankfurt. www.christianehahn.de
Einband-/Umschlagmotiv: Regina Kramer, Berlin
Satz: Helmut Schaffer, Hofheim a. Ts.
Gesetzt aus der Berkeley Oldstyle
Druck und Einband: GGP Media GmbH, Pößneck

Printed in Germany
ISBN 978-3-8479-0570-7

5 4 3 2 1

Sie finden uns im Internet unter www.eichborn.de
Bitte beachten Sie auch www.luebbe.de

Die Reise in die Zeit beginnt mit einer Kartoffel, einem scharfen Messer und der Zeitung von gestern. Ich schäle die Kartoffel wie meine Großmutter. Von oben nach unten, immer im Kreis herum, ohne das Messer abzusetzen. Am Ende liegen zwischen sandigen Girlanden Wortreste, Buchstaben und Silben, aus denen wir kranke Tiere machten. Großmutter erfand die Karpfenkolik, das Dackeldelirium und den Taubentyphus. Ich fügte Buchstaben und Silben zu Ameisenasthma und Möwenmelancholie zusammen. In unserer Sammlung gab es Hühnerhusten, Rabenrheuma, Wanzenwahn und Mäusemumps. Auch jetzt werfe ich einen Blick zwischen die Kartoffelschalen und finde den Namen eines Stadtteils, den ich kenne: Eilbek. Ich sehe eine Straße und ein Haus. Ich sehe die Küche, in der Großmutter dem Wellensittich einen Namen einpaukt: Hansi. Ich stehe vor den Türen, hinter denen mein Onkel wohnt. Ich höre seine Stimme.

Jula, hast du Mut?

Ja!

Dann spring!

Ich schiebe die Kartoffelschalen beiseite und lege die Anzeige frei. Viereinhalb Zimmer. Altbau. Kleiner Garten. Parterre. Parkett. Mein Herz klopft. Ich stürze zum Telefon, entschuldige mich für die späte Störung und frage den Makler nach dem Namen der Straße.

Wielandstraße.

Und die Nummer?

Drei.

Ich sehe meinen Onkel, der die Arme nach mir ausstreckt, spüre den Schwindel im Magen, bevor ich springe, höre sein Lachen. Dann fängt er mich auf.

In Großmutters Küche steht blauer Dunst, auf dem Eisenherd

braten vier Fische in einer schweren Pfanne. Sobald die Fische auf einer Seite braun sind, öffnet sich die Wand und ein Mädchen in kostbaren Kleidern tritt heraus. Es trägt goldene Ohrringe und ein Halsband mit schimmernden Perlen. Auf den Armbändern sitzen Rubine, mit dem Myrtenzweig berührt sie einen der Fische.

Fisch, tust du deine Pflicht?

Weil der Fisch stumm bleibt, wiederholt das Mädchen die Frage noch einmal streng.

Fisch, tust du deine Pflicht?

Nun heben alle Fische die Köpfe und erwidern: Ja, ja, wir tun ebenso unsere Pflicht wie Ihr. Indem wir unsere Pflicht tun, sind wir zufrieden. Nach diesen rätselhaften Worten stößt das Mädchen die Pfanne um. Die Fische fallen in die Glut und werden schwarz wie die Kohlen im Keller. Das Mädchen schreitet durch die Wand, die sich hinter ihm schließt.

Großmutter, warum stößt sie brave Fische in die Glut?

Weiß nicht, Kind, dafür haben wir kein Lexikon.

Ich lege das Messer aus der Hand und wähle die Nummer des Mannes, der ernst machen will mit dem Umzug nach Norden. Ich frage nicht nach seinem Arbeitstag, berichte nicht von meinem Tag, erzähle nichts von dem Fahrschüler, der noch immer Gas und Bremse verwechselt und das Auto wie einen Bock durch die Straße springen lässt, ich frage nicht nach entzündeten Zähnen und geschwollenen Backen, sage nur, wie außer Atem: Erik, es gibt eine Wohnung für uns. Viereinhalb Zimmer, Parterre, Parkett. Kleiner Garten. Wielandstraße 3. Und weißt du was? Die Bügelkammer neben dem Herd kennt nicht einmal der Makler.

Und Erik, der Mann, mit dem ich seit fünf Jahren jeden Abend über unbegabte Fahrschüler, kranke Zähne und verlorene Gebisse lachen kann bis es Mitternacht wird, bleibt lange stumm, bevor er sagt: Jula, über d i e s e Wohnung denkst du nach? Wirklich?

Dr. med. dent. Erik Brunner, Zahnmedizin und Kieferchirurgie – er war der erste Fremde, mit dem ich über Hans sprach, meinen Onkel, der mir nicht den ersten Schmerz meines Lebens zufügte, aber den größten. Der mich vom Schrank springen ließ und mich mit vier Jahren in die Welt seiner Freunde einführte: Ingemusch, die in der Nissenhütte wohnte und später auf dem Boot. Jeanette und Manon, Francine, Julien und Juanita, die Flittchen von St. Georg. Schuten-Ede und Trümmer-Otto. Ich war siebzehn, als wir meinen Onkel begruben. Danach vergingen fünfzehn Jahre, bis ich wagte, nach dem Ort zu suchen, von dem er nur drei Menschen berichtet hatte: seiner Mutter, als er ihr noch traute, Ingemusch, weil er sie liebte, und mir, als er zum Leben kein Vertrauen mehr hatte. Der Ort lag irgendwo im Schwäbischen, zwischen Stuttgart und Emmendingen und hieß Eichdorf oder Eichhof oder Eichwalden. Kein Ort mit vielen Häusern, eher wohl ein einsam gelegener Hof in der Nähe von Eichhof, Eichwalden oder Eichdorf.

Der Zug, in dem ich die Reise unternahm, fuhr von Hamburg nach München mit Halt in Stuttgart. Dort hatte ich einen Leihwagen bestellt. Im Autoatlas gab es keine Orte mit diesen Namen, ich wollte mich durchfragen, irgendein Tankwart oder Polizist würde mir weiterhelfen. In Hannover begann mein rechter Weisheitszahn zu klopfen, in Kassel glühte die Wange, in Frankfurt nahm ich mir vor, den hämmernden Schmerz auszuhalten, aber als ich in Stuttgart aussah, als hätte ich einen Tennisball im Mund, ging ich in die Bahnhofsapotheke und bekam statt eines Schmerzmittels die Adresse des Notarztes, der um die Ecke wohnte. Dort saß ich im Behandlungszimmer und wimmerte. Die Helferin band mir ein Lätzchen um den Hals. Alles wird gut, sagte sie, unser Doktor ist ein Zauberer.

Ich schloss die Augen. Das Surren des Bohrers im Nebenraum und die Vorstellung, das Geräusch würde sich in wenigen Minuten in meinem Mund wiederholen, trieben mir den Schweiß auf die Stirn. Ich war 32 Jahre alt und kurz davor, in Tränen auszubrechen wie ein Kind. Dann kam der Mann im weißen Kittel und sagte etwas in weichem Schwäbisch, das den Schmerz sofort zu dämpfen schien. Koi Angscht. Seine Bewegungen waren konzentriert. Er bettete meinen Kopf in seine Hände, bevor er ihn zu sich drehte. Er betäubte den Schmerz mit zwei Spritzen, danach hatte ich Zeit, mir das Gesicht einzuprägen, das sich so nah über meinem Gesicht aufhielt, dass ich seinen Atem spürte. Ich sah in grüne Augen. Ich sah kräftige Brauen und rotblonde Locken. Koi Angscht. Seine Lippen waren schmal. Wenn er lächelte, bildete sich rechts neben seinem Mund ein Grübchen. Ich hatte noch nie so viele Sommersprossen über mir gesehen. Nach einer Stunde stand ich mit zitternden Knien, aber ohne Schmerzen in der Praxis. Zunge und Lippen waren betäubt, sodass ich nur lallend den Grund meiner Reise erklären konnte.

Am Ende des Tages wusste ich, warum ich mich in diesen Mann verlieben musste. Er hatte Zeit. Er war fürsorglich. Er verbot mir das Autofahren. Er hatte keine Termine, war nicht verabredet, es war, als hätte er darauf gewartet, einer fremden Patientin die Suche nach einem Ort abzunehmen, von dem sie nicht einmal den Namen wusste. Eichhof oder Aichhof? Eichwalden oder Aichwalden? Eichdorf oder Aichdorf? Er fragte an Tankstellen und in Cafés. Er fuhr mich zwischen Stuttgart und Emmendingen von einem einsamen Hof zum nächsten, als ginge ihn meine Suche etwas an. Mir gefiel sein Wagen. Ein grüner Peugeot 304, der alte mit der eckigen Schnauze, die man Löwenmäulchen nannte. Vielleicht verliebte ich mich auch nur in den Satz, den er sagte, als ich die Suche aufgeben wollte. Wir standen auf einem Hügel und sahen auf ein Tal hinunter, in dem das geschehen sein könnte, was mich hierher getrieben hatte. Ein einzelner Bauernhof. Nicht zu groß, nicht zu klein. Keine Nachbarn. Vor den Fenstern Blumentöpfe mit Geranien. Ein Schuppen mit schiefer Tür. Hinter einer Stalltür leises Muhen, die Idylle, der mein Onkel vertraut hatte. Im Garten stand ein mächtiger Baum, der vor fünfunddreißig Jahren jung gewesen war und dann weiterwuchs, als sei er nicht derselbe Baum, der mit ansehen musste, wie sie dem Onkel das Lachen hatten beibringen wollen. Da war er 23 Jahre alt und der Krieg war überall zu Ende. Nur hier nicht, nicht in diesem Tal – wenn es denn hier war. Als wir stumm auf diesen Hof schauten, sagte der Mann neben mir die Sätze, die mich verführten, an diesem Abend nicht zurückzufahren. Er sagte: Beschließen Sie einfach, dass es dieser Hof war und kein anderer. Gönnen Sie dem Geschehen einen Ort. Sehen Sie ihn an, prägen Sie ihn sich ein. Böse Geschichten kommen nur zur Ruhe, wenn sie sich irgendwo niederlassen dürfen.

Und er? Warum hatte sich der Kieferchirurg Dr. med. Erik Brunner aus Stuttgart in eine zufällig in seine Praxis geratene Patientin mit dicker Backe verliebt, deren Sätze, solange die Betäubung anhielt, kaum zu verstehen waren? Er wusste es nicht.

Durch ein paar Buchstaben zwischen Kartoffelschalen auf der Zeitung von gestern habe ich die Wohnung wiedergefunden, in der man mich als Kind abgegeben hatte. Großmutter wird das nicht wundern. Es ist, wie es ist, wird sie sagen, es kommt, wie es kommen muss, da beißt die Maus keinen Faden ab. Schuten-Ede wird es, wie alles, was geschieht, für den ›Wind des Lebens‹ halten, Trümmer-Otto sehe ich hintergründig lächeln. Und was glaubst du, frage ich Erik.

Lange ist es still zwischen ihm und mir. Ich höre ihn atmen. Ich sehe sein Gesicht, als er langsam, als hätte er den Namen noch nie gehört, sagt: Wielandstraße 3 – du willst mit mir in deine Vergangenheit ziehen?

Am Morgen hatte es angefangen zu schneien und mittags, als er sagte, jetzt müssten die Koffer gepackt werden, stand ein großer Schneemann auf der anderen Seite der Straße. Seine Augen waren blasse Rosenkohlknospen, die Nase eine Mohrrübe, der Mund ein Brikett. Ich hatte zum Geburtstag einen Schlitten bekommen und mein Vater, der das Geschenk in einem braunen Sack unter dem Bett versteckt hatte, sagte zum dritten Mal an diesem Tag: Du bist jetzt vier und sehr vernünftig. Als wir am späten Nachmittag aufbrachen, waren die Schneeflocken doppelt so dick wie am Morgen. Die Stadt war still, ich sah keine Autos und keine Menschen, nur mattes Licht hinter den Fensterscheiben. Ich wurde von einem Hut und einem langen Mantel durch die Straßen gezogen, einem grauen Schatten, der durch eine Kordel mit mir verbunden war. Zwischen uns das Muster seiner Sohlen – fünf Wellen und ein Kreis. Der Schlitten folgte ihm wie ein Hund seinem Herrn. Wenn ich mich umdrehte, sah ich die Fußabdrücke zwischen den Spuren der Kufen. Sie liefen hinter uns her, sie wollten uns nicht verlieren.

Unsere Spur verband zwei Stadtteile miteinander, aber in Wahrheit zwei Leben. Eines, das ich kannte, und eines, von dem ich nichts ahnte. Ich saß auf dem Schlitten, eingeklemmt zwischen zwei Koffern, auf denen mein Name stand: Jula. Ich sehe den Abdruck, den wir hinterließen, so deutlich, als wäre er unser Familienwappen. In der Schule habe ich dieses Muster gezeichnet, ich habe es in Pullover gestrickt, in Topflappen gehäkelt und in Servietten gestickt. Fünf Wellen und ein Kreis zwischen den Kufen des Schlittens. Als der Mathematiklehrer behauptete, dass sich zwei Geraden in der Unendlichkeit treffen, habe ich gesagt: Das ist gelogen. Die treffen sich nie.

Mein Vater hatte mich in die braune Wolldecke gewickelt, die er aus dem Sanatorium mitgenommen hatte. Er gab mir Handschuhe, die mir zu groß waren. Er sagte: Zieh sie an, sie haben Carla gehört. Auf dem Kopf trug ich eine Kappe aus Fell, die zu groß war, auch die hatte meiner Mutter gehört. Ich legte den Kopf in den Nacken, sperrte den Mund auf und zählte die Schneeflocken, die auf der Zunge landeten. Hundert, rief ich, und wie weiter? Der Hut drehte sich um. Fang bei eins an. Wenn es wieder hundert sind, hast du zweihundert Flocken geschluckt.

Wie viele noch, bis wir da sind?

Dreihundertfünfzig.

Er klopfte sich den Schnee vom Hut, stampfte den Schnee von den Schuhen und zog mich weiter hinter sich her.

Großmutter wohnte in Eilbek, die Wohnung, aus der wir kamen, lag in Uhlenhorst, in der Nähe der Alster. Hätte ich die Schneeflocken auf der Zunge von Anfang an gezählt, wüsste ich, wie lang der Weg vom alten zum neuen Zuhause war.

Zweihundert, rief ich. Wann sind wir da?

Noch einmal hundert und dann fünfzig.

An den Abschied habe ich nur wenige Erinnerungen, er muss schnell gewesen sein. Mein Vater wollte den Mantel nicht ausziehen, behielt den Hut auf dem Kopf, lehnte Suppe und Kaffee ab, wollte auch keinen Bratapfel aus dem Kachelofen. Willst du deinen Bruder nicht begrüßen, fragte die Großmutter. Er beugte sich zu mir herunter und sagte: Du bist jetzt vier und sehr vernünftig. Er zog an meinen Zöpfen und drückte mir einen Abschiedskuss auf den Mittelscheitel, an dessen Wärme ich mich erinnerte, solange ich Sehnsucht nach ihm hatte. Der Kuss saß lebendig auf meinem Kopf wie eine kleine, warme Maus. Ich konnte sie berühren und streicheln. Sie ging beim Waschen nicht verloren und ließ sich nicht auskämmen. Sie hatte braune Augen und ein weiches Fell.

Großmutter hob mich auf die Fensterbank. Wir sahen ihm nach. Ein langer Mantel und ein Hut. Eine große Fledermaus ohne Schlitten. Zwei Mal sagte Großmutter streng: Dreh dich um, Rudolf! Tu es für das Kind! Ich flüsterte: Dreh dich um, Vati, du hast mich hier vergessen, bitte dreh dich um. Ich winkte wild mit beiden Händen, das müsste er, dachte ich, im Rücken spüren. Ich schlug die Fäuste gegen die Scheibe. Er verschwand im Schnee, er löste sich vor unseren Augen einfach auf. Ich aß an diesem Abend keine Suppe, den Bratapfel ließ ich auf dem Teller stehen. Er roch süß. Ich sah, wie der Zucker auf der roten Schale schmolz und auf den Teller tropfte. Probier ein Stückchen, sagte Großmutter und schob mir eine lauwarme, klebrige Masse in den Mund, die traurig schmeckte und nach Verrat. Ich lief ins Bad, spuckte den süßen Brei in die Kloschüssel und aß nie wieder einen Bratapfel. Schon das Wort dreht mir den Magen um.

Ich durfte in dem leeren Bett neben der Großmutter schlafen. Ich starrte in das dunkle Zimmer und faltete die Hände. Lieber Gott, sag ihm, dass er umkehren muss. Wenn er schläft, weck ihn auf. Ich habe noch Schleifen in den Zöpfen und niemand hat mir die Haare gebürstet.

Großmutter schnarchte. Ich kroch unter die Decke und weinte so leise wie ich konnte. Auch in der nächsten Nacht und in der übernächsten. Ich war vier Jahre alt, sehr vernünftig und wusste, wie man bis dreihundertfünfzig zählt. Gut, dass ich die Zukunft nicht sehen konnte. Ich hätte vor Angst geschrien, wenn ich gewusst hätte, dass nur dreihundertfünfzig auf der Zunge geschmolzene Schneeflocken und eine Schlittenfahrt in ein neues Zuhause nicht nur mein Leben, sondern das Leben vieler Menschen verändern würde. Damals hatte sich noch kein Schutzengel an meine Seite gestellt, der mir hätte sagen können: Keine Angst.

Die Lebenszeichen meines Vaters bestanden aus bunten Postkarten und Briefen mit Geld. Wir hatten einen Globus, in dem man Licht machen konnte, und später kamen vier dicke Bücher dazu, die Brockhaus hießen. So lernten wir die Welt kennen. Die Mongolei und die Türkei, Indien, Afrika, Afghanistan. Dein Vater arbeitet beim Auswärtigen Amt, sagte Großmutter und wollte sagen, dass es seine Aufgabe war, immer sehr weit weg zu sein.

In der Wohnung war ich wie ein Zwerg im Schloss. Man hätte vier von meiner Größe aufeinanderstellen müssen, um die Zimmerdecken zu erreichen. Von der Diele gingen zwei verwinkelte Korridore ab. Schmale Schläuche. Einer führte in die Dienstbotenkammer, die, als ich beim Zählen der verheulten Nächte, die ich neben Großmutter schlief, bei elf angekommen war, mein Kinderzimmer wurde. Der andere Schlauch endete in der Küche. Dort stand ein alter Herd, an den Wänden hingen schwere, schwarze Pfannen, in denen Großmutter die Heringe briet, um sie dann in einem Topf mit Essig und Zwiebeln, Salz, Pfefferkörnern und Rosinen zu versenken. Im Wohnzimmer stand ein grüner Kachelofen, der bis zur Decke reichte, mit einem Fach, in dem Reis und Kartoffeln warm gehalten werden konnten und im Winter meine Füße. Großmutters Schlafzimmer hatte Fenster zur Straße, weil sie hören wollte, ob nachts nur Autos oder schon wieder Panzer am Haus vorbeifuhren. An zwei Türen ging sie nie anders als sehr schnell vorbei.

In den ersten Tagen verirrte ich mich ständig. Ich suchte die Dienstbotenkammer und stand im Schlafzimmer. Vor dem Weg in die Küche fürchtete ich mich, weil es im Flur immer dunkel war. Wozu Licht, sagte Großmutter, ich breite die Arme aus, spüre zwei Wände und am Ende ist die Küche. Sie bedachte nicht, dass meine Arme so lang noch nicht waren. Ich wollte mich am Kachelofen im Wohnzimmer wärmen und rüttelte an einer der beiden Türen, die zu Zimmern führten, die sie mir nicht gezeigt hatte. Sie waren verschlossen.

Wer ist da, rief eine Stimme, die nicht unfreundlich klang.

Ich.

Wer ist ich, fragte die Stimme. Ich rief: Na, ich bin das doch, Jula.

Wer ist Jula?

Ich suchte die Großmutter. Sie stand in der Bügelkammer und besprengte die Wäsche mit Lavendelwasser.

Oma, wer ist Jula?

Du.

Die Antwort verwirrte mich. Wie sollte ich dem Mann hinter der Tür sagen, dass ich du bin. Ich lief zurück.

Ich bin du.

Na, so was, sagte die Stimme. Ich lief zurück. Er hat ›na, so was‹ gesagt.

Typisch, sagte Großmutter, viele Worte sind noch nie aus ihm herausgekommen.

Was soll ich sagen, damit er die Tür aufmacht?

Er macht sie nicht auf. Niemals.

Vielleicht doch.

Sag ihm, du seiest die Nichte, die Tochter seines Bruders.

Ich lief zurück, klopfte und rief: Ich bin die Nichte der Tochter seines Bruders.

Ich hörte Schritte, die sich der Tür näherten und lief zurück in die Küche. Großmutter, wer ist der Mann?

Mein Sohn.

Dein Sohn ist Vati.

Ich habe zwei Söhne, mein Kind. Er ist der Bruder deines Vaters.

Wie heißt der Mann?

Hans.

Ich lief zurück, rüttelte noch einmal an einer der verschlossenen Türen und rief durch das Schlüsselloch: Ich bin die Nichte seines Vaters.

Da hörte ich zum ersten Mal dieses Lachen. Es war tief und laut und schien gar nicht mehr aufzuhören. Es gab viele Anlässe, es ausbrechen zu lassen. Manchmal genügte ein Wort. Oder ein Satz, den er anders verstand, als er gemeint war. Unheimlich klang das Lachen, wenn es scheinbar ohne Grund aus ihm herausplatzte. Ich hätte Onkel Hans in jedem Kinosaal gefunden, auf jeder Versammlung. Sogar im Park hinter der hohen Mauer, hinter der er gesund werden sollte, gab es Anlässe für ihn, lange und laut zu lachen.

Ich lief zur Großmutter: Hans lacht.

Ungeduldig sagte sie: Du bleibst jetzt hier, wir falten Wäsche. Da hörte ich, wie sich leise ein Schlüssel im Schloss bewegte. Großmutter griff nach meiner Hand. Ich riss mich los und rannte auf den Mann zu, der im Türrahmen stand und mir entgegensah.

Er war kräftig, viel kleiner als mein Vater. Ich brauchte lange, um zu verstehen, warum es so aussah, als stünden seine Augen verloren im Gesicht. Es waren große, hellbraune Kugeln, denen das Dach fehlte. Onkel Hans hatte hauchfeine Augenbrauen, kaum sichtbar, wie mit einem dünnen Pinsel hingetuscht. Fräulein Jula, sagte er, treten Sie ein. Er verbeugte sich. Ich bin der kleine Bruder Ihres Vaters. Über sein Alter habe ich mir nie Gedanken gemacht. Wenn man vier ist und bis dreihundertfünfzig zählen kann, sind Zahlen geheimnisvoll und haben mit dem Alter eines Menschen nichts zu tun. Ich wusste nicht, wie ein Mensch mit dreißig aussieht oder mit fünfzig. Für mich gab es nur Kinder und Erwachsene und alt waren alle, die erwachsen waren. Alt und vernünftig – bis auf Onkel Hans, der ein Erwachsener war, mit dem man spielen konnte. Nicht Mensch-ärgere-dich-nicht, Halma oder Mühle-auf-Mühle-zu, sondern Spiele, die er erfand. ›Besuch kommt‹ war so ein Spiel: Kommen Sie herein, Fräulein Jula. Was darf ich servieren – Schokolade, Tee, Kaffee?

Er schloss die Tür hinter mir ab und bat mich, in einem der Polstersessel Platz zu nehmen. Sein Zimmer war ernst. Vor den Fenstern hingen schwere, samtgrüne Vorhänge, sie reichten von der Decke zum Boden. Er hatte einen Schreibtisch aus dunklem Holz, der auf dicken Tatzen stand. Die Schublade zog man an einem Messinggriff heraus, der in einem Löwenmaul hing. In der Ecke stand ein weißer Kachelofen, groß bis zur Zimmerdecke. Nirgendwo war es gemütlicher als auf den weichen Kissen, die im Winter auf der Ofenbank lagen. Der zweite Raum, den er durch eine Schiebetür abtrennen konnte, war sein Bad, seine Küche und sein Schlafzimmer. Für mich war die Wohnung des Onkels eine Wundertüte. Ich durfte Schubladen aufziehen, Schranktüren öffnen, Kissen hochheben, unters Sofa kriechen. Das Spiel hieß ›Jula, such‹. Bei Onkel Hans gab es Schinken und Käse, Pudding, Schokolade, Kekse, Lakritzstangen und Negerküsse. Wenn uns von den Negerküssen übel war, aßen wir saure Gurken aus der Dose. An besonderen Tagen stellte Onkel Hans zwei Gläser auf den Tisch, die so zart waren, dass ich mich kaum traute, sie in die Hand zu nehmen.

Er holte eine runde Flasche aus dem Schrank, schraubte sie auf und ich sah zu, wie sich die goldgelbe Masse langsam vom Flaschenhals löste und schwerfällig auf den Grund des Glases fiel. Wir stießen immer auf etwas Besonderes an: einen Sonntag ohne Arbeit, ein gutes Geschäft, einen Tag, an dem er das Rabenaas vergaß, mit dem er die Wohnung teilte. Die Gläser waren wie der Himmel in der Nacht. Dunkelblau mit winzig-weißen Sternen. Als mich mein Vater hier wegholte, weil ich ein versautes Kind geworden war, schenkte mir Onkel Hans eines dieser Gläser. Ich nannte es Hans, sein Glas hieß Jula. Wenn ich die dünne Schale anfasse, habe ich noch heute den Geschmack von Eierlikör auf der Zunge. Auch, wenn ich an das Glas nur denke. Entdecke ich in einem Supermarktregal Eierlikör, sehe ich die Gläser, die unsere Namen tragen.

Bei Onkel Hans gab es alles, was sich Großmutter nicht leisten konnte. Er ließ mich Kaffee und Kakao probieren, kochte Hühner und Rindfleisch, briet Rühreier mit Speck und Zwiebeln in der Pfanne. Der Duft zog durch die Türritzen in die Diele, kroch von dort in die Räume der Großmutter. Bevor ich den Teil der Wohnung verließ, in der mein Onkel lebte, musste ich mit dem Zeigefinger über den Lippen schwören, nichts zu verraten, dabei rochen meine Haare, mein Pullover, einfach alles an mir nach Rühreiern, Speck und Zwiebeln. Onkel Hans schenkte mir Buntstifte, einen Block mit weißem Papier und einen Tuschkasten mit vierundzwanzig Farben und zwei Pinseln. Ich gehörte zu den ersten Kindern in Eilbek, die Schlittschuhe und Rollschuhe hatten. Geld, das er mir schenkte, legte ich heimlich in Großmutters Portemonnaie. Warum schloss er sich ein? Ich habe nicht gefragt. So war es eben. Die Häuser in den Straßen hatten keine Mauern und keine Fenster, man sah in leere Höhlen mit verbrannten Tapeten und Balkone, die abgestürzt zwischen den Etagen hingen. Das kommt vom Krieg, sagte Großmutter. Ich hatte die Welt kaputt vorgefunden und nichts daran auszusetzen. Wenn die Kaninchen, statt im Stall, auf den Bäumen geschlafen hätten, und Großmutter hätte gesagt, das käme vom Krieg, wäre das in Ordnung gewesen. Es gab keinen Grund, sich zu wundern.

Nie aß Onkel Hans mit uns in der Küche. Wenn er nicht in seinem Zimmer kochte, ging er irgendwo in der Stadt essen oder rührte sich Mahlzeiten in der Holzbude auf seinem ›Platz‹ zusammen. Mutter und Sohn lebten in einer Wohnung und sind sich, solange ich bei ihnen war, nie begegnet. Es gab eine Übereinkunft, ein Regelwerk, das sie perfekt beherrschten. Keiner hatte Interesse an einer Lockerung, vielleicht, weil beide nicht wussten, was dann geschehen würde. Ich nahm das hin wie alles, was ich hier vorfand. Ich hatte mit den Regeln nichts zu tun, sie waren lange vor mir da. Aber ich wusste, dass der Ort, vor dem sich beide fürchteten, die Diele war. Viereckig, zwanzig Quadratmeter, eine Bühne, die sie zwar mit mir, aber nie gemeinsam betraten. Wenn Großmutter die Wohnung verlassen wollte, ging sie mit schnellen Schritten an den Türen des Onkels vorbei, klapperte mit dem Schlüsselbund oder rief mir, wenn ich in der Wohnung blieb, mit lauter Stimme zu: Jula, ich gehe kurz mal einkaufen. Oder: Jula, willst du mit? Oder: Ich bin in einer Stunde wieder da. Manchmal ließ sie das Schlüsselbund fallen, dann wusste mein Onkel, dass sie in der Nähe seiner Türen war. Ihre Angst vor einer Begegnung muss größer gewesen sein als seine. Sie sicherte sich ab, sie hatte mehr Signale als er. Ich habe sie singen hören, während sie den Mantel von der Garderobe nahm. Sie hatte eine helle, klare Stimme. Sie sang gerne und oft, aber ich konnte nach einer Zeit der Eingewöhnung genau unterscheiden, ob sie aus Freude sang oder um ihren Sohn zu warnen. Die ›Achtung-ich-gehe-fort-Lieder‹ klangen hohl wie eine Autohupe, während die Lieder, die sie aus Freude sang, Flügel hatten, ganz leicht waren und sehr melodisch. Diese Lieder sang sie im Garten, in der Küche, im Bad oder in ihrem Wohnzimmer. Nie in der Diele.

Mein Onkel hustete, bevor er die Diele betrat. Er warf die Zimmertür kräftig zu, schloss geräuschvoll hinter sich ab und sprach, damit nichts schiefgehen konnte, in der Diele mit sich selbst. Wo ist denn mein Hut, war so ein Satz oder: Nun wird's aber Zeit. Oder: Höchste Eisenbahn. Oder: Jula, kommst du mit? In den wenigen Minuten, die mein Onkel brauchte, um die Wohnung zu verlassen, wirkte Großmutter, als sei sie verhext worden. Sie hob den Kopf, wurde starr, bestand aus Horchen, nur aus Horchen. Vielleicht hielt sie sogar den Atem an. Schlug die Haustür zu, war der Spuk vorbei. Die Starre löste sich, das Leben ging weiter. Auch Onkel Hans registrierte die Signale seiner Mutter, sie lösten aber keine Veränderungen bei ihm aus.

Ich weiß nicht, wie das Vorwarnsystem beim Heimkommen entstanden war. Vielleicht so zufällig und wortlos wie das Vorwarnsystem beim Verlassen der Wohnung. Wer von draußen kam, drückte auf die alte Dienstbotenklingel im Treppenhaus, der schnarrende Ton war die Botschaft: Achtung, ich komme. Diele meiden. Was mir auffiel, mich damals aber nicht irritierte: Sie benutzten in der Diele dieselbe Garderobe. Ihre Mäntel hingen nebeneinander an zwei Haken. Links der bodenlange, beige Staubmantel von Onkel Hans, rechts der schwarze, knielange Mantel der Großmutter. Und obendrüber: sein heller Borsalino neben ihrem Kapotthütchen. Zeigten die Knöpfe der Mäntel zur Wand, sah es aus, als hätten sich die beiden zum Spaziergang aufgemacht. Berührten die Rücken der Mäntel die Wand, war es, als kämen sie von einem Ausflug zurück. Ohne Köpfe, ohne Beine, aber nah beieinander wie eingehakt. Manchmal sah ich von seinem Mantel den Rücken und von ihrem die Knöpfe – dann spazierten sie aneinander vorbei. Als ich älter war und mehr von diesem Spiel verstand, steckte ich Großmutters rechten Ärmel in die linke Manteltasche von Onkel Hans und seinen linken Ärmel in ihre rechte Manteltasche und stellte mir vor, die beiden würden sich mögen.

Er nannte sie ›Rabenaas‹. Ich wusste nicht, was ein ›Rabenaas‹ war, aber so, wie er den Namen aussprach, war es nichts Schönes.

Großmutter, was ist ein Rabenaas?

Kommt drauf an.

Auf was?

Ob der Rabe zu Aas wird oder ob Aas herumliegt, das der Rabe frisst.

Und was ist Aas?

Wenn ein Tier tot ist und verfault, nennt man es Aas. Es ist ein ekelhaftes Wort, woher hast du das?

Aufgeschnappt.

Großmutter nannte ihren Wellensittich ›Hansi‹. Hansi gehörte zur Küche. Abends wurde er auf die Fensterbank gestellt und mit einem karierten Geschirrhandtuch zugedeckt. Morgens stellte ihn Großmutter auf den Küchentisch, damit er mit uns frühstücken konnte. Wenn es draußen kühl war, hängte sie den Käfig, während sie kochte, an den Haken, der über dem Ofen in die Decke gedreht worden war. Dort gefiel er mir am besten. Aus den Töpfen stieg der Dampf, die Kacheln beschlugen, und mittendrin schaukelte der blaue Sittich schnatternd im weißen Nebel. Er soll es mollig haben, sagte Großmutter und passte auf, dass der Dampf nicht zu heiß wurde, das Feuer nicht loderte, der Haken stabil blieb. Der Vogel hatte keine Sittichsprache mehr, er rief einen Namen: Hansi. Zehnmal, hundertmal. Großmutter nahm ihn aus dem Käfig, setzte ihn auf den rechten, gekrümmten Zeigefinger und führte seinen Schnabel an ihren Mund. HansiHansiHansi. Der Sittich war ein kleiner, blauer Automat, der, wenn er ins Reden kam, nicht mehr abzustellen war. Großmutter war eine stolze Frau. Sie bettelte nicht beim großen Hans um Liebe, sie ließ den Vogel seinen Namen rufen. Außer ihr hat niemand meinen Onkel Hansi genannt.

Sie mochte nicht, dass ich ihren Sohn in seinen Räumen besuchte, verbot es aber nicht. Ich liebte das Rennen über den Flur und das Spiel vor seiner Tür und die Stimme, die mit mir spielte.

Wer ist denn da?

Ich.

Und wer ist ›ich‹?

Weil ich ihn gerne lachen hörte, sagte ich: Die Nichte des Bruders der Schwester seines Vaters. Oder: Die Tochter des Bruders seines Onkels.

Kommen Sie herein, Fräulein Jula.

Neben ›Jula, such‹ hatte er ein Spiel erfunden, das wir ›Jula hat Mut‹ nannten.

Er stellte mich auf den Löwenschrank, der so hoch war, dass mein Kopf an die Zimmerdecke stieß und der Teppich sehr weit von mir entfernt war.

Jula, hast du Mut?

Mein Herz klopfte, und im Magen drehte sich ein Karussell. Unten stand mein Onkel und breitete die Arme aus.

Jula, hast du Mut?

Ja.

Dann spring.

Ich kniff die Augen zusammen und sprang. Er fing mich auf und lachte.

Noch mal?

Ja.

In der Schule war ich die erste, die ohne Angst vom Dreimeterbrett ins Wasser sprang, und noch heute höre ich vor jeder Entscheidung seine Stimme: Jula, hast du Mut?

Ja.

Dann spring.

Mein Onkel zeigte mir, wie man mit Buchstaben rechnet und mit Zahlen schreibt. Er sagte, das Alphabet sei ein gutes Versteck, das beste, das er kenne. Als ich den Abgrund begriff, in den er mithilfe der Zahlen und Buchstaben stürzte, konnte ihn niemand mehr befreien. Auch ich nicht, obwohl ich wusste, wo er sich verloren hatte.

Großmutter begann den Tag, bevor es hell wurde. In der Nacht bist du nackt, sagte sie, du siehst nichts, du hörst nichts, du bist eine Schnecke ohne Haus, ein Igel ohne Stacheln, ein Vogel ohne Flügel. Nachts passieren Dinge, gegen die du dich nicht wehren kannst. Herzen hören auf zu schlagen, der Atem stockt, die Nacht zwischen drei und vier ist die Zeit der Räuber und Mörder. Und der Gestapo. Die Nacht ist eine fiese Zeit, und weißt du, warum? Weil ein Hirn, das träumt, nicht bei dir ist und dich nicht warnen kann. Am liebsten hätte Großmutter den Schlaf abgeschafft. Sie empfand ihn als Verbannung in doppelte Finsternis, weil zur Dunkelheit der Nacht die geschlossenen Augen kamen. Dass Menschen sich nachts auch noch Rollos vor die Fenster zogen – die dreifache Verdunklung war ihr unheimlich. Wenn du läufst, trainierst du die Muskeln, sagte sie, wenn du schläfst, übst du sterben. Ich dachte, ich müsste wach bleiben, um Großmutter zu beschützen, aber mein Onkel beruhigte mich: Schlaf ruhig, Jula, nach der greift niemand, nicht in der schwärzesten Nacht.

Meine Kammer war karg wie eine Zelle. Ein Schrank, ein Waschtisch, ein Stuhl. An der Decke hing eine Birne ohne Schirm. In der Stube war es nachts still, als habe der Raum mit dem Rest der Wohnung nichts zu tun. Später machen wir es hier schön, versprach Großmutter, du bekommst einen Sessel ganz für dich alleine, einen Schrank für Bücher und ein Schreibpult. Das erste Buch meines Lebens bekam ich von ihr. Tausend und eine Nacht, dreihundertvierundvierzig Seiten. Nicht zum Geburtstag, nicht zu Weihnachten, sie zog es an einem ganz normalen Nachmittag aus dem Einkaufskorb, zeigte mir, wie man meinen Namen schreibt, und ich schrieb: Jula. Buch Nummer 1. Als ich aufhörte, Bücher zu nummerieren, ging ich in die dritte Klasse und hatte fünfunddreißig Bücher im Schrank. Das Schreibpult brauchte ich nicht. Ich machte die Schularbeiten in der Küche, am Wohnzimmertisch oder am schweren Schreibtisch von Onkel Hans, später auch in Schuten-Edes Spelunke oder bei Ingemusch auf dem Nuttenboot.

Ich verstand nicht jeden Satz, den Großmutter sagte, aber dass die Nacht eine schwere Zeit ist, wusste ich. Wenn ich traurig war, suchte ich Trost bei dem Taschenspiegel, den ich unter das Kopfkissen gelegt hatte. Ich stellte mir vor, das kleine Gesicht, das mich ansah, gehöre einem fremden Kind. Es hatte meine Nase, meine Stirn, meinen Mund und meine feinen Augenbrauen, es sah mir ähnlich wie ein Zwilling. Es bewegte die Lippen, wenn ich mit ihm sprach, es lachte, wenn ich lachte, und wenn ich weinte, weinte es auch, bis ich sagte: Wir dürfen nicht weinen, wir haben es gut hier. Dann kniff ich die Augen zusammen, versuchte, mit den Fäusten die Tränen zurück in den Kopf zu drücken und schnell einzuschlafen. Wachbleiben ohne Angst muss man lernen. Der Holzboden im Flur knarrte und ich stellte mir Gespenster vor. Großmutter sagte: Es gibt keine Gespenster in der Wohnung, nachts erinnert sich der Boden an die Tritte, die er am Tage abbekommen hat. Ein Boden, der sich nachts an Tritte erinnert, war das Unheimlichste, was ich mir vorstellen konnte.

Am schönsten waren Träume, in denen ich mitspielen durfte. Ich musste mir die Prinzessin nicht, wie beim Lesen, vorstellen, ich war die Prinzessin. Ich hatte Macht, nichts geschah, was ich nicht wollte. Ich kam in einem goldenen Kleid aus der Wand und fragte: Fische, tut ihr eure Pflicht? Und wenn sie sagten: Ja, wir tun ebenso unsere Pflicht wie Ihr, nahm ich die Pfanne vom Herd und trug sie mit den Fischen zum Teich, in dem sie gefangen worden waren. Ich rettete sie vor dem Feuertod in der Glut, beobachtete, wie sie sich im Wasser wälzten, um das Bratöl abzuspülen und zu werden, was sie einmal waren: weiße, rote, blaue und gelbe Fische. Gelang es mir nicht, schnell einzuschlafen, war ich das Mädchen auf dem Schlitten, das von einem langen Mantel und einem Hut durch den Schnee gezogen wurde. Vor den Augen fünf Wellen und ein Kreis.

Zwei Koffer, auf denen mein Name stand. Um dieses Kind weinte ich, bis es in meinen Augen brannte wie Feuer.

Kaum war sie wach, ging Großmutter in die Küche, kochte Ersatzkaffee für sich und Milch für mich. Die Tassen stellte sie auf die Nachttische im Schlafzimmer, schlurfte in Pantoffeln über den krummen Flur, blieb vor der Mädchenkammer stehen, klopfte und rief meinen Namen, als glaubte sie nicht wirklich, dass hinter der Tür ihre Enkelin schlief. Jula? Ich mochte das Fragezeichen hinter meinem Namen, es gab mir das Gefühl, dass ich jemanden traurig machen konnte, wenn ich nicht antwortete, oder froh, wenn ich rief: Ja, ich bin da. Dann stieg ich aus dem Bett und wir gingen in unseren langen Nachthemden in ihr Schlafzimmer. Ich machte alles so, wie es Großmutter machte. Ich stopfte mir das Kissen in den Rücken, nahm meine Tasse, pustete hinein und schlürfte die Milch in vorsichtigen Schlucken.

Wenn sie den Kaffee getrunken hatte, ging Großmutter ins Bad, wusch sich mit zwei verschiedenen Waschlappen, dem hellen für ›Oben‹, dem dunklen für die ›unteren Regionen‹, und zog sich über Hemd, Hose und BH die Kittelschürze, ihr Alltagskleid. Ich hörte ihr Stampfen in der Diele, stellte mir vor, wie sie den Mantel vom Haken nahm und über den geblümten Kittel zog, hörte das Rasseln der Schlüssel. Großmutter war jeden Morgen die erste beim Bäcker. Sie holte warme Brötchen und frische Milch in der Kanne. Bleib' im Bett, bis ich wieder da bin, rief sie in der Diele, dann warf sie die Tür hinter sich zu und ich verfolgte die Geräusche, die sie in der Wohnung zurückgelassen hatte. Sie kamen aus den Zimmern von Onkel Hans. Es waren Schritte. Manchmal lachte er schon früh am Morgen, obwohl ich keine Stimme hörte, die ihn zum Lachen hätte bringen können. Wenn zwei Stimmen in seinen Zimmern waren, eine dunkle und eine helle, verließ ich das Bett und schlich in die Diele. Am Anfang hielt ich nur mein Ohr an die Türen, später versuchte ich, den Onkel und seine Freundinnen durchs Schlüsselloch zu beobachten. Er muss es gewusst haben. Das Schlüsselloch in der Schlafzimmertür war von innen mit einem Pflaster verklebt.

Den Blick ins Löwenschrankzimmer schien er mir zu gönnen, aber da waren beide schon wieder angezogen oder hatten sich noch gar nicht ausgezogen, denn dass es ums Ausziehen, Baden, Duschen und Anziehen ging, hatte ich schnell verstanden. Danach trugen sie Bademäntel, sodass mir nichts anderes übrig blieb, als mich auf nackte Frauenfüße, Zehen und Fußnägel zu konzentrieren. Und Nagellack. Es gab Fußnägel, die waren hellrot wie Möhren, und andere, die schwarz waren wie die Erde im Tomatenbeet oder silbrig wie das Perlmutt in einer Muschel. Als ich gelernt hatte, dass kein Fuß einem anderen glich, versuchte ich, mir vorzustellen, wie die Gesichter dazu aussahen. Die meisten Wetten, die ich mit mir ab-schloss, verlor ich. Manchmal hatten dicke Frauen zarte Fesseln und schlanke Zehen. Es gab zierliche Frauen, die auf plumpen Füßen über den Teppich gingen, und große Frauen mit zarten, kleinen Zehen und hübsche Frauen mit groben Füßen und alle benutzten Nagellack. Einmal sah ich einen verkrüppelten Fuß, der später in einem hohen Stiefel versteckt wurde. Die Frau sah wie ein Kind aus und brauchte zum Gehen einen Stock. Das war Anneliese. Diesen Fuß würde ich überall wiedererkennen. Er hatte einen Buckel wie ein Schwan und war stark nach außen verdreht, als hätte er nach einem Krampf nicht mehr zurückgefunden. Seine Nägel waren hellrot lackiert. Durch das Schlüsselloch betrachtet, wirkten die Füße wie Wesen ohne Kopf und Körper. Ich kannte damals nur zwei Menschen, bei denen die Füße zum Rest passten. Ingemusch und Onkel Hans. Ingemusch hatte lange, gerade Zehen, auch die äußersten, kleinsten waren keine Stummelchen. Ingemusch hatte große Hände und ein Gesicht, das größer war als das von Onkel Hans. Die Füße meines Onkels sahen seinen Händen ähnlich, sie waren klein und kräftig. Wenn ich diese vier Füße über den Teppich gehen sah, wünschte ich, ich dürfte meine dazustellen.

Ich bettelte viele Wochen, bis mir Großmutter aus der Drogerie eine kleine Flasche Nagellack mitbrachte, dunkelrot wie der von Ingemusch. Meine winzigen Nägel sahen wie Marienkäfer aus. Großmutter nannte Frauen mit lackierten Fußnägeln Flittchen. So gesehen, waren alle Frauen, die Onkel Hans besuchten, Flittchen, auch ich. Ich mochte das Wort, es klang so freundlich, als nähme der Onkel die Frauen, die ihn besuchten, unter seine Fittiche. Wenn ich meinen Onkel fragte, ob am Abend oder am Morgen ein Flittchen zu Besuch käme, lachte er. Es ist mir nie gelungen, sie kommen oder gehen zu sehen, obwohl sie keinen Schlüssel hatten und nicht klingelten. Vielleicht wusste der Onkel, wann sie kamen, oder er stand am Fenster, sah sie kommen und öffnete die Tür. Besuch war eine Schwachstelle in der Übereinkunft, sich in der Diele nicht zu begegnen. Dennoch wusste ich, wann Onkel Hans Besuch bekam. Dann hing ein Duft in der Diele, als hätte Großmutter Plätzchen gebacken. Wie ein Staubsauger saugte ich diese Düfte ein. Wenn ich voll davon wäre, dachte ich, würde ich so betörend riechen wie die Flittchen. Früh krümmt sich, was ein Häkchen werden will, sagte Großmutter.

Bitte, Großmutter, bitte …

Parfüm bekommst du nicht.

Was nachts hinter den Türen des Onkels geschah, konnte ich nicht hören, weil die Kinderkammer zu weit entfernt und ich zu ängstlich war, in einem dunklen, knackenden Flur zu lauschen. Wenn die Flittchen morgens kamen, presste ich in der Zeit, in der Großmutter einkaufte, mein Ohr fest an die Tür, hinter der sein Bett stand. Es war wie im Zoo, wenn die Affen schrien, aber es machte mir keine Angst, weil es zwischendurch dieses laute, lange Lachen meines Onkels gab. Ich stellte mir nichts Konkretes vor, spürte aber, dass dort etwas geschah, was ein kribbelndes Gefühl im Bauch entstehen ließ. Wer horchte, war kein guter Mensch. Großmutter sagte: Der Horcher an der Wand hört seine eigne Schand. Aber was war Schand? Wer durch Schlüssellöcher guckt, ist ein Spion. Vom Spion zum Galgen ist der Weg nicht weit, sagte Großmutter.

Beim Schnarren der Dienstbotenklingel lief ich ins Schlafzimmer, kroch in das Bett, das sie ›Dein-Opa-Bett‹ nannte und schaute auf das Bild an der Wand – eine kolorierte Fotografie in einem silbernen Rahmen. Elf junge Frauen und ein altes Paar. Die Frauen trugen grau-weiß gestreifte Kittel und hatten die Haare im Nacken zusammengebunden. Die siebente von rechts oder die fünfte von links war Großmutter. Sie war die Schönste. Sie trug auf dem Kopf einen Turm aus wilden Locken. Die Gruppe stand vor einem Geschäft, in dem Schaufensterpuppen in Hochzeitskleidern ausgestellt waren. Sie spreizten die Arme wie Tänzerinnen, ihre Finger waren elegant verbogen. Wenn ich in Großmutters Schlafzimmer saß, übte ich, die Finger so weit nach hinten zu dehnen, dass der Mittelfinger den Handrücken berührte. Ich schaffte es durch eisernes Training, dass sich die beiden näher kamen, bis zur Berührung schaffte ich es nie. Eher wäre der Mittelfinger abgebrochen, als den Zentimeter, der mir fehlte, nachzugeben. Leichter war es, den Daumen an den Unterarm zu drücken. Ich bewunderte diese Puppen. Alles an ihnen war schöner als an mir. Sie hatten große Augen, lange, geschwungene Wimpern und die Haare schimmerten wie gebügelte Seide. Über der Eingangstür stand in geschwungenen Lettern: Jonathan und Jette Lecour – feinste Brautmode seit 1874.

Großmutter hängte ihren Mantel neben den von Onkel Hans, den Hut neben seinen Hut, kam ins Schlafzimmer, hatte die Milchkanne und die Brötchen in der Hand, sah, dass ich im Bett saß, und folgte meinem Blick – das war der Beginn unseres Rituals. Sie setzte sich zu mir auf den Bettrand und sagte, wie immer, wenn sie etwas erzählen wollte, was zur Vergangenheit gehörte: Zeiten waren das, Zeiten … Dann seufzte sie, und wenn ich Glück hatte, nahm sie das Bild von der Wand, wischte mit dem Ärmel das Glas blank und wenn sie dann noch einmal sagte: Zeiten waren das … war ich fast so glücklich, als wäre ich wieder zuhause. Wenn mir Großmutter etwas aus ihrem Leben anvertraut, dachte ich, dann muss ich ihr wichtig sein und mehr als nur die nasse Schneeflocke, die man auf einem Schlitten zu ihr gebracht hatte. Wenn ich Großmutter mit einem Blick auf das Foto zum Erzählen bringen konnte, musste sie mich gernhaben. Sie saß mit der duftenden Brötchentüte auf der Bettkante, holte tief Luft und blies beim Ausatmen den Satz über die Fotografie, der für mich wie der Anfang eines Märchens war. Zeiten waren das …

Wir wiederholten das Ritual so oft, dass daraus ein Stück für zwei Personen wurde. Sie sagte: Ein Gespenst schlich damals durch die Straßen. Pause. Dieses Gespenst, musst du wissen, suchte sich schwache Menschen, die es nur antippen musste – und schon fielen sie um.

Ich stellte mir einen langen Mann in einem weiten Mantel vor. Ich sah mich auf dem Schlitten und vor mir meinen Vater. Wenn Großmutter sich in ihren Gedanken verlor, auch das gehörte zum Stück, holte ich sie zurück, indem ich an dieser Stelle sagte: Es war 1927 …

Großmutter: Richtig. Ich war dreißig, Rudi zehn, Hansi fünf, dein Opa Willem, ein Hallodri und immer schon zu dumm für krumme Geschäfte in schlechten Zeiten, hat es nach dem ersten großen Krieg mit der Seefahrt versucht. Ahoi und tschüss und ich allein mit Hans und Rudi.

Als ich die Geschichte zum ersten Mal hörte, fragte ich, was krumme Geschäfte seien. Sie überlegte, sah sich im Schlafzimmer um, entdeckte den Apfel auf dem Nachttisch. Schau den Apfel an. Stell dir vor, du hast dafür eine Mark bezahlt. Nun besucht uns dein Freund Ingo und sagt, dass er auch gerne einen Apfel hätte. Was tust du?

Ich schenke ihm den Apfel.

Ach, Jula.

Ich schneide ihn durch und gebe ihm die Hälfte.

Nett von dir, sagte Großmutter, aber kein Geschäft. In Notzeiten ist es ausgesprochen dämlich, einen ganzen Apfel bezahlt zu haben und nur die Hälfte zu essen. Verstehst du das? Ich nickte. Gut, sagte sie, was wäre, wenn du Ingo die Hälfte deines Apfels für eine Mark verkauftest?

Ein krummes Geschäft?

Ein kleines. Richtig krumm wird das Geschäft erst, wenn er dir zehn Mark für einen Apfel gibt, den du vorher geklaut hast und er dir dann die Hälfte schenkt.

Ich lernte im Opa-Bett, dass Inflation eine schlimme Krankheit

29

ist. Wie die Lungenentzündung meiner Mutter. Erst hat man nur ein bisschen Fieber und dann ist man schwer krank. Ich lernte, dass es schleichende, trabende und galoppierende Inflationen gab. 1923 hatte Großmutter einen Geldschein in der Hand gehabt, auf dem eine Fünf mit neun Nullen stand. Erst als ich wusste, warum der Onkel die Großmutter mied, als wäre sie die Pest, verstand ich, warum es wichtig war, mir immer wieder die Zeit zu erklären, aus der die Fotografie stammte. Wenn sie sagte: Zeiten waren das, wollte sie sagen: Zeiten waren das, für die sie nichts konnte, die sie nicht gemacht hatte, unter denen sie gelitten hatte und andere leiden ließ. Leiden ist eine Stufe unter Sterben – verstehst du, Jula? Wer tot ist – erfroren, verhungert, verdurstet –, kann nicht einmal mehr leiden, also lohnt sich doch ein bisschen Leiden für das Leben – oder?

Meine liebste Inflationsgeschichte war die mit den Eiern. Wann immer ich heute Eier koche, brate oder rühre, höre ich Großmutters Stimme. Am Anfang sachlich: 1912 kostete ein Ei sieben Pfennige. Elf Jahre später kostete ein Ei – jetzt hatte die Stimme ein Ausrufezeichen – 923 Mark! Großmutter sagte Papiermark und wiederholte die Zahl, damit ich sie mir einprägte. 923 Papiermark am 6. August 1923 für ein einziges Ei und Ende August: 177 000 Papiermark! Dann überschlug sich ihre Stimme: Im September war das Ei bei zwei Millionen, im Oktober bei zweihundert Millionen und im November bei 320 Milliarden. Milliarden! Mit dem Geld konntest du dir den – na, du weißt schon – abwischen. 320 Milliarden für ein kleines, weißes Ei! Hühner waren Milliardenscheißer, sagte sie, die musste man nachts vor Dieben in Sicherheit bringen. Sie horchte in die Wohnung, in der Diele war es still. Aber damals, sagte sie, damals hörte man die Viecher in Küchen und Schlafzimmern gackern und scharren. Die alte Meinusch hat ihre drei Hennen abends in die Badewanne gesetzt, ihnen eine Kordel um den Hals geschlungen und sie, damit sie nicht über den Wannenrand flogen und alles vollkackten, am Wasserhahn festgebunden. Kannst du dir vorstellen, wie das ausging?

Zeig es mir, Großmutter. Bitte!

Sie legte sich beide Hände um den Hals, drückte zu und streckte die Zunge heraus.

Ich lernte, dass Großmutter damals Kaffeeersatz trank, der scheußlich schmeckte, Mäntel aus Brennnesselfasern trug, die die Haut zerkratzten, und für eine Briefmarke zwei Millionen bezahlte. Zwei Millionen Papiermark! Ich lernte, dass Ersatzwährung aus den Dingen bestand, die rar waren. Zigaretten und Schnaps, Eier, Hühner und Kaninchen. Wer nicht verhungern wollte, musste Beziehungen haben oder krumme Geschäfte machen, verstehst du? Einer Katze das Fell abziehen und sie als Hasen verkaufen. Ich verstand, dass Großvater zur See fahren musste, weil er all das nicht konnte.

Heute hängt das Bild in meinem Flur, gleich neben der Haustür. Ich sehe es beim Fortgehen und denke an krumme Geschäfte. Bleibe ich stehen und betrachte die Frauen und die Schaufensterpuppen auf dem Foto, sehe ich Großmutter auf der Bettkante sitzen. Ich höre ihre Stimme nicht mehr, kann aber noch immer die Zahlen betonen, wie sie es getan hat: Drei-hundert-zwanzig Milliarden für ein kleines, weißes Ei! Das ›R‹ in Milliarden war ein trockenes Gurgeln. Ich sehe ihre ausgestreckte Zunge und erwürgte Hühner in der Badewanne. Ich kann, wenn ich vor dem Bild stehen bleibe, Großmutters Geschichte sehen, als wäre sie verfilmt worden. Es ist 1927. Hans ist fünf, Rudi zehn. Sie geht über die Wandsbeker Chaussee. Sie geht ohne Ziel, wer hat schon Ziele in diesen Tagen. Sie hat ein schmales Gesicht, große Augen und im Bauch ein Hungerloch. Hungerlöcher stellte ich mir groß, rund und schwarz vor. Sie lehnt sich an eine Schaufensterscheibe, weil ihre Beine sie nicht mehr tragen. Das Weiß der Hochzeitskleider blendet, die Puppen lächeln, dann stürzen sich Lächeln und Kleider wie eine Lawine auf sie. In ihren Ohren ist ein Rauschen, sie rutscht an der Scheibe entlang und verliert die Besinnung. Sie weiß nicht, wie lange sie dort gelegen hat. Die Stimme, die zu ihr spricht, hallt, als käme sie aus einer Höhle. Du musst atmen, mein Kind … atmen … hörst du … atmen. Die Stimme zieht sich zurück, kommt näher, zieht sich zurück wie Wellen am Strand. Das erste, was Großmutter sieht, sind Augen.

Riesengroße, blaue Augen hinter dicken Brillengläsern. Ihr wird ein Schälchen Milch gereicht, als sei sie eine Katze. Trink langsam, mein Kind. Die Stimme passt zu den Augen, sie ist freundlich. Man drückt ihr eine Scheibe Brot in die Hand. Iss das, mein Kind. Großmutter trinkt und kaut und die Gesichter der Schaufensterpuppen schauen wie Engel auf sie herab. Suchst du Arbeit, mein Kind? Was hast du gelernt? Da sagt Großmutter den Satz, der über ihre Zukunft und das Leben ihrer Söhne entscheidet: Ich kann nähen. Die Wahrheit ist, dass sie in der Schule zwei krumme Topflappen gehäkelt hatte. Weiß mit rotem Mausezahnrand.

Am nächsten Tag gleitet Stoff durch ihre Hände, weich wie ein Traum, so etwas hatte sie noch nie berührt. Seide. Satin. Taft. Großmutter lernt, dass es im Leben nicht darum geht, dass der Mensch als Ganzes glücklich ist, einzelne Teile genügen. Füße sind glücklich, wenn sie warme Schuhe haben, und Hände sind glücklich, wenn sie im Winter nicht abfrieren, sondern in einem warmen Saal mit Seide arbeiten dürfen. Großmutter sitzt mit neun Frauen an einem langen Tisch. Zehn Stunden am Tag, manchmal zwölf, näht sie mit einer feinen Nadel und einem hauchzarten Faden Seidenblüten in Mailänder Spitzen, in Spitzen aus Brüssel und Venedig mit Mustern aus dem 17. und 18. Jahrhundert. In der Mitte der Blüte lässt sie eine Kuhle, in der ihre Nachbarin mit zwei Stichen eine Perle befestigt. Die Blüten zieren die Schleppen und Kränze der Bräute. Das, mein Kind, waren meine berühmten zwanziger Jahre. Dann sagte sie ihren Lieblingssatz. Es ist, wie es ist, es kommt, wie es kommen muss, da beißt die Maus keinen Faden ab. Großmutter hielt sich mit Grübeln nicht auf. Sie sammelte Sätze, von denen sie sich, wie von Korsettstangen, durchs Leben tragen ließ: Wer grübelt, wird schneller alt. Es ist, wie es ist. Es kommt, wie es kommt, da beißt die Maus keinen Faden ab. Großmutter hätte in eine griechische Tragödie gepasst. Sie glaubte, dass das Schicksal des Menschen sich nicht langsam entwickelt, sondern von Anfang an neben ihm in der Wiege liegt. Der Beweis war ich. Sie hatte sich als zweites Kind keinen Jungen, sondern ein Mädchen gewünscht, aber dann kam Hansi und eines Tages, manchmal braucht das Schicksal etwas länger, wurde ihr das Mädchen gebracht, das sie sich gewünscht hatte – und ausgerechnet von Rudi, ihrem erstgeborenen Sohn. Es kommt, wie es kommen muss. Ich war glücklich, dass ich schon mit vier Jahren Teil eines Schicksals war.

Einen Monat, nachdem ich in der Wielandstraße 3 abgegeben worden war, lag die erste Karte des Mannes im Briefkasten, der sich nicht nach uns umgedreht hatte. Ein weißes Schloss. Taj Mahal stand auf der Karte, India. Wir steckten die Karte in Frau Davidis praktisches Kochbuch zum Buchstaben V. wie Vati oder Vanillepudding.

India, sagte Großmutter. Taj Mahal! Auswärtiges Amt! Das hat er nun davon.

Auf dem Frühstückstisch standen fünf weiße Kerzen und ein rotes Lebenslicht. Großmutter sang: Jula hat Geburtstag, wie schön, dass es sie gibt! Der Sittich wollte meinen Namen nicht lernen, sein Glückwunsch hieß: Hansi. Ich bekam ein grünes Päckchen, ein gelbes und eines, das in Tapetenpapier eingepackt war. Großmutter hatte meine heimlichen Wünsche gesammelt: rote Stiefel mit Haken und Ösen und einen Pullover mit Hirschen, der für mich gestrickt worden war. Das in Tapetenpapier verpackte Buch habe ich mir nicht wünschen können, weil ich nicht wusste, dass es so etwas gab: ein Buch, in dem es genau so aussah wie vor der Haustür: kaputte Straßen, halbe Häuser, staubgraue Trümmerbrocken bis zum Horizont. Großmutter sagte: damit du weißt, was ich gesehen habe, als es dich noch nicht gab, und was du hoffentlich nie sehen musst: glühende Eisenträger. Lodernde Feuer hinter Fensterhöhlen. Der Himmel über der Stadt so rot, als gingen hundert Abendsonnen unter. Blättere weiter, Kind, sieht es nicht aus, als hätten sie die ganze Stadt in einen riesigen Ofen geschoben?

Nach dem Frühstück klopfte ich an die Tür von Onkel Hans. Fräulein Jula, treten Sie ein. Er schloss hinter uns ab und sagte: Jula, such, und lenkte meinen Gang mit Temperaturangaben durch die Zimmer: Kalt. Kühl. Lauwarm. Warm wurde es, als ich mich dem Löwenschrank näherte, und heiß, als ich an ihm hochschaute. Er stellte mich auf den Schrank. Dort lag eine kleine Schachtel.

Jula, hast du Mut?

Ich nahm die Schachtel und sprang in seine Arme. Onkel Hans schenkte mir zum fünften Geburtstag eine Kette, an der eine goldene Zahl hing. Keine Fünf, es war eine Acht. Er sagte: Später werde ich dir erklären, wie wichtig die Acht für uns ist. Er legte mir die Kette um den Hals, dann verließen wir die Wohnung. Ich mochte die Acht, weil sie eine witzige Zahl war, eine Akrobatin. Zwei Nullen, die aufeinanderstanden. Auch zwei Dreien, die sich aneinanderschmiegen, konnten zu einer Acht verschmelzen. Die Zahl, die an meinem Hals hing, war aus echtem Gold. Woher er das wohl hat, sagte Großmutter in dem gleichen Ton, in dem sie erklärt hatte, was krumme Geschäfte sind. Die Kette gehörte zu mir wie meine Haare und meine Haut. Ich trug sie an dem Tag, an dem Onkel Hans meinen Namen so laut und verzweifelt in die Wielandstraße schrie, dass die Häuser hätten einstürzen müssen. Meine Acht. Seine Acht. Unsere Acht. Sie verband uns. Vor Unglück konnte sie uns nicht bewahren. Bevor ich wusste, welche Bedeutung diese Zahl für meinen Onkel hatte, war die Acht meine Lieblingszahl. Zwei Nullen, die aufeinanderstehen. Zwei Dreien, die miteinander flüstern.

An meinem fünften Geburtstag nahm er mich zum ersten Mal mit auf seinen Platz. Großmutter konnte es nicht verbieten, weil sie nicht miteinander sprachen.

Onkel Hans hatte den Platz von einem Mann bekommen, dem viele Grundstücke in der Stadt gehörten. Trümmer-Otto war Spezialist für den Kauf von Flächen, auf denen früher Häuser gestanden hatten und nun Trümmer lagen. Der Platz lag zwischen Mauern, die nicht umgefallen waren, die Grenze zur Straße war ein Zaun aus grünem Kaninchendraht. In der rechten, hinteren Ecke hatte er eine stabile Bretterbude aufgestellt. Sie war sein Büro und zweites Zuhause mit Heizung und Licht und zwei Fenstern, vor denen rot-weiß karierte Handtücher hingen. Auf dem Boden lagen bunte Teppiche. Das Sofa hieß Chaiselongue, die Teppiche Perser. Für mich gab es keinen schöneren Ort zum Spielen als diese Bude und den Platz. Ich stand daneben, wenn mein Onkel Verträge unterschrieb, ich schaute zu, wie er Geldbündel einstrich und im Tresor verschloss, Kredite gewährte, handelte, Mahnungen schrieb. Wer den Onkel betrog, bekam Besuch von Trümmer-Otto. Oder von Schuten-Ede, dem Dritten im Bunde. Meine Welt war übersichtlich und hatte Regeln.

Mein Onkel beschäftigte mich wie einen Lehrling. Ich bekam einen eigenen Eimer aus Blech, einen Riegel streng riechender

Kernseife und einen großen Schwamm. Am Anfang durfte ich nur Einzelteile waschen: einen Reifen, eine abmontierte Kühlerhaube, einen Kotflügel, eine Armatur, ein Steuerrad oder einen Sitz, den er aus Schrottautos ausgebaut hatte und in gebrauchte Autos einbauen wollte. Er fragte nicht, ob sich ein Mädchen für Autos interessiert, er ging davon aus, dass der größte Wunsch eines jedes Menschen in jedem Alter ein Auto war. Als Großmutter begann, halbtags Kittelschürzen im Akkord zusammenzunähen, wurde es selbstverständlich, dass ich mit Onkel Hans auf den Platz ging. Ich half, war gelehrig, er nannte mich eine patente Deern. Manchmal schlief ich mittags auf der Chaiselongue ein und manchmal stellte ich mich nur schlafend, damit mir kein Wort des Handelns und Feilschens entging.

Ich wurde das Echo meines Onkels. Wenn uns ein alter Lloyd angeboten wurde, sagte ich: Wer den Tod nicht scheut, fährt Lloyd und nannte das putzige Auto Leukoplastbomber. Ich sagte: Wer das Leben über hat, kauft sich einen Goliath. Wir reimten: Platz, Komfort und Motorstärke – Meisterwerk der Zündappwerke. Worte wie Kofferraum, Kofferraumklappe, Fensterheber, Zweitaktmotor und Zündkerzen waren mir vertraut wie anderen Kindern Teddybär und Puppenstube. Ich kannte Zweitakter und Viertakter, mein Lieblingsauto war ein grüner Goggo, für den der Onkel so viel Geld verlangte, dass ihn niemand kaufte. Kein Kleid würde je so schön sein wie der Overall aus Fallschirmseide, den er mir zu Weihnachten nähen ließ.

Fast so gern wie den grünen Goggo hatte ich einen Kleinwagen, der Zündapp Janus hieß. Vierzehn PS, 1-Zylinder-Zweitaktmotor, 85 km/h, ein Kasten auf Rädern, ein lustiges Auto. Es hatte die Türen nicht an den Seiten, sondern vorne und hinten. Mitfahrende auf den hinteren Plätzen saßen mit dem Rücken zum Fahrer. Janus hörte sich für mich wie Jesus an und das sei gar nicht so falsch, sagte Onkel Hans, denn Janus sei ein römischer Gott mit zwei Gesichtern gewesen, eines, das nach vorne sah, in die Zukunft, und das andere, das in die Vergangenheit blickte. Mein Onkel schätzte Frauen, die ihre Männer beim Autokauf begleiteten. Sie lobten den Lack und die weichen Ledersitze, für Frauen waren Autos wie Kleider. Sie standen ihnen oder sie standen ihnen nicht, der Motor war ihnen egal. Es gab eine Ausnahme. Frauen, die ihre Männer beim Kauf eines Janus Zündapp begleiteten, hätte er am liebsten vom Hof gejagt. Er nannte sie Verkaufsbremsen. Schon bei dem Gedanken, rückwärts gefahren zu werden, wurde ihnen übel. Dabei, sagte mein Onkel, habe der Fahrer die Straße vor sich, sah also in die Zukunft und der Gefahr ins Auge, während die Hinterbänkler die Straße erst sahen, wenn der Fahrer sie schon hinter sich gebracht hatte. Rückwärtsfahrer sehen die Vergangenheit der Vorwärtsfahrer, sagte Onkel Hans, ob es das ist, was die Frauen nicht mögen? Oder war ihnen der Wagen zu laut? Der Motor saß zwischen Vorder- und Rückbank, das dröhnte – trotzdem verkaufte mein Onkel ihn gut an Männer, die ohne Frauen auf den Hof kamen. Seine Reime waren überzeugend: Kleine Schäden lassen sich bei Wind und Regen gut beheben. Reparieren ohne zu frieren. Motorschaden? Keine Sorgen – im Janus bist du ganz geborgen. Zu mir sagte er: Das Rabenaas ist auch ein Janus. Ein Gesicht für drinnen und ein Gesicht für draußen.

Später wurden kleine Autos durch prächtige, glänzende, unendlich lange Fahrzeuge mit spitzen Flügeln ersetzt. Sie hatten vier Türen und Sessel aus weichem Leder. Sie hießen Amischlitten. Mit den neuen Autos kamen neue Kunden auf den Hof. Die, die sich für Goggos und Lloyds interessiert hatten, waren Männer mit Ehefrauen und Kindern. Die Amischlitten wurden von Typen gebracht und gekauft, die Schiebermützen trugen und keine richtigen Namen hatten. Wenn wir alleine waren, nannte mein Onkel sie Rotlichtgesindel. Sie trugen das Geld in der Hosentasche, brauchten keine Quittungen und verzichteten auf Verträge. Ich mochte die Wörter, die er für sie hatte. Halbseidene Hampelmänner. Zwielichtige Zuhälter. Die allerbesten Freunde meines Onkels hießen Schuten-Ede und Trümmer-Otto. Zuerst lernte ich Schuten-Ede kennen. Ein Mann mit Schaufelhänden, der mich zur Begrüßung in die Luft warf und auffing. Er war eine wichtige Nummer auf der Reeperbahn. Ihm gehörten zwei Schuten im Hafen, breite Boote ohne Kiel, ohne Mast und Motor, die geschoben oder geschleppt und an Leute vermietet wurden, die große Ladungen zu befördern hatten. Woraus die Ladungen bestanden und wohin sie transportiert wurden, war ihm egal. Der Kerl fährt Auto, als ritte er auf einer wilden Sau, sagte Onkel Hans, uns soll es recht sein, was meinst du, Jula? Schuten-Ede kaufte gepflegte Autos und brachte sie verbeult zurück, beides war gut fürs Geschäft.

Manchmal nahm mich Schuten-Ede mit auf die Reeperbahn. Bevor er sich mit Geschäftsleuten traf, sagte er: Jula, gib mir deine Hand. Ein Kind an der Hand ist wie ein Ass im Ärmel. Ich liebte diese dunklen Lokale mit den bunten, kreisenden Lichtern und die Hafenkneipen mit den Musikboxen, in die ich Geld werfen durfte. Wünsch dir was, sagte Ede und drückte mir zwei Groschen in die Hand. Unter hundert Liedern wählte ich immer nur das eine: *La Paloma*. *Ein Wind weht von Süd und zieht mich hinaus auf See/ Mein Kind, sei nicht traurig, tut auch der Abschied weh.* Ich ging noch nicht zur Schule und war schon ein Ass im Ärmel von Schuten-Ede. *Mein Herz geht an Bord und fort muss die Reise gehn/Dein Schmerz wird vergehn und schön wird das Wiedersehn.* Wenn alles, was ich später lernen musste – Grammatik, Gedichte, Vokabeln – aus der Jukebox gekommen wäre, hätte ich in allen Fächern eine Eins gehabt. Ich stand im blassen Licht der Musikbox und sang: *Mich trägt die Sehnsucht fort in die blaue Ferne/Unter mir Meer und über mir Nacht und Sterne.* War ein Geschäft gut gelaufen, und viele liefen gut, nahm mich Schuten-Ede mit auf sein Motorboot und zeigte mir Teile des Hafens, die außer ihm und seinen Kumpels niemand kannte. Edes persönlicher Schwarzmarkt war eine geheimnisvolle Welt aus schmalen Wasserstraßen, zugewucherten Ufern, versteckten Schuppen mit Schlössern, zu denen nur Ede die Schlüssel hatte. Ein paar dieser Bretterverhaue waren Vorratskammern, in denen all die Dinge lagerten, die sich gut verschieben ließen. Echte Perser, dunkle, ernste Möbel, Tresore mit echtem Schmuck. Herrenlose Ware nannte Ede die Schätze, für die er neue Besitzer suchte. Wir brausten durch die Fleete und sangen *Meine Braut ist die See und nur ihr kann ich treu sein.* Dann brachte er mich zurück und Onkel Hans sagte, dass man nicht alles, was man tagsüber erlebt habe, abends erzählen müsse. Reden ist Silber, Schweigen ist Gold und wer schweigt, kann nicht lügen. *Vor mir die Welt, so treibt mich der Wind des Lebens/Wein nicht mein Kind, die Tränen, die sind vergebens.* Ein Lied voller Rätsel. Dass ein Herz an Bord gehen kann, konnte ich mir vorstellen – aber was war der Wind des Lebens? Ede lachte und zeigte vage dorthin, wo zwischen Himmel und Erde nichts mehr zu erkennen war. Mein Onkel machte aus der Frage ein Geheimnis: Wohin dich der Wind des Lebens bläst, weißt du erst, wenn du dort angekommen bist. Als ich Großmutter fragte, ob jeder so einen Wind habe, sagte sie: Woher hast du dieses Lied?

Ob sie klein oder groß, kräftig oder schmal waren, ihre Haare lang oder raspelkurz, schwarz gefärbt oder weiß gebleicht – die Frauen, die meinen Onkel besuchten, glitzerten, leuchteten, strahlten. Sie trugen große Ohrringe und dicke Ketten, ihre kurzen Röcke waren aus Leder und am meisten bewunderte ich die Stiefel mit Schäften bis weit übers Knie. Die Frauen hatten große Augen, lange, schwarze Wimpern und rote Münder wie die Bräute im Schaufenster von Jonathan und Jette Lecour. Wenn mein Onkel Besucher zum Lachen bringen wollte, fragte er: Jula, was wünscht du dir, wenn du groß bist?

Einen Platz mit vielen Autos.

Und was willst du werden?

Flittchen.

Auch diese Frauen streichelten ein Heck, klopften auf ein Dach, schmiegten ihren Rücken in einen weichen Ledersitz, interessierten sich aber, anders als Ehefrauen, für ›das Ding unter der Haube‹, ließen den Motor anspringen und lachten, wenn er aufheulte. Manchmal überredeten sie den Onkel zu einer Probefahrt, meistens aber ging er mit den Besucherinnen in die Hütte und sperrte die Tür zu, weil Kinder bei dieser Art von Vertragsabschlüssen stören. Ich wurde in meine Arbeitsecke geschickt, putzte Ersatzreifen, wusch Nummernschilder und lauschte. Es waren die gleichen Geräusche, die ich aus der Wohnung kannte. Onkel Hans schnaufte und lachte, die Flittchen waren leise, meistens kicherten sie ein wenig, oft riefen sie in hohen Tönen seinen Namen: Hans! Hans! Hans!, als würden sie ihn suchen, während er doch bei ihnen war. Danach verließen sie die Bude, zupften am Rock, richteten die Haare, hatten gute Laune. Sie schenkten mir Schokolade und achteten darauf, dass der Onkel es sah. Ich ging noch nicht zur Schule und wusste schon, dass man eine bestimmte Art von Verträgen auf der Chaiselongue abschließt.

Ingemusch schenkte mir Lippenstifte und Nagellack, kleine Kämme mit glänzenden Perlen, eine Puderdose, in die mein Name eingraviert worden war. Jula. Ich durfte mir die Lippen anmalen, bekam ihre leeren Parfümflaschen. Leg sie zwischen deine Kleider, sagte sie, dann riechst du auch ein bisschen sündig. Ihr Lieblingsduft hieß *Eau de Soirée* und bedeutete so viel wie Wasser für das Zusammensein am Abend. Die meisten Kunden lachten über den seltsamen Lehrling auf dem Platz des Onkels, Ingemusch nie. Manchmal schaute sie von mir zu ihm und von ihm zu mir, als gäbe es in unseren Gesichtern etwas Geheimnisvolles zu entdecken.

Unser Stadtteil hieß St. Georg. Wir hatten die Alster in der Nähe und die Dampfer, wir aßen im Hauptbahnhof Suppe und trafen Leute, die meinen Onkel kannten. Hallo Hans. Ich hörte seinen Namen von allen Seiten. Hallo Hans, Moin Hans. Manche nickten nur kurz, andere tippten mit dem Finger an den Mützenschirm, viele gaben ihm die Hand oder luden ihn zum Bier ein. Mir wurde vor Freude schwindlig, als sie auch mich grüßten. ›Hallo Hans, hallo Jula‹. So viel Glück: Ich war ein Ass im Ärmel von Schuten-Ede und im Hauptbahnhof gab es Menschen, die ›hallo Jula‹ sagten. Ich war keine Fremde mehr, ich gehörte zum Kiez.

In St. Georg stand das Haus, in dem die Freundinnen des Onkels wohnten. Es hatte weiße Fensterläden, auf den Fenstersimsen standen Töpfe mit Geranien. Onkel Hans betrat das Haus nie von der Straße aus. Wir gingen durch einen Torbogen in den Hinterhof und wenn es warm genug war, setzten wir uns auf die Bank unter der alten Weide. Im Sommer, wenn die Frauen barfuß oder in Sandalen gingen, erkannte ich die, die in der Wielandstraße gewesen waren, an den Füßen, an der Gestalt ihrer Zehen. Der größte Zeh und der kleinste Zeh – beide sind so unverwechselbar wie das Passbild in einem Ausweis. Keine Frau nannte meinen Onkel ›Hansi‹, nur Großmutters Vogel rief diesen Namen. Überall sonst war er der ›Auto-Hans‹ oder der ›Hans vom Platz‹. Auf mich stürzten sich die Frauen wie auf eine herrenlose Katze. Sie streichelten und küssten mich, fütterten mich mit Keksen und Schokolade, und ich sagte: Danke Tante Jeanette, Tante Manon, Tante Francine, Tante Julienne, danke Tante Juanita.

Ingemusch lebte hinter dem Park in einer Siedlung aus halbierten Tonnen, Baracken aus Wellblech, die Nissenhütten hießen. Sie teilte sich die Hütte mit einer alten Frau, zwischen ihnen gab es keine Wand und keine Tür, nur eine dicke Wolldecke. Sie kannten jeden Atemzug voneinander, jedes Husten, jedes Räuspern, jede Träne, jeden schlechten Traum, jeden Besucher. Im Sommer war es in der Hütte glühend heiß, im Winter wuchsen in der Waschschüssel Eisblumen. Für mich gab es keinen behaglicheren Platz als Ingemuschs Wolldeckenzimmer. Auf dem Boden lagen bunte Teppiche übereinander – wie die Perser in der Bude von Onkel Hans. Mein Onkel hatte eine Herdplatte besorgt, auf der Ingemusch kochte. Kein Stadtteil war wie diese Siedlung. Bunt, lustig und laut. Zwischen den Hütten hing an dünnen Drähten nasse Wäsche. Mütter riefen die Namen ihrer Kinder, Hunde bellten, Babys schrien, in jeder Hütte wurde einmal am Tag so laut geschimpft, dass es alle hören konnten, und immer wurde auch irgendwo laut gelacht. Sie zanken wie die Kesselflicker, sagte Ingemusch, aber nie lange, im Grunde ist es hier friedlich. Pack schlägt sich, Pack verträgt sich, sagte mein Onkel. Großmutter hätte mir verboten, auch nur in die Nähe dieser Baracken zu gehen. Sie nannte die Bewohner Zigeuner, und was die taten, wusste jeder. Sie brieten lebendige Igel in Lehm, entführten blonde Kinder, stachen schnell mal mit dem Messer zu – nur abends, sagte Großmutter, abends, wenn sie Geige spielen, schmilzt jedes

Herz. Ingemusch hat in der Siedlung nie einen Menschen mit einer Geige gesehen. Mein Onkel, der kein ängstlicher Mann war, sagte nach jedem Besuch: Ein Schwan gehört nicht in ein Rattenloch. Er wollte mit Schuten-Ede und mit Trümmer-Otto reden.

Ich kannte schwarze Männer nur von den Bildern auf Großmutters Teedose, aber im Sommer 1954 stand plötzlich ein Schwarzer auf dem Platz des Onkels und rief mehrmals ›Hans‹. Durch das Fenster der Bude sah ich, wie sich die beiden die Hand gaben, ein paar Worte wechselten und auf einen der Wagen zugingen, die mein Onkel Amischlitten nannte. Der Schwarze strich so sanft über das Dach, als streichele er einen Hund. Aus der Manteltasche zog er ein Bündel Geldscheine, gab sie meinem Onkel, der sie lässig in die Hosentasche schob. Das Auto war zugelassen, die Papiere lagen auf dem Beifahrersitz, der Schwarze ließ den Wagen an und fuhr davon. Keine Beratung, keine Probefahrt, kein Feilschen. Geld gegen Auto, schnell wie der Kauf eines Brötchens. Mein Onkel rollte die Scheine zusammen, schob sie in den Tresor und lachte: Schwarzes Gold. Geh'n wir bummeln, was Besseres kommt heute nicht mehr vorbei.

Bummeln mit Onkel Hans war Heimatkunde ohne Schule. Wir standen vor einem Trümmergrundstück und er sagte: Schau, dort hat ein Hospital für Leprakranke gestanden. St. Georg hieß es, wie der heilige Drachentöter, es hat dem Viertel seinen Namen gegeben. Seefahrer haben die Seuche aus Afrika nach Hamburg geschleppt. Die Kranken sahen grässlich aus. Sie hatten schuppige Haut, ihr Blut war dick geworden, die Venen und Arterien verstopft. Sie hatten kein Gefühl mehr für Wärme und Kälte, empfanden keinen Schmerz. Es gab einen Mann, Jula, dem waren Ohren und Hände abgefallen und es tat ihm nicht einmal weh. Kennst du Lepragesichter? Sie sind mit rot-braunen Flecken übersät, werden breit wie Pfannekuchen, man nannte sie: die mit den Löwengesichtern. Da mein Onkel nicht sagte, dass er von einem um 1200 gegründeten Lepra-Hospital sprach, glaubte ich, er sei den Aussätzigen persönlich begegnet. Auch den Pestkranken, denen es verboten war, die Stadt zu betreten. Sie hatten Beulen am Hals und in den Achselhöhlen blauschwarze Wunden, die nässten und eiterten. Das Blut, das sie spuckten, war dunkelrot.

Auf dem Spielplatz setzte mich Onkel Hans auf die Schaukel und sagte: Der schwarze Tod holte sich in dieser Stadt sechstausend Menschen. Er gab der Schaukel einen kräftigen Schubs, ich flog in die Luft und höre seither auf jeder Schaukel im Rhythmus des Schaukelns: Der schwarze Tod. Sechstausend Menschen. Der schwarze Tod. Sechstausend Menschen. Ich glaubte, die Pestkranken hätten bis gestern an der Stadtgrenze gestanden.

Spaziergänge mit Onkel Hans gehörten zu den Dingen, die ich erzählen durfte. So sagte ich Großmutter am Abend, dass ich an diesem Nachmittag zwei schlimme Krankheiten kennengelernt hatte.

Und die wären?

Lepra und Pest.

Fehlt noch Cholera, sagte sie. Und weiter?

Ich ließ den Besuch bei den Flittchen aus, verschwieg Ingemusch und die Nissenhütten, erinnerte mich an den Besuch des Schwarzen auf dem Platz und sagte: Neger sind die besten Kunden.

Wer sagt das?

Onkel Hans.

Warum sollten Neger die besten Kunden sein?

Sie haben schwarzes Gold.

Woher haben sie das schwarze Gold?

Aus Afrika.

Dann ist ja alles in Ordnung, sagte Großmutter.

Wir gingen in die Küche. Ich wusch mir die Hände, sie deckte den Tisch, der Sittich rief ›Hansi‹. An diesem Abend gab es Möhren, Kartoffeln aus dem Garten und Eier aus dem Hühnerstall. Wir aßen oft Kartoffelbrei und Spiegeleier, aber dieses Essen werde ich nicht vergessen, weil es, ohne dass wir es wollten, ein merkwürdiger Abend wurde. Ich spürte, wie ich plötzlich, zwischen zwei Karotten, erwachsener wurde, mutiger, einen Millimeter mehr Verstand bekam. Sanft ging das vor sich. Etwas geschah, das ich nicht sehen, nicht riechen, nicht anfassen konnte, nur spüren. Ein Gefühl, als sei aus mir ein ›Wir‹ geworden. Nicht ich allein sah zu, wie Großmutter mit der Gabel in das gelbe Auge ihres Spiegeleis stach, w i r sahen zu, wie es langsam, wie eine große, gelbe Träne, auslief und über den Kartoffelbrei floss.

Jula, hast du keinen Hunger?

Wie sollte ich erklären, dass sich etwas zu mir gesellt hatte, von dem ich nicht sagen konnte, ob es sich neben mir aufhielt, hinter oder vor mir. Es war einfach da. Um mich herum. Es war so groß wie ich oder größer. Oder kleiner. So alt wie ich oder älter. Oder jünger. Ich konnte mit ihm sprechen, ohne die Lippen zu bewegen. Es antwortete, ohne dass ich es hören konnte.

Nach dem Essen fragte Großmutter: Hören wir Radio? Setzen wir uns vor den Kachelofen? Lesen wir im Buch Nummer eins? Besuchen wir fremde Länder auf dem Globus oder blättern wir in Vatis Kriegsalbum?

Ich liebte nicht nur die Geschichten aus Tausend und einer Nacht. Ich liebte das ganze Buch. Die zarte Zeichnung auf dem schwarzen Buchdeckel. Umgeben von zwölf goldenen Sternen glitt ein Pferd über den Himmel. Es trug einen Prinzen und eine Prinzessin auf dem Rücken, die traurig auf die Stadt hinunterblickten, aus der sie vertrieben worden waren. Niemand hatte mir gesagt, wie diese Stadt hieß. Für mich hießen alle Städte mit Moscheen Bagdad.

Was soll ich lesen, fragte Großmutter.

Den Fischer mit dem Geist.

Dass der Fischer den bösen Geist überlistete, war nicht wichtig. Dass der junge König der schwarzen Inseln zur Hälfte aus Marmor bestand, war unheimlich, aber mein Herz klopfte erst, wenn Großmutter bei dem See mit den verzauberten Fischen ankam. Es gab weiße, rote, blaue und gelbe Fische, die vor ihrer Verwandlung Menschen gewesen waren: Muselmanen, Christen, Juden und Perser. Der Fischer hatte nie mehr als vier Fische im Netz – einen blauen, einen weißen, einen roten und einen gelben. Er brachte das Netz dem Sultan, der gab es dem Wesir, der brachte die Fische zur Köchin. Dann folgte die Stelle, von der ich nicht genug kriegen konnte, obwohl ich sie auswendig kannte.

Lies »Nachdem die Köchin …«.

Großmutter las mit lauter, heller Stimme. »Nachdem die Köchin die Fische gereinigt hatte, setzte sie eine Pfanne mit Öl auf das Feuer und legte die Fische hinein, um sie zu braten.«

Auch mit Großmutter war etwas anders als sonst. Sie las flüchtiger. Sie machte Pausen, wo keine Pausen hingehörten. Immer wieder hob sie den Kopf, drehte ihn zur Bügelkammer, schaute zurück in das Buch, las weiter. »Als sie auf einer Seite genug gebraten waren, wandte sie die Fische auf die andere Seite. Aber kaum waren sie umgedreht …« Großmutter hob den Kopf, lauschte, stand auf und drehte entschlossen den Schlüssel um, der in der Tür der Bügelkammer steckte. Sie kam zurück an den Tisch. »Aber kaum waren die Fische umgedreht, als die Köchin mit Staunen sah, wie sich die Wand der Küche spaltete. Daraus trat ein wunderschönes Mädchen hervor in herrlichen Kleidern, mit kostbaren Ohrgehängen und perlenbesetztem Halsband; an den Armbändern waren große Rubine, in der Hand trug sie einen Myrtenzweig.« Großmutter ließ das Buch sinken.

Kind, was ist dir? Deine Augen glänzen so – sollen wir Fieber messen?

Ich schüttelte den Kopf.

»Das Mädchen ging zur Pfanne mit den Fischen, während die Köchin, vor Verwunderung einer Ohnmacht nahe, unbeweglich dastand, berührte einen der Fische mit dem Zweig und sagte: Fisch …« Sie unterbrach sich, hob erneut den Kopf und sah in Richtung Bügelkammer.

Großmutter, du liest heute komisch.

Und du hörst nicht zu.

Ich sagte: Es ist, weil … Sie drehte den Kopf zur Bügelkammer und sagte: Weil was?

Tatsächlich hatte es sich vor einer Weile angehört, als hätte jemand die Kammer betreten. Oder verlassen. Der Boden hatte nicht geknackt, die Tür, die zum Garten führte, nicht gequietscht, es hatte nur ein Wechsel in der Art der Stille stattgefunden, die ich kannte, die Großmutter aber zum ersten Mal auffiel. Ich wusste, dass mein Onkel sich dort manchmal aufhielt, um zu lauschen, und dachte, er wolle uns nahe sein und sich auf diese Weise mit Großmutter vertragen.

Großmutter, gibt es Schutzengel?

Ach so, sagte sie und klappte erleichtert das Buch zu. Du denkst, im Bügelzimmer steht ein Schutzengel?

Ich nickte. Was ist ein Schutzengel?

Großmutter musste über Schutzengel nachgedacht haben, sie sprach darüber so geläufig, als hätte ich gefragt, wie Kartoffelpüree entsteht.

Ein Schutzengel, sagte sie, ist die Seele eines Menschen, der zu früh gestorben ist. Wenn die Seele eine Weile »drüben« war, darf sie sich jemanden aussuchen, den sie beschützen möchte.

Hat jeder einen Schutzengel?

Natürlich nicht! Schutzengel haben nur Menschen, die es verdient haben, beschützt zu werden.

Hast du einen?

Nein.

Onkel Hans?

Wird wohl einen haben. Vielleicht auch zwei. Oder eine ganze Armee.

Und Vati?

Braucht keinen.

Und Großvater?

Hat keinen verdient.

Woher weiß man, dass man einen hat?

Sie lächelte. Warum fragst du, du hast ihn doch auch gehört – oder?

Wir sagten Hansi gute Nacht, deckten den Vogel zu und tasteten uns durch den Flur in die Diele. Großmutter half mir beim Ausziehen und setzte sich, wie jeden Abend, zu mir aufs Bett.

Warum hatte Hans einen Schutzengel? Warum ich? Warum brauchte mein Vater keinen, hatte Großvater keinen verdient und warum wurde Großmutter von keiner Seele beschützt?

›Warum‹ ist morgen, sagte Großmutter, sei froh, dass du einen hast.

Warum?

Weil er dich beschützt. Du kannst mit ihm sprechen. Du musst nicht für jeden Wunsch den lieben Gott anbetteln, den es nicht gibt und der nicht lieb ist. Aber das musst du wissen: Schutzengel beantworten keine Warum-Fragen. Niemals.

Warum nicht?

Weil sich junge Tote mit der Frage aller Fragen quälen: Warum ich? Solange ihnen diese Frage niemand beantwortet … verstehst du?

Großmutter faltete die Hände und sagte: Lieber Gott gib Acht, dass Jula am Morgen erwacht.

Vielleicht merkte ich es am nächsten Morgen, vielleicht erst ein paar Tage später. Es fiel mir beim Bürsten meiner Haare auf. Die kleine, warme Maus auf meinem Kopf war weg. Dafür hatte ich einen Schutzengel. Ich nannte ihn Carla.

In der Ecke des Platzes, vor der grauen Mauer, wo mich der Wind nicht fand, hatte mir Onkel Hans einen Arbeitsplatz eingerichtet. Hier stand mein Tisch, mein Stuhl war eine Sperrholzkiste, auf der in dunkelbraunen Buchstaben ›Guatemala-Kaffee‹ stand. In dieser Kiste bewahrte ich den Putzeimer auf, zwei gelbe Schwämme, die, wie Schuten-Ede sagte, auf dem Grund des Meeres gepflückt worden waren, und ein weiches Ledertuch. Ich reinigte verschmutzte Nummernschilder mit Spülmittel und warmem Wasser. Am liebsten die ungültigen, die mein Onkel aufbewahrt hatte, weil er hoffte, dass Sammler eines Tages viel Geld dafür bezahlen würden. Schwarze Buchstaben und Zahlen auf orangenem Grund gehörten in den amerikanischen, die auf rotem Grund in den französischen Sektor und schwarze Buchstaben auf blauem Grund in die britische Besatzungszone.

Beim Putzen lernte ich das Alphabet. Drei Balken sind ein A. Das B hat zwei Busen, sagte Onkel Hans und lachte so fröhlich, dass ich an Ingemusch dachte, wenn ich den Schmutz von einem B abputzte. Das X war ein Teil von einem Gartenzaun und das F mit seinen zwei Strichen eine Fahne. Wenn man das K umkippte, entstand ein Dach, und wenn das R auf dem Rücken lag, war es ein Fisch. Das S sah aus wie ein Wurm. Ich konnte das Alphabet nicht in der richtigen Reihenfolge, aber ich kannte alle Buchstaben. Die mit den Pünktchen schrieb Onkel Hans in ein Heft. Sie haben im Alphabet keinen Platz abbekommen, weil sie ... ach, was weiß ich, sagte er, vielleicht war das Alphabet schon voll, als sie aufgenommen werden wollten. Er nannte die Buchstaben mit den Pünktchen Trödellieschen, und wer trödelt, wird bestraft, sagte er, das siehst du daran, dass sie auf keinem Nummernschild zu finden sind.

Weil sie nicht dazugehören durften, hatte ich sie besonders gern.

Wenn man das Ü in einen Kreis sperrte, lachte es. Das Ö war ein Gesicht, dem die Augen auf den Kopf gerutscht waren. Es hatte keine Augenbrauen und sah aus wie Onkel Hans. Warum hatten nur wenige Buchstaben Punkte? Das Y hätten sie in eine Blume verwandelt, das Q in einen flüchtenden Hasen. Onkel Hans lieferte das Ä nach, mehr Trödellieschen gibt es nicht, sagte er, vielleicht woanders, nicht in unserem Alphabet. Weil meine Hände beim Putzen mit allen Buchstaben Kontakt hatten, wusste ich, wie sie sich anfühlten, ich kannte ihr Wesen. Ich spürte sie, sobald ihr Name fiel.

Unter den Zahlen waren mir die runden am liebsten. Der Kopf von der Zwei, die Bäuche der Drei, der runde Rücken der Fünf, der Schoß der Sechs, die Doppelnullen der Acht, der Kopf der Neun. Zahlen sind Geheimnisträger, sagte Onkel Hans, schau die Null an. Nimm ihre scheinheiligen vier Buchstaben N U L L, verwandle sie in die Zahlen, die sie im Alphabet einnehmen: 14. 21. 12. 12, häng sie aneinander und schon hast du eine riesige Zahl: vierzehn Millionen, zweihundertelftausend, zweihundertzwölf. Hättest du das von einer Null gedacht? Und stell dir vor, du nimmst statt der Null, die nur aus vier Buchstaben besteht, die Zahl 23. Dreiundzwanzig, verstehst du? Vierzehn Buchstaben, die du in eine 21stellige Zahl verwandeln kannst. Da wird dir schwindlig, da geht doch die Erde unter dir auf. Ich ging noch nicht zur Schule und wusste, dass sich hinter der Fünf ein E versteckte, hinter der Sieben ein G, die Neun hieß I, die Drei C, die 17: Q. Und umgekehrt: Wenn mein Onkel ›zehn‹ über den Platz rief, meinte er mich, das J aus meinem Namen. Das alles lernte ich, während ich Nummernschilder mit einem Schwamm einseifte und mit dem Ledertuch blank rieb. Warum gab es neben den Zahlen noch Buchstaben, wenn doch die Buchstaben schon Zahlen waren? Der Buchstabe ist das Versteck der Zahl, sagte mein Onkel, so wie die Zahl das Versteck der Buchstaben ist. Die ganze Welt ist ein Versteck, ein raffiniertes System, mit dem sie versuchen, dich fertigzumachen.

In der Schule lernte ich dann, dass man mit Buchstaben schreibt und mit Zahlen rechnet, das schuf wieder Ordnung in meinem Kopf. Als ich diese Ordnung an meinen Onkel weitergeben wollte, damit sie ihn nicht fertig machen konnten, sagte er verächtlich: Lehrer! Lehrer sind ein Teil des Systems.

Zur Einschulung schenkte mir Großmutter eine Schultüte, die sich von den Tüten anderer Schüler unterschied. In meiner steckte keine Schokolade, keine Apfelsine, kein Apfel, meine Schultüte war voller Stoffreste, die sie aus der Kittelschürzenfabrik gestohlen hatte. Weiche Stoffe mit gelben und blauen Blüten für ein Alltags- und Rosenblüten für ein Sonntagskleid. Ich fand Glasmurmeln darin, die zu schön waren, um sie beim Spielen an andere Kinder zu verlieren, und eine Büchse Dosenmilch, die ich mit Zucker verrühren und austrinken durfte. Abends lag neben meinem Teller ein Buch, das für die Schultüte zu groß gewesen war. Ich schrieb meinen Namen hinein und nannte es Buch Nummer 3. Es hieß *Die schwarzen Brüder* und war die Geschichte armer, italienischer Dorfkinder, die von ihren verzweifelten Eltern an Schornsteinfeger verkauft wurden, um in einer großen Stadt wie Mailand zum Putzen in die Kamine gesteckt zu werden. Sie stürzten ab, verbrannten, verhungerten, wurden geschlagen, schliefen wie Hunde vor den Türen ihrer Meister. Die Kinder hießen Spazzacamini, das Wort habe ich nie vergessen, weil zu jedem Kapitel Großmutters Tränen gehörten und ihr Seufzer: Die armen, armen Spatzen. Spazzacamini war ein Wort, mit dem man angeben konnte, weil man fast schon eine fremde Sprache beherrschte. Großmutter erklärte, dass es wahre und ausgedachte Geschichten gebe. Die *Schwarzen Brüder* hätte es wirklich gegeben, während die Großwesire und Prinzen aus meinem Buch Nr. 1 Hirngespinste waren. Hirngespinst war ein geheimnisvolles Wort. Ich stellte mir einen Kopf vor, in dem zwischen feinen, grauen Spinnennetzen die Geschichten hingen, die man dort hineingelesen hatte. Wir waren stolz, dass wir wie Fachleute über Wahrheitsbücher und Hirngespinstbücher sprechen konnten. Großmutter sagte, dass man ein neues Buch auch dann anfangen darf, wenn man das alte nicht verstanden hatte, so wie wir das schöne Mädchen mit dem Myrtenzweig nicht verstehen konnten. Die Fische, Oma, warum stößt sie die Fische ins Feuer? Bücher sind nicht nachtragend, sagte Großmutter, du kannst sie in den Schrank stellen und verstauben lassen, du kannst sie wiederentdecken, abstauben und noch einmal lesen und dann vielleicht verstehen. Wenn sie doch ihre Pflicht getan haben, die Fische, warum müssen sie dann verbrennen? Frag die Lehrerin, dafür haben wir kein Lexikon.

Am ersten Schultag bekamen wir eine Fibel, lernten ›Drei Chinesen mit dem Kontrabass saßen auf der Straße und erzählten sich was‹, wobei meine Nachbarin den Text auf ›A‹ singen musste und ich auf ›U‹. ›Tru Chunusun mut dum Kuntrubuss‹, ohne zu wissen, was das für ein Ding ist, dieser ›Kuntrubuss‹. Bevor wir sangen, sagten wir laut und deutlich unsere Namen, unsere Adressen und die Berufe unserer Eltern: Vater Maurer, Mutter Hausfrau. Vater gefallen, Mutter Stenotypistin. Vater Kaufmann, Mutter Hausfrau. Vater Seemann, Mutter Hausfrau. Vater gefallen, Mutter Verkäuferin. Vater Auswärtiges Amt, Mutter tot.

Armes Kind. Wo wohnst du denn?

Bei Großmutter und Onkel Hans. Großmutter näht Kittelschürzen im Akkord und Onkel Hans ist Autohändler.

Die Lehrerin sah mich länger an als die Kinder mit den kriegstoten Vätern. Sie ließ uns noch einmal das neue Lied singen, diesmal alle und auf ›I‹. Tri Chinisin mit dim Kintribiss … dann gaben wir ihr die Hand, machten einen Knicks und durften die Schule verlassen. Mich hielt sie zurück.

Wart' ein Weilchen.

Sie fragte, ob ich einen Wohnungsschlüssel hätte. Wann Großmutter aus der Fabrik käme. Wo ich mich in der Zwischenzeit aufhielte, ob ich etwas zu Essen bekäme. Ja, sagte ich, Großmutter ist mittags zuhause. Wir essen zusammen, dann gehe ich spielen, meistens im Garten, meistens mit Ingo.

Demnächst musst du nachmittags Schularbeiten machen, sagte

sie. Du musst Rechnen üben, Lesen und Schreiben. Kann die Großmutter helfen?

Ich nickte, gab ihr die Hand und ging zu Onkel Hans auf den
Platz. Auf dem Tisch vor der Hütte lag dunkles Brot und Leberwurst,
Onkel Hans trank Bier und ich Milch aus einer braunen Flasche,
sodass es aussah, als stünde auch vor mir ein Bier. Er gratulierte mir
nicht zur Einschulung, obwohl er den Ranzen und die Schultüte
sah. Er tat so, als wäre dies ein Tag wie jeder andere, stand auf, ging
um die Autos herum, und ließ den einen oder anderen Motor an, damit es auf dem Platz geschäftig aussah. Hier kannst du mal wischen,
Jula, rief er. Ich nahm meinen Eimer, den Lappen und rieb damit
über das blitzblanke Blech. Das Spiel hieß: Wir locken Kunden an.
Es sollte nicht der Eindruck entstehen, bei uns sei nichts los.

Auf der Bank lagen Ranzen und Schultüte. Mein Onkel ging
daran vorbei, als sei er blind oder diese beiden wichtigen Dinge
seien unsichtbar. Ich legte meine Hand auf den Ranzen, verschob
die Tüte – keine Reaktion. Wenn du magst, sagte er, kannst du beim
Bäcker Kuchen holen. Er gab mir zwei Mark. Ich war froh, dass ich
den Platz verlassen durfte, weil ich die Tränen kaum noch zurückhalten konnte. Ich hatte am ersten Schultag die Lehrerin angelogen,
um das Leben, das wir führten, zu retten. Ich hatte es für ihn getan.
Als der Bäcker fragte, ob ich traurig sei, rannte ich aus dem Laden.
Wenn du traurig bist, dann hüpf und lach. Ich hüpfte mit dem
Kuchen zum Platz zurück.

Mein Onkel hatte Kaffee gekocht, auf dem Tisch standen Tassen
und Kuchenteller. Das längliche Ding, das auf einem der Teller lag,
sah ich sofort. Es war in ein gelbbraunes Ledertuch eingeschlagen
worden. Zwei weiße Schleifen sahen wie Hasenohren aus. Als Onkel
Hans mein verschmiertes Gesicht sah, lachte er lange und laut.
Dummchen, sagte er, was denkst du von mir.

Ich streichelte das Leder. Ich liebte das Gefühl des stumpfen
Widerstands in den Handflächen, wenn das Leder trocken war.
Noch schöner fühlte es sich an, wenn es in heißes Wasser getaucht
wurde, zögerlich seine schrumpelige Sperrigkeit aufgab und sich

in etwas Warmes, Glattes, Glitschiges verwandelte, als wäre es auf dem Weg, ein Fisch zu werden. Die Vorstellung, etwas Lebendiges aus dem Eimer zu ziehen, fest zuzupacken und auszuwringen, kostete mich einen Atemzug der Überwindung, dann genoss ich die Belohnung: ein weiches, warmes, nasses Tuch, das wie von selbst über die Autofenster glitt. Als ich die erste Schleife aufzog, hielt er meine Hand fest.

Warte, Jula.

Ein Kunde betrat den Hof. Er schlenderte an den Autos entlang, an diesem Tag standen sieben Wagen auf dem Platz. Ein Borgward, drei Volkswagen, zwei Amischlitten und der grüne Goggo. Der Kunde setzte sich in jedes Auto, ließ die Motoren anspringen, blinkte nach rechts und nach links, drückte die Hupe, dann bat er meinen Onkel um eine Probefahrt mit dem sandgelben Borgward. Nicht auspacken, bevor ich wieder da bin, rief Onkel Hans. Er setzte sich auf den Beifahrersitz und muss mit einem schnellen Blick gesehen haben, wie ich vorsichtig an einer Schleife zog. Schnell stieg er wieder aus und schob mich lachend auf die hintere Sitzbank.

Der Kunde fuhr über die lange Wandsbeker Chaussee, bog in die Wielandstraße ein, fuhr an Großmutters Haus vorbei und langsam am Eilbekkanal entlang. Er umrundete im zweiten Gang die Außenalster und fuhr in großen Schleifen zurück zum Platz des Onkels in der Danziger Straße. Er war mit der Probefahrt zufrieden. Als mein Onkel, wie üblich, nach der Anzahlung fragte, fragte der Kunde nach einem Motorrad mit Beiwagen. Sicher, sagte mein Onkel, hier steht, wenn Sie wollen, in drei Tagen ein Motorrad mit Beiwagen. Sie gaben sich die Hand. Den sehen wir nicht wieder, sagte Onkel Hans, typischer Probepisser. Die gäbe es überall in der Welt und in jeder Branche, die nippten und kosteten, probierten herum, und wenn es ernst würde, verpissten sie sich. Probepisser erkannte der Onkel auf den ersten Blick.

Woran erkennt man Probepisser?

Er verbot mir, das Wort im Beisein von Kunden zu benutzen. Wenn du denkst, du erkennst einen, sag einfach PP.

Woran erkenne ich einen PP?

Richtige Männer, sagte Onkel Hans, deren Traum von einem Auto wahr werden soll, betreten den Platz ungeduldig und energisch. Ihr Blick gleitet liebevoll über die Automodelle, sie fühlen sich als Besitzer, bevor sie das Auto gekauft haben. Ein PP geht drei Mal am Platz vorbei, dann schleicht er sich an, als lägen hier Minen. Beim Bäcker fragt er nach Kuchenresten, beim Schlachter nach Knochen für den Hund, und bei mir holt er sich das Gefühl, am eigenen Steuer zu sitzen. Hüte dich vor Probepissern, sie sind nicht Fisch und nicht Fleisch. Sie probieren sich durchs Leben und beißen nie richtig zu. Mein Onkel hatte Recht. Der Mann kam nicht wieder. Wir setzten uns vor die Hütte an den Tisch. Ich durfte das Päckchen öffnen.

Es war ein Nummernschild aus dem amerikanischen Sektor. Vier schwarze Zahlen auf orangenem Grund: 10. 21. 12. 1. Keine Buchstaben, weil es ja Buchstaben waren. J.U.L.A. Er nahm mir das Schild aus der Hand und schraubte es an den grünen Goggo. Kleines Geschenk für die Schultüte, sagte mein Onkel und lachte, bis er keine Luft mehr bekam.

Abends sang ich Großmutter das Chinesenlied vor. Auf ›U‹. Tru Chunusun mut dum Kuntrubuss, sußun uf du Strußu und urzuhltun such wus, du kum du Puluzu und frugtu: Ju, wus ust dunn dus. Großmutter schüttelte den Kopf. So einen Unsinn lernst du in der Schule? Kennst du das fünfte Gebot? Nein? Dann merk es dir: Du sullst nucht tutun.

Ich weiß nicht, wie oft ich versucht hatte, aus der Erinnerung das Pferd zu malen, das einmal in der Woche den Gemüsekarren durch die Straße zog – immer glich es einem fetten Schwein auf langen Beinen. Um mich herum lag zerrissenes Papier. Es regnete, ich ärgerte mich über die Unfähigkeit meiner Hand, zu zeichnen, was ich ganz deutlich vor Augen hatte: den Pferdekopf, die Ohren, den Körper, den Schweif – wie kann man all das sehen und nicht zeichnen können? Bevor ich vor Verzweiflung losheulte, sagte Groß-mutter: Wir räumen den Keller auf, der ist mir schon lange ein Dorn im Auge.

Neunzehn steile Stufen – der Keller lag tief unter der Erde. Es roch nach Moder und Kohlen, hier war es kalt und feucht. Nie würde ich alleine in diesen Keller steigen. Sein mattes Licht, die nackten Glühbirnen, die Schatten, die wir warfen, unsere hallenden Schritte, die Ecken und Winkel – wenn das Böse nicht hier wohnte, wo dann? Sobald wir stehen blieben, machte der Keller sein eigenes Geräusch, ein hektisches Huschen und Rascheln. Gingen wir weiter, verschwand das Geräusch, als lauschten die Ratten und Mäuse nun unseren Schritten. Großmutter sagte, Ratten und Mäuse könne es hier nicht geben, an denen hätten sich im Krieg die Katzen fett ge-fressen. Sie hatte es oft gesehen. Das Lauern, das Anschleichen, ein gieriger Sprung, der Todesbiss in den Nacken mit vor Hunger irren Augen. Wenn hier keine Ratten und Mäuse umherhuschten – was dann? Großmutter schien das nicht zu bewegen – ihre Empörung galt bei jedem Kellergang den Zeitungsschmierern, die nicht über das Schicksal der Tiere im Krieg berichtet hatten. Jaulend vor Hun-ger waren die Hunde durch die Trümmer geschlichen. Abgemagerte Gerippe, die Schnauzen am Boden, mit dem wiegenden Gang von Hyänen. Und sollten hier im Keller tatsächlich wieder Mäuse und

55

Ratten wohnen, herzlich willkommen, sagte Großmutter, jedes Lebewesen ist vom lieben Gott geschaffen und zu Recht auf der Erde.

Bei jedem Gang in den Keller begegnete ihr der Krieg und mit dem Krieg die Fragen, die niemand beantworten wollte. Wie kamen Milliarden Fliegen in die Stadt? Waren sie von den Toten angelockt worden oder kamen sie aus den Toten und nährten sich von ihnen? Grüne, fette Fliegen, die in dicken Klumpen aufeinandersaßen und neue Fliegen produzierten. Das war ein Summen und Brummen in der Stadt, als kämen die englischen Bomber zurück. Und die Maden! Wie Teppiche lagen sie vor den Kellereingängen, ein fetter, sich windender Brei, eine lebendige Masse, auf der du ausrutschen konntest. Die Menschen ekelten sich, sagte Großmutter, aber was können die Tiere dazu? Die hatten den Krieg nicht begonnen.

Großmutter liebte Tiere und Geschichten über Tiere. Wenn sie morgens vom Einkaufen kam und wir in der Küche frische Brötchen aßen, las sie aus der Zeitung vor. So erfuhr ich, dass in Indien Busse mit Elefanten zusammenstießen, in China ein Tiger ein Kind zerrissen hatte, die Büffel in Amerika ausstarben und es in Hagenbecks Tierpark zwei neue Eisbären gab. In Afrika hatten Schimpansen ein Dorf überfallen und vor der italienischen Insel Favignano wurden jedes Jahr so viele Thunfische geschlachtet, dass das Meer rot war und die Strände voller Blut. Großmutter kannte jede Raupenplage der Welt. Über einen Heuschreckenschwarm, der ein Kornfeld leergefressen hatte, konnte sie sich den ganzen Tag freuen, waren die Tiere doch endlich einmal satt geworden. Zu ihrer Tierliebe gehörte auch der vor dem Feuer gerettete Persianermantel, der nie aufhörte, nach geräucherten Lämmern zu riechen. Wenn sie ihre Krokotasche trug, war sie überzeugt, dass sie dem getöteten Reptil Ehre erwies.

Neunzehn Stufen unter der Erde, zwischen den Kohlen und dem eingemachten Gemüse, war noch immer Krieg. Schwarze Pfeile führten durch das Labyrinth, niemand hatte die Frakturschrift übermalt: Ruhe bewahren. Rauchen verboten. Großmutters Keller hieß LU 26. In diesem Luftschutzkeller hatte sie den großen Hamburger

Feuersturm überlebt, diesen heißen Drachen, der über ihrem Kopf durch die Straßen raste, die Dächer abdeckte, die Treppenhäuser in Feuersäulen verwandelte, Häuserwände bersten ließ. Ruhe bewahren, sagte Großmutter, wenn sie das Vorhängeschloss öffnete.

Von ihren Kellergeschichten war mir die mit dem Vogel am liebsten. Es ging um die Nacht, in der es die alte Frau Pettersen nicht mehr in den Luftschutzkeller geschafft hatte. Wenn sich Großmutter auf diesen Vorfall konzentrierte, sah sie durch mich hindurch, durch die Wand hinter mir, durch die Kellerdecke, sah das schwankende Haus auf der anderen Seite der Straße, beschrieb das Haus, als sei es ein lebendiges Wesen, das um sein Leben kämpft, statt nach dem Einschlag der Bombe besiegt in sich zusammenzufallen. Erst glühte das Treppenhaus wie ein Rückgrat aus Feuer. Dann sprangen die Fenster aus den Rahmen, Scherben flogen durch die Luft, die Kraft des Feuers schleuderte Sessel und Sofas aus den Fensterhöhlen, die Flammen leckten ihnen nach, als wollten sie die Flucht verhindern. Dann schoss ein Ball aus dem dritten Stockwerk, ein kugelrunder, hellblauer Ball, der Flügel bekam, als er den Flammen entkommen war, torkelte, stürzte, sich fing, sich überschlug und in die glühenden Trümmer auf der Straße stürzte. Großmutter kannte den blauen Ball. Er hieß Peterle und hatte mit ihr und seiner Besitzerin, Frau Pettersen, viele Aufenthalte im Luftschutzkeller überlebt. Wenn Großmutter von Erinnerungen überwältigt wurde, endete die Geschichte mit Tränen für den Sittich. Aber an Tagen, an denen sie alles verrückt fand, was vor ihren Augen geschah, geschehen war und noch geschehen würde, hätte es sie nicht überrascht, wenn nach dem Vogel die alte Frau Pettersen aus dem Fenster geschossen wäre und beide, Vogel und Frau, wie ferngelenkt, den Weg zurück in die Wohnung gefunden hätten. Alles, was in den Feuernächten vor ihrer Haustür geschah, war so wirklich, wie es unwirklich war.

Da wir oft in den Keller gingen, kannte ich LU 26. In der rechten, hinteren Ecke lag der Haufen Eierkohlen, in der linken Ecke stand die schwarze Mauer der aufgestapelten Briketts. Ich kannte das grüne Tischchen und den kleinen Stuhl, die Kindermöbel von

Onkel Hans. An diesem Regentag waren wir zum Saubermachen hergekommen. Wir nahmen die Einmachgläser mit Bohnen, Möhren und Erbsen aus den Regalen, wischten den Kohlenstaub von den Marmeladengläsern. Als wir alle Vorräte herausgenommen hatten, als die Regale leer waren, sah ich, dass die Wand dahinter übersät war mit Buchstaben und Zahlen. A=1, B=2, C=3 und so weiter bis Z=26. Und umgekehrt: 26=Z, 3=C, 2=B, 1=A, einmal das ganze Alphabet Buchstabe für Buchstaben, Zahl um Zahl mit Kohle an die Wand geschrieben, so klein wie es mit einem Eierbrikett möglich war, Zahlen und Buchstaben aneinandergepresst wie ängstliche Zwillinge. So, wie sie hier standen, muss er sie auswendig gelernt haben – aber warum? Und wann? Hatte er im Keller gelebt? Ich war zu klein, um darüber nachzudenken, wie alt mein Onkel gewesen sein muss, als er die Kellerwand als Tafel benutzte. Fasziniert starrte ich auf die schwarzen Kleckse an der Wand. Warum hatte Großmutter sie mit einem Regal voller Einmachgläser zugestellt? Es gab Zahlenkombinationen, die sich wiederholten. 8.1.14.19. Immer wieder: acht, eins, vierzehn, neunzehn. Das Kind hatte seinen Namen geschrieben. Und dann stand dort: 13.1.13.1. Eine lange Kette, wie eine Beschwörung. Dreizehn, eins, dreizehn, eins. MAMA.

Guck mal, Oma.

Sie drehte mir den Rücken zu. Ungeduldig sagte sie: Wenn die Kohlen hier raus sind, streichen wir die Wände weiß. Es war ganz still im Keller. Ihr abgewandter Rücken verbot mir, zu fragen. Wir bewegten uns nicht. Wir lauschten dem Huschen und Rascheln. Hast recht, sagte Großmutter, die Welt ist normal geworden. Gut so. Es gibt wieder Ratten und Mäuse.

Als ich abends in die Schlafkammer ging, lag mein Zeichenblock auf dem Kopfkissen. Großmutter hatte mein fettes Schwein in ein schlankes Gemüsepferd verwandelt.

Post von Vati. Wir schoben den Brotkorb beiseite, lehnten die Karte an das Marmeladenglas, versenkten uns in einen hohen, blauen Himmel, einen Hain schiefer Palmen und die langen Schatten der vermummten Gestalten auf ihren sandgelben Kamelen. Wir betrachteten das Schild mit dem Pfeil, der nach Osten zeigt: Tombouctou 52 Jours. Über dem Pfeil schwebten rote Wölkchen. Das sind keine Wolken, sagte Großmutter, das ist Arabisch und heißt: Tombouktou 52 Jours. Einer der bärtigen Reiter lachte uns ins Gesicht, zeigte auf das einzige Kamel in der Herde, auf dem niemand saß, und winkte: Steigt auf, kommt mit. Es war nicht die erste Postkarte meines Vaters, aber die geheimnisvollste. Er wusste nicht, dass er mit diesem Gruß eine Sehnsucht in mich pflanzte: Einmal vor diesem Schild stehen, ein Kamel am Zügel führen und lesen: noch 52 Tage bis Tombouktou.

Großmutter hatte ein Album gekauft, das wir ›Post von Vati‹ nannten. Ein Foto in ein Album zu kleben, ist kein Problem, die Rückseite ist weiß – aber wie klebt man Karten ein, auf deren Vorderseiten Bilder sind und hinten Grüße? Die Bilder waren das Wichtigste – aber über die Schrift ihres Sohnes Klebstoff zu schmieren, erschien Großmutter ungehörig. Sie las vor, was er bisher geschrieben hatte: *Liebe Mutter, liebe Jula, wie geht es Euch? Bei mir ist alles in Ordnung. Hier ist es heiß. Die Menschen sind arm, aber freundlich. Ich bin in …* es folgte der Name des Ortes, der vorne auf der Karte stand. Oder er schrieb: *Liebe Mutter, liebe Jula, wie geht es Euch? Bei mir ist alles in Ordnung. Die Menschen hier sind schwarz und haben einen König.* Die Texte glichen sich und weil er mit großen Buchstaben schrieb, passten nie mehr als drei, vier Sätze auf eine Karte. Um die Grüße nicht zu verlieren, übertrug Großmutter die Sätze ihres Sohnes ins Album und klebte die Karte daneben. So rettete sie seinen Gruß, bis sie begriff, dass sich die Mühe nicht lohnte. Wo immer er sich aufhielt, waren die Menschen arm, aber freundlich. Wenn wir die Karten ansahen, dachten wir uns ohnehin gleich dazu: Arm, aber freundlich, und wahrscheinlich haben sie einen König. Für Großmutter war die Welt, in der ihr Sohn Geschäfte machte, in Ordnung. Musste in Ordnung sein, sonst wäre er nicht dort. Und ich war zu jung, um über den merkwürdigen Gegensatz von ›arm‹ und ›aber freundlich‹ nachzudenken. Ob er sich dort noch aufhielt, wenn uns die Post erreichte, wussten wir nicht. Er schrieb nie, was er tat und wen er traf. Ich stellte ihn mir in Palästen vor, am Tisch mit Prinzessinnen und Großwesiren, vielleicht gerade jetzt auf einem Kamel, umgeben von vermummten Reitern zweiundfünfzig Tage vor Tombouktou.

Meistens stellten wir uns das Leben meines Vaters wie die Bildergeschichte auf Großmutters Teedose vor. Auf dem ersten Bild arbeiten gebückte Menschen auf riesigen Feldern. Männer und Frauen, auch Kinder in meinem Alter. Sie haben krause Haare und schwarze Haut. Das sind Neger, sagte Großmutter, die pflücken für uns Tee und Kaffee. Auf dem zweiten Bild schlagen Männer mit Macheten Früchte von dicken Bäumen. Das ist eine Kakaoplantage, sagte Großmutter, aus den Bohnen machen wir Schokolade. Das dritte Bild zeigt einen prächtigen Dreimaster, der in einer Bucht ankert. Am Strand stehen Palmen und unter den Palmen Hütten aus Stroh. Zehn schwarze, nackte Männer teilen sich die Arbeit. Drei binden die Säcke zu, vier schleppen sie über den Strand ans Ufer, zwei laden sie in ein kleines Boot und einer rudert die Säcke zum Segelschiff. Ein schnauzbärtiger Mann beaufsichtigt die Arbeit. Er trägt einen Cowboyhut, die blonden Haare fallen ihm auf die Schultern. Im Stiefel des Mannes steckt eine Peitsche. Der Zyklus endet vor einer Lagerhalle in einem englischen Hafen. Das Tor steht weit offen, die Säcke werden von weißen Arbeitern auf dem Rücken getragen und sind beschriftet: Pepper, Salt, Tea. Coffee, Vanilla. Ginger, Curry, Saffron, Cinnamon. Auf den Fässern steht: Oil. Über der Lagerhalle hängt ein Schild: Various spices. Der Laden neben der Lagerhalle gleicht dem Laden in unserer Straße. Hinter dem Tresen steht eine Verkäuferin, auf dem Boden lagern Fässer mit Essig und Öl, die Regale sind voller Dosen mit Tee, Kaffee und duftenden Gewürzen aus den Kolonien. Siehst du, sagte Großmutter, deswegen steht über unserem Krämerladen ›Kolonialwaren‹.

Liebe Mutter, liebe Jula. Wenn wir Post von meinem Vater bekamen, nahm Großmutter den alten Globus vom Schrank, ihre Rutschbahn um die Welt, stellte ihn auf den Küchentisch und fing den Sittich ein. Sie hatte nichts dagegen, wenn Hansi beim Essen über den Teller lief und nach Krümeln pickte, aber wenn der Globus auf dem Tisch stand und das Innenlämpchen leuchtete, spielte der Vogel verrückt. Wie ferngesteuert schoss er auf die Kugel zu, prallte ab, rutschte aus, knallte benebelt auf den Tisch und rappelte sich zu einem neuen Anflug auf. Vielleicht hält er das Licht für die Sonne, überlegte Großmutter, vielleicht überfällt ihn Heimweh, wenn er all die fremden Länder sieht. Wer kennt sich schon aus in so einem Sittichhirn.

Auf der Linie des Äquators hatte der Globus weiße Schrammen, durch die man ins Weltinnere schauen konnte. Eine Schramme war im Atlantischen Ozean, unterhalb der Kapverdischen Inseln, eine zog sich durch ein Land, das früher einmal Kamerun hieß und nun nur noch merun. Zwischen Äquator und Hawaii war die Schramme so breit, dass man einen Blick auf die kleine Birne in der Weltkugel werfen konnte. Großmutters suchender Zeigefinger hatte Venezuela zweigeteilt und aus den Galapagos-Inseln lapagos-Inseln gemacht. Die Meere waren blau, die Flüsse dünne, schwarze Adern, die Städte kleine Punkte. Die Wüste war gelb, der Urwald grün, die Berge braun. In Afrika hatten viele Länder Vor- und Nachnamen. Italienisch-Somalia, Französisch-Sudan, Belgisch-Kongo, Portugiesisch-Uganda, Spanisch-Sahara. Großmutter kannte sich aus mit den Besitzern der Welt, aber wo sie Tombouktou suchen sollte, wusste sie nicht. Sie schob ihren Finger durch die Türkei, durch den Iran und Irak, ließ ihn in der Mongolei und in Pakistan suchen, bis sie auf die Idee kam, auf der Briefmarke nachzuschauen.

Unter der Stempelfarbe fand sie okko, schloss auf Marokko und suchte im geschätzten Umkreis von 52 Tagen nach Tombouktou.

Wir fanden Tombouktou in Französisch-Sudan in der Nähe des Nigers. Dort war es gelb. Großmutter vermutete eine Oasenstadt mit Lehmhütten und einem Marktplatz mit zehntausend Kamelen. Wer mit einem Globus lebt, wird bescheiden, sagte sie. So viele Länder, so viele Menschen, da kann man froh sein, wenn man irgendwo dazugehören darf.

Jula, sagte sie an dem Tag, an dem wir diese Karte bekamen, es reicht nicht, wenn wir den Ort kennen, an dem sich dein Vater herumtreibt, wir müssen wissen, wie die Menschen dort leben, was sie tun oder getan haben. Sag das dem Onkel.

Eine Woche später packte ich einen vierbändigen Brockhaus auf den Küchentisch. Sie zögerte keinen Augenblick. Sie nahm Band 3 in die Hand – von M bis U – und suchte unter T den indischen Palast, der sie verzaubert hatte. Was der Brockhaus verriet, schrieb sie neben den eingeklebten Vatergruß: Taj Mahal. Mausoleum. Grabmoschee in Agra im indischen Bundesstaat Uttar Pradesh. Bauwerk des Großmoguls Sha Jahan zum Gedenken an seine 1631 verstorbene Hauptfrau Mumtaz Mahal, erbaut von 20 000 Handwerkern.

Na, siehst du, sagte Großmutter. Er macht uns schlau, dein auswärtiger Amtsvater.

Für den Makler ist das Haus in der Wielandstraße nicht einfach nur ein Haus. Vor ›Der Drei‹ müsse man sich verneigen wie vor dem Denkmal des unbekannten Soldaten. Der Krieg ist seit vierzig Jahren vorbei, sage ich und er ruft: Aber doch nicht vergessen! Er gibt mir die Schlüssel. ›Die Drei‹ habe keiner englischen Bombe nachgegeben, habe vielleicht ein paar Mal geschwankt, ein wenig gezittert, gebebt – aber umgefallen sei sie nicht. Er bringt mich zur Tür. Es ist ein besonderes Haus, sagt er beschwörend, es hat dem Inferno getrotzt. Wir geben uns die Hand. Ich sage: Ich habe dort acht Jahre gelebt.

Ich gehe an der Außenalster entlang, schlendere langsam durch die Armgartstraße, kann mitten im Sommer den Schneemann sehen. Die blassen Rosenkohlknospen, die rote Nase, den schwarzen Kohlemund. Ich spüre meine Füße auf den Kufen des Schlittens. Eine Kordel verband mich mit dem Mann, der mich zog. Die Abdrücke seiner Sohlen im Schnee: fünf Wellen und ein Kreis. Die Luft war voller Schneeflocken. Wie viele muss ich schlucken, bis wir da sind? Dreihundertfünfzig. Der Mann klopfte sich den Schnee vom Hut. Ich war vier, als er mich verpflanzte, und die Entfernung zwischen den Stadtteilen war größer als die zwischen Erde und Mond.

Und d i e s e Wohnung willst du kaufen?

Nur angucken, Erik, nur mal sehen, was passiert.

Denk mich dazu, wenn dir der Rundgang nicht bekommt.

Ich verspreche ihn mitzunehmen, und vergesse ihn, sowie ich vor dem Haus stehe. Es hat sich kaum verändert, niemand hat es auf Hochglanz poliert. Es hat neue Fenster, hinter den Scheiben hängen weiße Gardinen. In der dritten Etage sitzt eine gelbe Katze auf der Fensterbank. Damals lebte dort ein Mann, an dem der Name

Blockwart klebte. Auf dem Schild neben der Klingel standen drei Buchstaben: F.J.B. Großmutter wusste, dass er Franz Josef hieß, seinen Nachnamen kannte sie nicht. Franz Josef Blockwart trug seinen weißen Pudel im Einkaufskorb spazieren. Als F.J.B. keine siebzig Treppenstufen mehr schaffte, japsend auf der Eckbank zwischen der zweiten und dritten Etage saß und ohne Hilfe nicht weiterkam, ließ ihn seine Tochter in ein Heim bringen. Großmutter besuchte ihn dort. Regelmäßig. Ohne Blumen. Ohne Pralinen. Sie stellte sich das Gewissen als ein Organ vor, das man durch viele, kleine Stiche tödlich verletzen kann. Bevor sie aufbrach, steckte sie das Foto in die Handtasche, das früher einmal als Lesezeichen in einem von Alma Lindholms Bücher steckte. Die junge Frau hatte zehn Tage, nachdem Großmutter bei Jonathan und Jette Lecour als Näherin angefangen hatte, vor der Tür gestanden, einen Gruß vom Bäcker bestellt und gefragt, ob es in der Wohnung ein freies Zimmer gäbe. Großmutter war selig. Sie schickt der Himmel, rief sie, kommen Sie herein. Sie bot ihr das Doppelzimmer neben der Wohnstube an, verzichtete auf Miete, wenn das Fräulein Alma, wie sie sie nannte, auf den kleinen Hansi achten würde. Der Handel war perfekt. Alma Lindholm arbeitete als Nachtschwester im Krankenhaus, sie verließ die Wohnung, wenn Großmutter heimkam. Alma ließ sich von dem verstörten Kind in das Geheimnis seiner Kellerängste, seiner Zahlen- und Buchstabenwelt einführen, sie kochte für Hans, spielte mit ihm, ging spazieren, er gewöhnte sich an Alma, und sie begann, den scheuen Jungen zu lieben wie einen kleinen Bruder. Die Frauen sahen sich abends bei der Übergabe des Jungen, viel Zeit zum Reden hatten sie nicht. Acht Jahre teilten sie sich die Wohnung in der Wielandstraße. Irgendwann hatte Alma gesagt, sie wolle der Großmutter nichts verheimlichen, sie sei bei den Roten. Großmutter winkte ab: Fräulein Alma, das habe ich nicht gehört. Niemals hätte sie einer Frau das Zimmer gekündigt, die für ihren Hansi, das wusste sie genau, die bessere Mutter war. Auch nicht 1935, als es schon zweihunderttausend Blockwarte im Lande gab und keine Straße ohne Ausspäher war.

Eines Morgens kam Alma von der Arbeit nicht nach Hause. Großmutter rief im Krankenhaus an und erfuhr, dass das Fräulein Lindholm in der Nacht abgeholt worden sei. Großmutter verbrannte die Flugblätter und Broschüren, die sie in Almas Zimmer fand, schüttelte die Bücher aus und nahm das Bild an sich, das Almas Lesezeichen gewesen war. Ein kleines Passbild, auf dessen Rückseite mit Bleistift stand: Für Jo. In Liebe Alma. Großmutter kannte sich mit Blockwarten aus. Der Mann, der in der Wielandstraße schnüffelte, wohnte in ihrem Haus. F.J.B. Er meldete ›Judenfreunde‹, notierte politische Unmutsäußerungen, das ›Verhalten der Mieter bei Beflaggung‹, er horchte an Türen, markierte Briefkästen, in denen er keinen *Völkischen Beobachter* fand, trug alle Informationen in eine ›Kartei für Haushalte in der Wielandstraße‹ ein. Tausende von Notizen, die er nicht einmal versteckte, als der Krieg zu Ende war. Man fand sie in der Küche, als die Wohnung aufgelöst wurde. Im Mai 1945 zeigte Großmutter ihn an. Er verschwand ein paar Monate im Gefängnis, dann ließen ihn die englischen Besatzer frei. Vor dem Krieg war er groß genug, um die Nachtschwester Alma denunzieren zu können, nach dem Krieg war er zu klein für eine lange Strafe.

Diesen Mann besuchte Großmutter jeden Sonntag zwischen drei und vier im Altenheim. Es war weniger ein Besuch als ein leiser Auftritt im sechsten Stockwerk, Zimmer 602. In Hut und Mantel stellte sie sich neben seinen Sessel, zog Almas Foto aus der Tasche, hielt es ihm vor die Augen, verharrte neben ihm wie eine Säule. Er erkannte Alma nicht oder wollte sie nicht erkennen – aber wer Großmutter war, wusste er genau. Wenn sie sein Zimmer betrat, rutschte er ein paar Zentimeter tiefer in den Sessel, als könne er in der Ritze verschwinden. Großmutter war sein einziger Besuch. Sie verlor im Zimmer 602 nie viele Worte. Sie sagte nicht ›guten Tag‹ und nicht ›auf Wiedersehen‹, manchmal sagte sie ›Mörder‹, manchmal ›Schwein‹. Ihn als Blockwart zu beschimpfen, war sinnlos, das Wort kränkte ihn nicht. Als Großmutter zu seinen Sonntagen gehörte wie der Kuchen am Nachmittag, begann er bei ihren Besuchen zu schwitzen, später war er schon nassgeschwitzt, bevor sie kam – was Großmutter hoffen ließ, bis sie begriff, dass F.J.B. kein Gewissen besaß, das ihn töten würde. Er kam übers Schwitzen nie hinaus – er besaß ein kräftiges Herz. Als er sie nicht mehr erkannte oder vorgab, sie nicht zu kennen, gab sie den Versuch auf, ihn durch ein kleines Porträt aus der Welt zu schaffen. Sollte er vor ihren Besuchen in die Demenz geflüchtet sein, wäre das nicht die Erfüllung ihrer Wünsche gewesen, aber ein Achtungserfolg.

Ihren sehnsüchtigsten Traum träumte Großmutter bis an ihr Lebensende. Eines Abends würde es an der Haustür klingeln. Sie steht gerade am Herd, wischt sich die Hände in der Kittelschürze ab und geht über den Flur durch die Diele an die Tür. Sie schiebt den Riegel zurück, öffnet die Tür und steht einer Frau gegenüber, die sie auf den ersten Blick nicht erkennt. Ja, bitte, Sie wünschen? In diesem Augenblick beginnt ihr Herz so heftig zu schlagen, dass sie es im Halse spürt. Die Frauen fallen sich weinend in die Arme und erzählen die ganze Nacht hindurch, was in all den Jahren geschehen ist. In einer Variation dieses Traumes begegnet sie der jungen Frau in der Straßenbahn. Sie sitzen sich gegenüber, schauen sich an, erkennen sich nicht, erahnen nur die Vertrautheit, die es einmal gab, bis das Gedächtnis die alten Bilder zurückholt. Sie fallen sich in die Arme und weinen bis zur Endstation. Der Traum, den sie viele Jahre später zu träumen begann, hatte andere Bilder. Ein Krankenzimmer. Ein Bett. Eine sehr alte Großmutter, fast einverstanden mit dem Ende ihres Lebens. Und dann tritt durch die Tür eine Ärztin. Sie erkennen sich an ihren Namen. Sie liegen sich in den Armen, weinen, lachen und möchten sich nie mehr verlieren. Danach weiß Großmutter, dass sie die Welt zufrieden verlassen kann. Zurück bleibt die Geschichte mit Hansi. Die Bürde nimmt ihr niemand ab, die muss sie bis zum Ende tragen.

Nur wer diese Träume kannte, nahm das leichte Zögern wahr, wenn es abends klingelte oder Großmutter in eine Straßenbahn stieg. Sie hätte ihr Leben dafür gegeben, irgendwo auf der Welt der ›roten Alma‹ zu begegnen. Für eine einzige Postkarte von Alma hätte sie auf alle Postkarten ihres Sohnes verzichtet. Zwei Worte hätten ihr einen Stein vom Herzen genommen: Ich lebe.

Im zweiten Stockwerk der Wielandstraße 3 hatte Ingo mit seiner Mutter gewohnt. Es ist, als könne ich Großmutter hören: Es ist, wie es ist. Manche trifft das Schicksal nie, andere doppelt. Ingos Vater war im Krieg geblieben, wie man sagte, Ingo verlor beim Radfahren das Gleichgewicht und wurde von einem Lastwagen überfahren. Am Grab rief Ingos Mutter seinen Namen, als riefe sie ihn vom Spielplatz zum Abendbrot. Innnngo! Innnngo! Wie schön es gewesen wäre, wenn Ingo jetzt mit der ungeduldigen Stimme, die er bekam, wenn sie seinen Namen aus dem Fenster rief, geantwortet hätte: Koooomm gleich! Koooomm gleich. In der ersten Etage wohnte Tante Lälle. Wir hatten diesen Namen erfunden, weil jedes Wort, das aus ihrem schiefen Mund herauskam, sich wie ›Lälle‹ anhörte.

Mit dem Haus, vor dem ich stehe, habe ich acht Jahre meines Lebens geteilt. Mit vier hier abgestellt – entrissen mit zwölf. Wenn Erik neben mir stünde, würde ich weinen und wüsste nicht einmal, warum. Ich habe nichts von dem vergessen, was hier geschehen ist, nichts ist unaussprechlich, nichts verdrängt. Dennoch: An die Vergangenheit zu denken aus der sicheren Entfernung eines anderen Stadtteils scheint etwas anderes zu sein, als dort zu stehen, wo das Vergangene gelebt worden ist. Warum das so ist? Für solche Fragen haben wir kein Lexikon, hätte Großmutter gesagt. Vielleicht ist es die Trauer darüber, dass hier nichts mehr zu sehen ist, was an drei Menschen erinnert, die keine zehn Meter von mir entfernt im Hochparterre gelebt haben. Kein Kreidestrich vom Himmel-und-Hölle-Spiel, kein Ölfleck auf der Straße von den Autos des Onkels. Nichts. Die Bäume sind gewachsen. Zeit ist vergangen, eine Geschichte ist unsichtbar geworden, nur ich kann die hier sehen. Oder erinnert sich irgendein Backstein an den Jungen, der im Morgennebel das Haus verließ, keine siebzehn Jahre alt. Der die Tür hinter sich zuzog an dem Tag, als der Krieg begann. Ohne Abschied. Den Hut tief ins Gesicht gezogen, auf dem Rücken einen Rucksack, im Kopf kluge, rebellische, naive Gedanken. Hans lief vor dem Krieg davon.

Lehrer hatten ihn gezwungen, den Arm nach oben zu strecken, um auf dem Schulhof das Hakenkreuz zu grüßen. Wer die Fahne grüßt, grüßt den Führer. Schon als Junge gab es Dinge, die nur er komisch fand, wozu die Vorstellung gehörte, die schlappe Fahne sei der Führer. Kein Eintrag ins Klassenbuch, kein Rüffel brachte ihn dazu, ohne Grimasse den Arm hochzureißen zum deutschen Gruß. Bevor sie ihn von der Schule warfen oder, was schlimmer war, anzeigten, machte er sich auf den Weg in den Süden. Er dachte, der Krieg hätte nur etwas mit seiner Stadt zu tun. Sein Bruder Rudi hatte sich als Pferdenarr zur Kavallerie gemeldet, er stellte sich den Krieg als einen langen Ritt durch fremde Länder vor. Sein Vater ging zur Marine, und der Jüngste der Familie irrte sechs Jahre, mal als Knecht, mal als Erntehelfer, mal als Dieb und Autoknacker, versteckt und hungernd, manchmal beschützt, manchmal denunziert, durch Bayern und Schwaben. Dort hatten sie ihm in den ersten Tagen des Friedens dieses nicht enden wollende, an Schluchzen erinnernde Lachen beigebracht.

Erinnert sich irgendein Backstein an den jungen Mann, der in seinen Kriegsjahren weniger Tote gesehen hatte als sein Bruder in Polen, seinen Vater im Seekrieg verlor, aber von guten und schlechten Menschen ganz bestimmt mehr verstand als beide zusammen. Erinnert sich irgendein Fenstersims an die ausgemergelte Gestalt, die nach sechs Jahren Angst erschöpft an der Haustür klingelte und von seiner Mutter hörte: Wir geben nichts, wir hungern selber. Und, als sie ihn erkannte, mehr Verwirrung als Freude zeigte: Dass du noch lebst! Hast du Rudi gesehen? Hans zog in das Doppelzimmer, in dem ihn Alma gehütet hatte.

Und hatte irgendein Ziegel auf diesem Dach Erbarmen mit dem Mädchen, das sich viele Jahre später schluchzend an das Treppengeländer krallte, um nicht mit dem Mann fortgehen zu müssen, der es acht Jahre zuvor hier abgegeben hatte? Erinnert sich irgendetwas in diesem Haus an den Tag, an dem Großmutter kreischend vor Entsetzen in der Küche stand und die Männer kamen, um den Onkel zu holen?

D i e s e Wohnung willst du kaufen?

Langsam, Erik. Nur mal sehen, was passiert.

Ich gehe über die Straße, schließe die Haustür auf, drücke, wie zur Warnung, auf die schnarrende Dienstbotenklingel im Treppenhaus, öffne die Wohnungstür und stehe in der Diele. Zwanzig Quadratmeter, die Bühne, die der Onkel und die Großmutter nur nacheinander betraten. Der Ort, vor dem sie sich fürchteten. Damals war die Diele groß wie die Turnhalle in der Schule und ist jetzt nur ein Flur in Zimmergröße. Ich schließe die Tür und gehe ein paar Schritte über das Parkett, damit es sich in der Nacht knarrend an meinen Besuch erinnern kann. Ich bleibe stehen und horche in die Stille. Ich höre die harten Schritte der Großmutter, ihr klapperndes Schlüsselbund. Jula, willst du mit mir gehen? Jula, ich bin in einer Stunde wieder da. Ihre ›Achtung-ich-gehe-fort-Lieder‹. Ich höre die Stimme des Onkels: Wo ist denn mein Hut? Jula, kommst du mit? Ich sehe ihre Mäntel an der Flurgarderobe hängen, zwei, die spazieren gehen. Sein heller Borsalino und ihr schwarzes Kapotthütchen.

Das Wohnzimmer der Großmutter ist leer. Es riecht nach Farbe. Zwei Fäuste an der Fensterscheibe. Bitte, Vati, dreh' dich um. Ein Mann, der sich im Schneetreiben auflöste. Großmutters Befehl: Rudolf, dreh dich um! Der Bratapfel, der mich trösten sollte, ein warmer, süßer Brei, von dem mir schlecht wurde. Ich stelle mich in die Mitte des Zimmers, dort, wo der braune Tisch gestanden hat, an dem wir uns so oft durch Vatis Kriegsalbum geblättert haben. Wo ist dieser Tisch geblieben? An diesem braunen Tisch muss Hans gesessen haben, als er seiner Mutter von den uniformierten Männern erzählte, die ihm in den ersten Tagen des Friedens auf einem schwäbischen Hof das Lachen beigebracht haben, während Schmitti sein Leben verlor. Ein Tisch als einziger Zeuge, der gehört hatte, was die Mutter dem Sohn sagte. Nur dieser Tisch kann wissen, ob es wirklich der Satz war, den Hans verstanden hatte. Der Satz, der dazu führte, dass sie nie wieder zusammengesessen haben. Nirgendwo. Kein Wort. Nur Schweigen. Arme Großmutter. Armer Hans.

Ich bin die Nichte der Tochter seines Bruders.

Na, so was.

Jula, hast du Mut? Dann spring.

Wo immer dieser Tisch jetzt steht – und wenn nur der Teufel ihn zum Sprechen brächte –, ich hätte ein Jahr meines Lebens für die Versöhnung zwischen Mutter und Sohn gegeben. Oder zwei. Oder drei.

Die Dienstbotenkammer, mein Kinderzimmer, ist geschrumpft. Das Schlafzimmer der Großmutter ein quadratischer Raum ohne Seele, ausgeräumt, geputzt, gebohnert und frisch gestrichen. Für mich wird hier immer eine Frau im Bett liegen und um Fassung ringen. Ich gehe durch den krummen, dunklen Flur. Ich brauche kein Licht. Jetzt sind meine Arme lang genug, um mich an der Wand entlangzutasten. Die Küche wurde anspruchsvoll saniert, hatte der Makler gesagt, aber kann man auch die Erinnerung an ein Märchen sanieren? *Fisch, tust du deine Pflicht? Indem wir unsere Pflicht tun, sind wir zufrieden.* Der Eisenherd wurde in den Keller getragen, der Haken, an dem der Vogelkäfig schaukelte, aus der Decke gezogen. Das Loch zugegipst. Ein hübscher, frischer Raum. Gelackte Wände, den Fußboden bedeckt hellgraues Linoleum. Hier hat ein Mann mit seiner Mutter auf bizarre Weise abgerechnet. Die Tür zur Bügelkammer wurde zugemauert, den Raum, der sich dahinter verbarg, kannte der Makler nur als Abstellraum mit einer Tür zum Garten.

Ein Schatten auf der Lunge und drei Monate Liegekur zwischen Großmutters Gemüsebeeten. Wolldecken bis zum Hals, verschnürt wie eine Mumie. Mein Krankenlager: ein Feldbett zwischen Buschbohnen und weißen Stachelbeeren. Die Medizin: frische Luft und Lebertran. Lebertran und frische Luft. Ich lag auf dem Rücken und sah in den Himmel. Das Spiel, das die Langeweile vertrieb, hieß: Ich seh' dort was, was du nicht siehst. Wer sieht mehr – Jula oder Großmutter? Ich sehe eine Kuh, die fliegen kann. Ich sehe ein dickes Schaf. Ich sehe einen Schlitten, auf dem ein Schutzengel sitzt. Ich sehe Kamele, die nach Tombouktou reiten. Ich sehe eine Maus mit Mumps. Dass am Himmel das Gesicht von Ingemusch vorbeizog, behielt ich für mich. Ich war acht Jahre alt und der Himmel so weit und die Welt so rätselhaft wie nie wieder. Großmutter, wo ist die Welt zu Ende? Gibt es einen Weg dorthin? Wie sieht es dort aus? Großmutter wusste nicht, wo die Welt offiziell anfing und offiziell aufhörte. Sie sagte: Für solche Fragen haben wir kein Lexikon, aber ich vermute, dass der Anfang der Welt immer dort ist, wo man aufbricht, um das Ende zu suchen. Wenn du jetzt losgehst, ist der Anfang der Welt unter dem Feldbett. Und wenn du an derselben Stelle wieder ankommst, wo du aufgebrochen bist, ist dort das Ende. Nach diesen Sätzen hatte Großmutter gestutzt. Dass sich Anfang und Ende der Welt in ihrem Garten unter einem Feldbett befinden, in dem ihre Enkelin zwischen Buschbohnen und Stachelbeeren eine verschattete Lunge ausheilte, war zwar logisch, aber auch verblüffend.

Drei Monate auf dem Rücken. Ich atmete tief ein und tief aus, trank Lebertran und starrte so lange in den Himmel, bis er sich in meinen Schlaf schlich und ich nachts von Wolken träumte. Ich stellte Fragen, die Großmutter Himmelsfragen nannte. Woher kommen die Farben? Warum ist der Himmel mal schwarz, mal gelb, mal rot? Wer reißt die Wolken auseinander, wer macht aus ihnen Tiere und Gesichter? Wer macht den Regen, wer lässt es donnern und blitzen? Frag deinen Onkel, sagte die Großmutter, der hat mehr von der Welt gesehen, als er vertragen konnte.

Sie sind sich auch im Garten nie begegnet. In der Diele galten akustische Warnungen. Ein Räuspern, ein Lied, das Klappern des Schlüsselbundes – für den Garten müssen Signale gegolten haben, die ich nicht verstand. Ich hörte, dass sie ohne Absprache dieselben Sätze sagten: Pass auf die Lunge auf, die mag es, wenn du auf dem Rücken liegst. Atme tief ein und tief aus. Großmutter lieh Bücher aus der Bücherei, der Onkel brachte Negerküsse oder weißroten Pfefferminzbruch vom Rummelplatz und einmal einen Schlafanzug aus blauer Seide, den Schuten-Ede besorgt hatte für sein krankes *Ass im Ärmel*. Der Schlafanzug hatte einen bunten Drachen auf dem Rücken und war viel zu groß. Großmutter nahm ihn mit in die Nähfabrik, kürzte Arme und Beine auf Kinderlänge, versetzte die Nähte und nahm dem Drachen die Flügel.

Weil der Himmel keinen Anfang und kein Ende hatte und weil Tote in den Himmel kamen, stellte ich mir Sterben schön vor. Wenn Luft und Lebertran den Lungenschatten nicht heilten, würde aus meiner jung verstorbenen Seele ein Schutzengel werden. Oder ich würde zur Wolke und mal kleiner, mal größer, mal als Kamel, mal als Maus mit Mumps über den Himmel ziehen. Ich würde die Welt umrunden und der Onkel auf dem Autoplatz würde zu Ingemusch sagen: Schau mal, die kleine Wolke da oben, das ist Jula. Großmutter prahlte in der Fabrik mit ihrem Enkelkind, das sich zwischen Bohnen und Beeren ›himmelhohe‹ Gedanken machte.

Es wurde der längste Sommer meines Lebens. Ich lernte lesen. Das war der Anfang einer Sucht nach Buchstaben und der Suche nach dem Geheimnis der Wörter und Sätze, die Großmutter zum Weinen brachten wie das wirkliche Leben. Oder zum Lachen. Mit jedem neuen Buch wurde die Wahrscheinlichkeit größer, dass auch mir ein Satz begegnete, über den ich weinen oder lachen konnte. Warum waren Buchstaben so mächtig? Großmutter sagte: Frag die Lehrerin, für solche Fragen haben wir kein Lexikon.

Ich schließe die Flügeltür. Das ist kein Oma-Garten mehr. Hier wachsen keine Strauchbohnen und keine Stachelbeeren, aber unter dem Apfelbaum könnte ein Feldbett stehen.

An den Türen des Onkels gehe ich vorbei. Warum soll ich zwei leere Räume und einen Kachelofen besichtigen? Der Boden wurde geschliffen, hatte der Makler gesagt, die Wände sind weiß, die Fenster neu, der Lärm der Straße kaum zu hören, alles picobello. So wird es sein. Kein Haar wird sich hier versteckt haben können.

Jula, hast du Mut?

Dann spring.

Kein Atemzug hängt unter der Decke, kein Lachen und kein Freudenschrei. Warum hat er hier gewohnt, bis sie ihn holten? Warum ist keiner von beiden klug genug gewesen, die Fesseln zu lösen, mit denen sie sich quälten? Vorsichtig lege ich eine Hand auf den Türgriff. Und wenn hinter der Tür sein Lachen auf mich wartet? Ich ziehe die Hand zurück, schließe die Wohnungstür ab und die

Tür zum Keller auf. Soll es warten, das Lachen, es weiß, wo es mich findet.

Neunzehn steile Stufen – die sind geblieben. Aber das Licht ist hell, die Wände sind sauber und weiß. Die Gaszähler knistern, in den Heizungsrohren knackt es leise. Kein Huschen, kein Rascheln. Großmutter würde sagen: Was ist los mit der Welt? Wo sind die Ratten und Mäuse geblieben?

Geradeaus, dann rechts und zweimal links, der vorletzte Keller heißt noch immer LU 26. Er hat eine neue Tür bekommen, ein neues Schloss, der Boden glänzt, in der Luft schwebt kein Stäubchen Kohle mehr. Vormieter haben einen alten Schrank aufgestellt, in dem im Sommer Mäntel, Jacken und Pullover und im Winter Sommerkleider hängen können. Der alte Ofen steht dort, wo die Briketts gestapelt worden waren. Das schwarze Eisen glänzt, jemand hat ihn poliert.

Fische, tut ihr eure Pflicht?

Und wenn die Fische ihre Pflicht getan hatten, Großmutter, warum wurden sie dann in die Glut gestoßen?

Das edle Fräulein wird Gründe haben, mein Kind, des Menschen Wille ist sein Himmelreich.

Ich lege beide Hände auf den kalten Ofen. Was macht man mit einem Gegenstand, zu dem zwei Geschichten gehören? Eine, die man bewahren, und eine, die man vergessen möchte? Wenn es nur das Mädchen aus dem Märchen wäre, das Fische in die Glut stößt, könnte ich den Ofen in die Küche stellen. Aber zum Eisenherd gehören Bilder, die ich nie hätte sehen dürfen. Könnte ich auf diesem Ofen kochen, ohne an Großmutters Sittich zu denken, meinen Brechanfall, Heinrich Heine und Belsazar: *Und schrieb und schrieb an weißer Wand, Buchstaben von Feuer und schrieb und schwand.* Ich nehme die Hände vom kalten Eisen. Auf diesem Herd wurden die besten Spiegeleier gebraten.

Die Regale reichen bis zur Decke, die Wände dahinter riechen frisch gestrichen. 8.1.14.19. HANS. Nichts erinnert hier an Tisch und Stuhl, eine Fibel und einen kleinen Jungen. Niemand kann die schwarzen Zahlen, die er mit Eierkohle an die Wand gemalt hatte, sichtbar machen. Guck mal, Oma, was da steht: 13.1.13.1. MAMA.

Die Geschichte von Hans im Keller habe ich dreimal gehört. Als genervte Auskunft der Großmutter. Von meinem Onkel als sachliche Schilderung und von Ingemusch als das erste Drama seines Lebens. Drei Versionen, nur der Ort stimmt überein. Großmutter war gereizt, als ich sie beim Kellerputzen nach den Zahlen und Buchstaben hinter den Regalen fragte. Du zerrst an den Nerven, mein Kind, wir hatten Hunger, dein Opa war auf See, Rudi bei Bekannten, wohin mit Hansi? Zwei Kinder nimmt keiner in mageren Zeiten. Sollte ich ihn in der Wohnung lassen? Herrgott, der Junge war fünf, der hätte das Haus anzünden können. Und dann? Na also. Mitnehmen ins Brautkleidgeschäft? Liebe Güte! Auch die liebsten Juden wollten aus ihrem Laden keinen Kindergarten machen. Na also. Guck nicht so! Er ist hier nicht gestorben. Er hatte einen Tisch und einen Stuhl, einen Pinkelpott, eine Matratze, eine Wolldecke und Rudis alte Fibel. Er kannte mit vier die Buchstaben seines Namens, das hat ihm sein Bruder beigebracht. Herrgott, Kind, niemand hat ihn aufgefressen. Geschrien hat er nur die ersten Tage und später war ja Alma da. Starr' nicht das Gekritzel an. Er hat hier ein paar Buchstaben geübt und ein paar Zahlen gleich dazu. Nimm den Lappen, hilf mir putzen.

Armer Onkel, auch der Keller hat dich vergessen. Neue Regale warten auf neue Vorratsdosen, die Wände sind weiß.

8.1.14.19. H.A.N.S. Ob ich Spuren finde, wenn ich die neue Farbe von der Wand kratze? Das Freilegen von Vergangenheit ist nicht verboten, das haben sie auch in Pompeji gemacht. Würde ich heulen, wenn ich seinen Hilferuf fände? 13.1.13.1. MAMA. Ich streichele die Wand. Ich trau mich nicht, an ihr zu kratzen. Gefühle, die ich nicht einschätzen kann, sind mir unheimlich. Lieber hänge ich das Schloss vor die Kellertür. LU 26. Sogar die Nummer des Kellers passt in sein Zahlensystem. Sechs und zwei sind acht, und die Acht ist das H im Alphabet, der Buchstabe, mit dem sein Name beginnt.

Hat Ihnen die Wohnung in der ›Drei‹ gefallen, fragt der Makler, steht da nicht ein Prachthaus? Hans hätte es gefreut, dass er das

Haus ›Die Drei‹ nennt. Eine Drei ist eine halbe Acht. Ich bin un-
entschieden, sage ich, nur so viel: Es ist eine wirklich interessante
Wohnung. Der Makler nickt. Das kann man wohl sagen. Ohne
Schramme durch den ganzen Krieg ... wenn Sie den Schlüssel noch
einmal ...

... dann komme ich wieder.

Über den Preis lässt sich reden, sagt er. Da ist Spielraum.

Vor dem Haus des Maklers halte ich mein Gesicht in die Sonne.
Nach Osten geht es zur U-Bahn, nach Norden zum Eilbekkanal.
Der Fahrschüler, der rechts abbiegt, wenn ich links sage, kommt
in zwei Stunden. Ich reihe mich in den Pulk der Menschen ein,
den es nach Norden zieht. Auf der Bank unter der Trauerweide
am Eilbekkanal hat sich ein Mann ausgestreckt. Im Nacken ein
zusammengerollter Anorak, über dem Gesicht ein Taschentuch. Ich
beuge mich über ihn. Leicht hebt und senkt sich das Taschentuch
im Rhythmus seines Atmens. Ich räuspere mich. Hallo, aufwachen,
das ist meine Bank! Er stößt einen kurzen Schnarchton aus, atmet
ruhig weiter. Seine Hände liegen gefaltet auf dem Bauch, sie sehen
jung aus, zwischen dreißig und vierzig. Sie sind nicht schmutzig,
nur lassen sich viele Jahre Arbeit mit Kohlen oder Schmieröl nicht
mehr aus den Hautfältchen schrubben. Die Nägel sind abgebrochen.
Ich habe einen Blick für Hände, sie begegnen mir jeden Tag, wenn
sie lernen, Autos zu lenken.

Ich war nicht dabei, als sich die Männer trafen, um über das
Hausboot zu beraten. Ich muss es mir vorstellen. Drei Orte kamen
infrage: der Platz von Hans, das Büro von Trümmer-Otto und Edes
Kneipe auf St. Pauli. Der Platz meines Onkels war ungemütlich. Die
Hütte, die Bank, zwei Stühle, die Autos. Kein Ort für Trümmer-Otto.
Er besuchte Hans nur, wenn es sich nicht vermeiden ließ. Ich habe
ihn nie in der Hütte gesehen, nie hat er dort mit dem Onkel Bier
getrunken. Die Kneipen, die Puffs – St. Georg war keine Umgebung
für einen Mann, der Großes mit sich vorhatte. Aber wenn er kurz
vorbeischaute, setzte er mich auf seine Schultern, weil eine Göre im
Nacken Glück bringt wie das Berühren des Schornsteinfegers.

Der zweite Ort: die Innenstadt, die Büroetage am Rathausmarkt.
Ich stelle mir das Trio in Ottos Büro vor und verwerfe die Idee, weil
hier gleich zwei Männer stören: Schuten-Ede und Onkel Hans. In
Trümmer-Ottos Etage ging es Ende der fünfziger Jahre um Gewinne,
die sich mein Onkel nicht vorstellen konnte. Trümmer-Otto fuhr
einen schwarzen Mercedes 170 S, 1,8 Liter-Motor, 52 PS, Kaufpreis
zehntausend Mark. Eine gediegene Karosse. Er nannte den Mercedes immer einen ›schweren Mercedes‹ und ›direkt ab Werk‹,
was sich anhörte, als sei auch er Teil dieses Werkes. ›Ab Werk‹
wurde zwischen meinem Onkel und mir zum geflügelten Wort
für alles Feine, Besondere, Exklusive. Sekt war ›ab Werk‹, Schuhe
aus Italien und Parfüm aus Paris. Angeber nannten wir: einer ›ab
Werk‹. Trümmer-Otto wusste früher als die Zeitungen, dass sein
Autohersteller ein Zweigwerk in Sao Paulo baute, Mercedes Benz
do Brazil, was er angestrengt mit scharfem Z sprach, als habe er
daran mitgebaut. Otto gehörte zu den Reichen der Stadt, nicht zu
den Feinen, aber er war auf dem Weg dorthin. Ihm zu Füßen lagen
vierzig Millionen Kubikmeter graue Trümmer, die er vergolden
wollte. Zehn Jahre später hatte er sein Ziel erreicht. Sein Motto,
von dem er wollte, dass es auch meines würde, schrieb er mir ins
Poesiealbum: *Wer immer strebend sich bemüht, wird einmal erfahren,
was er vermag.* Otto hörte erst auf, sich strebend zu bemühen, als
alle wussten, was er vermochte. Mitte der sechziger Jahre hatte er
den dünnen Trümmer-Otto, den wir kannten, unter einer Speck-
schicht versteckt. Er besaß eine Villa im feinen Othmarschen, einen
Chauffeur und zwei magere Windhunde. Direkt vom Züchter. Ab
Werk. Ich erkenne den Mann, der bei der Einweihung wichtiger
Gebäude in der zweiten Reihe steht, auf jedem Pressefoto. Es sind
die Augen. Sie bleiben für mich, egal wie dick er wurde, immer
die grauen Trümmer-Otto-Augen. Mit seinem Aufstieg hatte er uns
hinter sich gelassen. Aber als die Männer die ›Angelegenheit Ingemusch‹ berieten, sah er noch aus wie der Schutt in der Stadt. Die
Haare grau, die Augen grau, grau die Haut. Er trug graue Hüte und
graue Mäntel, war mehr ein Schatten als ein Mensch, aber einer,

den alle kennenlernen würden, die sich von einer zerbombten Stadt ein gutes Leben versprachen. Wenn mein Onkel ihn ärgern wollte, sagte er: Ein Jedes fährt Mercedes – aber nicht Otto Merk. Otto Merk fährt Mercedes ab Werk.

»Die Drei« ist ein Prachthaus, hatte der Makler gesagt. Über den Preis lässt sich reden. Da ist Spielraum. Die Vorstellung, in die Nähe des Kanals zu ziehen, ist verlockend. Auf jedem Meter Erinnerungen. Ich setze mich ans Ufer, dorthin, wo Ingemuschs Hausboot gelegen hat. Auf dem Eilbekkanal treiben Schwäne. Ein Schwan gehört nicht in ein Rattenloch, hatte Onkel Hans gesagt und mit den Freunden beschlossen, Ingemusch aus der Nissenhütte zu holen. Für Trümmer-Otto wäre es kein Problem gewesen, ihr eine Wohnung zu verschaffen – aber Ingemusch wollte auf einem Boot leben. Unbedingt. Wie kriegt man das hin? Der Mann auf meiner Bank hustet. Ich drehe mich um. Er putzt sich die Nase, stopft das Taschentuch in die Hosentasche und fährt sich mit den Händen durchs Haar. Kein alter Penner, ich hatte recht, er ist Ende dreißig, so alt wie ich. Er sieht nicht müde aus, eher erschöpft. Vielleicht hat er keine Wohnung, vielleicht nicht einmal ein Zimmer und kein Geld fürs Essen, während ich an den Kauf einer Wohnung in einem Prachthaus denke. Er hebt den Arm, grüßt mich, als wäre ich eine vom Kiez, die im besten Kostüm am Kanalufer sitzt und auf Freier wartet. Ich erwidere den Gruß, warte, bis er hinter einer Straßenecke verschwindet, und setze mich auf die Bank unter der Trauerweide. Meine Bank.

Ede. Otto. Hans. Drei, die Ingemusch ihren Traum vom Leben auf einem Boot erfüllen wollten. Wie haben sie das gemacht? Wo haben sie das ausgeheckt? Am besten kann ich mir die Männer in Edes Kneipe vorstellen. Schuten-Ede hatte am Hamburger Berg, einer Seitenstraße der Reeperbahn, ein Haus auf einem Grundstück gepachtet, das Trümmer-Otto gehörte. Der Umbau lief wie geschmiert. Otto verlieh Maurer, Elektriker, Schreiner, Maler, Architekten, und als die Kneipe fertig war, durfte ich sie taufen. Ich schleuderte eine Flasche Sekt gegen die Tür und rief: Du sollst

Wind des Lebens heißen. Die Kunden waren treue Trinker, Reeperbahn-Touristen, Seeleute, Menschen, die auf St. Pauli wohnten und arbeiteten. Im *Wind des Lebens* gab es zwei Attraktionen. Die riesige Musikbox mit Schlagern, die Sehnsucht nach Ferne und Liebe weckten: *Lili Marleen. Ein Schiff wird kommen. Blaue Nacht, o blaue Nacht am Hafen. Das Herz von St. Pauli. Auf der Reeperbahn nachts um halb eins.* Kein Abend im *Wind des Lebens* ohne *La Paloma*, kein Abend ohne das Lied von Nigger Jim. Es hatte einen flotten Rhythmus und Reime, die sich leicht einprägten. *Schwarz wie Kohle, bis zur Sohle, ist der Nigger Jim.* Hans Albers hatte Mitleid in der Stimme, wenn er sang: *Den packte oft ein wilder Grimm, den Nigger Jim, denn seine Färbung, war ja Vererbung.* Er legte ein Flehen in die Stimme, wenn er das Gebet des Schwarzen vortrug. *Herr Gott, mach mich weiß! Herr, ich bitt dich heiß! Tröste mich und verheiße mir das weiße Paradise.* Alle lachten. Da capo. Sing mit, Jula. *Schwarz wie Kohle, bis zur Sohle, ist der Nigger Jim.*

Die zweite Attraktion war eine Bühne, auf der sich freitags und samstags Tänzer auszogen. Schuten-Ede war der erste auf der Reeperbahn, bei dem auch Männer nackt tanzten, das war Edes Vorstellung von lebendiger Demokratie. Wo nackte Frauen waren, sollten auch nackte Männer sein. Kleine Leute sollten sich für kleines Geld eine kleine Sünde leisten können.

In der ersten Etage gab es vier gemütliche Stuben. Schuten-Ede hatte zwei ›Hausflittchen‹, junge Frauen, denen er erlaubte, sich unter die Gäste zu mischen. Es war 1958. Ich war neun Jahre alt und wusste, was die Erwachsenen bewegt. Sie fluchten über die Verkehrssünderkartei, die in Flensburg eingerichtet worden war. Verkehrssünder! Wieso war einer, der zu schnell fuhr, ein Sünder? War Sünde nicht eine Verfehlung gegen Gott? Und war es nicht eher eine Sünde, dass der Schah von Persien unsere Soraya verstieß? Im *Wind des Lebens* wurde auf Schalke 04 geflucht, die unter Berni Klodt mit 3:0 zum siebenten Mal deutscher Fußballmeister geworden war. 3:0 im Endspiel gegen den Hamburger SV. Schande.

Hans gab mich bei Ede ab, wenn Großmutter Überstunden

machte und er Autos aus anderen Städten holte. Ich war hier gerne.
Ede sorgte dafür, dass sein *Ass im Ärmel* im *Wind des Lebens* zuhause
war. Niemanden störte es, wenn ich am Stammtisch mit einer Tasse
Schokolade saß, vor mir Schreibhefte und Schulbücher. Ich lernte.
Und ich begann zu zeichnen. Ich malte nackte Tänzer. Männer
und Frauen. Ich zeichnete die Köchin, die Putzfrau, Pepita und
Angelique, die Hausflittchen. Und Ede. Immer wieder Ede. Den
kantigen Schädel, die großen Hände, den struppigen Bart, den
breiten, goldenen Ring am linken, kleinen Finger. Die Gesichter
der Kunden zeichnete ich so oft, dass daraus eine Dokumentation
der Stammgäste hätte werden können. Bei irgendeinem Umzug entdeckte ich den alten Zeichenblock und zwischen dem Gästereigen
das Gesicht des Mannes, der in den siebziger Jahren ein berühmter
Mörder wurde. Als ich ihn zeichnete, war er jünger als die meisten
Gäste, zwanzig vielleicht und sehr dünn. Er kam allein und ging
allein. Er grüßte niemanden. Die Stammgäste mieden ihn, sodass
um ihn herum ein Loch war. Ich fand in meinem Block immer neue
Versuche, diesen Mann zu zeichnen – er wollte mir nicht gelingen.
Er rauchte Kette. Wie zeichnet man ein kleines Gesicht mit einer
großen Brille, eingehüllt in eine Wolke aus Qualm, sichtbar und
unsichtbar zugleich? Er war ein stiller Säufer und mit zehn Cola-
Rum ein guter Gast. Sie nannten ihn Fiete, und ich hörte beim Lesen
der Prozessberichte die Stimme des Barkeepers: Fiete, noch'n lütten
Cola-Rum?

Was keiner wusste: Das Kind am Stammtisch zeichnete Fritz
Honka, die *Bestie von Altona*. Seit 1956 in Hamburg. Erst Hafen-
arbeiter, dann Nachtwächter. Stammgast im *Wind des Lebens*. Ich
hatte ihn gezeichnet, bevor er zum Schrecken einer ganzen Stadt
wurde. Ich war Anfang zwanzig, als der Prozess begann und ich
Schuten-Ede die alten Skizzen zeigte. Jula, rief er, das wird deine
erste Ausstellung. Er ließ die ungelenken Skizzen rahmen, nahm
Geld von allen, die sie fotografieren wollten, behielt die Originale
und steckte mir ein zierliches ›Rubinchen‹ an den Finger. Honkas
Opfer waren vier alte Huren, die niemand vermisste. Er ermordete

79

die Frauen, zersägte sie, steckte sie in Müllbeutel und lagerte sie in den Abseiten seiner Wohnungen. Monatelang wurde im *Wind des Lebens* über Fiete geredet, länger als über Schalke 04 und die Flensburger Sünderkartei. Kein Bier ging über die Theke ohne die schaurigen Worte: Ermordet! Zersägt! Als er vor Gericht stand, erinnerten sich alle an den stummen Cola-Rum-Mann mit der dunklen Brille. Plötzlich wussten die Gäste, die ihn nicht beachtet hatten, wo er gestanden, getrunken, geraucht und geschwiegen hatte. Ein gutes Geschäft für Ede: Die Kneipe mit dem Hurenmörder wurde berühmt. Eine Zeitlang wurden schweigsame Trinker scharf beobachtet und alten Nutten im Gedenken an die Ermordeten Bier und Schnaps spendiert. Dann vergaß man Honka, stille Säufer fielen nicht mehr auf und alte Straßenmädchen mussten ihre Zeche wieder selber zahlen. Meine Skizzen blieben bei Ede, die Fotos verblassten.

Ich sitze auf der Bank und schaue auf den Kanal. Damals gab es hier keine Schwäne, auch keine Paddelboote. Hier lag nur das Boot von Ingemusch. Die Trauerweide war damals ein junger Baum, der Spielplatz mit Schaukel, Sandkasten und Klettergerüst ist neu. Der Makler hat recht, die Gegend ist schön. Ich höre zorniges Brüllen, bevor ich die Frau sehe, die das Geräusch spazieren fährt. Sie steuert meine Bank an und setzt sich neben mich. Sie nimmt das Kind aus dem Wagen. Blaue Mütze, blaue Jacke – ein Junge. Weint ohne Tränen, erklärt sie, der Wurm ist wütend. Auf ihrem Arm stellt der Junge das Schreien ein. Sie zeigt auf die Schwäne und sagt mehr zu sich als zu mir: Die sind neu hier – oder? Wir schauen uns an, reden über die Zeit, als wir hier spielten, und ich frage sie, ob sie sich an ein Hausboot erinnern kann, das *Ass im Ärmel* hieß. Sie schüttelt den Kopf: Hausboote haben hier noch nie gelegen, das war schon immer verboten. Ich stehe auf und sage: Dann bin ich älter als ›nie‹ und ›immer‹.

Es gab das Boot. Und es gab die drei Männer, die ihrer Freundin einen Traum erfüllen wollten. Hans, Schuten-Ede und Trümmer-Otto. Ich stelle mir das Trio im *Wind des Lebens* vor. Dort könnten sie am frühen Abend gesessen und überlegt haben, wie aus Ingemuschs

Herzenswunsch Wirklichkeit wird: ein Hausboot auf dem Eilbekkanal. Schuten-Ede ist kein Mann langer Sätze. Seine Hände liegen
entspannt auf dem Tisch, der goldene Ring funkelt am kleinen Finger der linken Hand. Für Ede ist das Leben nicht kompliziert. Er
wollte sich im Krieg nicht totschießen lassen und ist nicht hingegan-
gen. Er wollte im Hafen Geschäfte machen und machte Geschäfte.
Er wollte eine Kneipe auf der Reeperbahn und hat sie, mit Ottos
Hilfe, bekommen. Das Boot ist kein Problem, sagt Ede, das bau' ich
ihr hin. Er weiß, wo eine ausrangierte Schute liegt. Er macht den
Schiffsboden zum Fundament und lässt darauf das Haus bauen.
Eichenholz. Erste Güte. Die Hafenkumpels treiben alles auf, was
man für ein Hausboot braucht: Fensterrahmen, Fensterscheiben,
Dachpappe, Öfen, Teppiche, Möbel und Lampen, Kochplatten und
Töpfe. Dreizehn Jahre nach Kriegsende gibt es genug Dinge, die
ihre Besitzer verloren und noch keine neuen gefunden haben. Ede
weiß, wo er diese Dinge finden kann oder suchen lassen muss. Den
möglichen Ort für das Boot hat er sich angesehen, ein lauschiger
Platz im Eilbektal, Nähe Lorzingstraße, einen Katzensprung von der
Wielandstraße entfernt und auch – bestimmt hat er das gesagt – für
Jula erreichbar. Nicht zu einsam, nicht zu auffällig. Ein Kumpel
sorgt für Strom, ein anderer für Wasser, zwei Monate Arbeit und
fertig. Kein Problem. Ede ist in dem Trio der Praktiker, Hans der
Diplomat. Ich stelle mir vor, dass mein Onkel anbietet, sich um die
Bürokratie zu kümmern. Das Ausfüllen der Anträge, die Gespräche mit den Beamten, Behördengänge. Auch Hans hat eine klare
Vorstellung von einem Hausboot, in dem Ingemusch ihren kleinen,
feinen Puff eröffnen will. Er sieht den Steg, der zum Boot führt,
die Laternen rechts und links am Ufer, die Türglocke, den Salon
mit der Bar, das Bad, den Raum für das Geschäftliche. Ingemusch
braucht nicht viele Kunden, um gut zu leben, nur ein paar ehrliche
Kerle, betuchte Dauergäste wie Ede, Hans und Otto. Er spricht über
das Boot, als läge es längst im Kanal. Er sieht die Gardinen an den
Fenstern, das einladende Licht, das sich abends im Wasser spiegelt.
Er sieht die Gastgeberin und sich in ihren Armen.

Ich stelle mir vor, an diesem Punkt des Traumes mischt sich Trümmer-Otto ein: der Patron, der Boss, der, sollten Widrigkeiten entstehen, diese aus dem Weg räumt. Trümmer-Otto trinkt, um es spannend zu machen, sein Bier sehr langsam aus, bevor er sagt: Es wird keine Widrigkeiten geben. Er genießt die fragenden Gesichter der Freunde. Wisst ihr, warum?

Du wirst es uns verraten, sagt Onkel Hans.

Genau, sagt Ede, spuck aus.

Otto kostet den Vorsprung aus. Er zieht eine dieser flachen, viereckigen Zigarettenschachteln aus dem Jackett, die ich sammelte wie andere Oblaten. Drei weiße Buchstaben und ein weißer Adler auf blauem Grund, edler war keine Marke. Langsam zündet er eine der ovalen Zigaretten an, schickt einen dicken, weißen Kringel zur Decke und sagt: Es gibt keine Hausboote in dieser Stadt und also keine Widrigkeiten. Logisch?

Nee.

In einer Stadt, in der es keine Hausboote gibt, sagt Otto, gibt es auch keine Behörde für Hausbootgenehmigungen. Logisch?

Hans nickt. Und wo keine Hausbootbehörde, da keine Vorschriften.

Und keine Anträge, sagt Ede.

Hans fasst zusammen: Wo keine Vorschriften, da keine Gesetze. Wo keine Gesetze, da …

… ist alles erlaubt, sagt Ede und lässt drei gute Cognacs kommen. Otto schüttelt den Kopf.

Falsch. Wer aus einer Stadt ohne Genehmigung etwas entnimmt oder hinzufügt, macht sich strafbar.

Hans und Ede sehen sich an. Hat Otto Merk all die Jahre der Stadt nichts entnommen, hat er sich je um Gesetze …? Egal. Das Hausboot, das sie eben noch klar vor sich gesehen haben, beginnt zu sinken.

Und nun?

Das Boot wird gebaut, sagt Otto und zeigt den Freunden das Unschuldsgesicht, an dem man später erkennen wird, dass wieder einmal er es war, der ein krummes Geschäft auf den geraden Weg gebracht hatte. Es ist nämlich so, sagt er: Wer am Wasser bauen will, kriegt es mit dem Bau- und Wasseramt zu tun.

Meine Rede, sagt Hans, ich übernehme die Ämter.

Musst du nicht, sagt Otto.

Haben die vom Bau- und Wasseramt keine Gesetze?

Viele.

Aber?

Keines für Hausboote.

Wenn wir das Boot ohne Genehmigung in den Kanal legen, sagt Hans, dann ist das illegal – oder?

Illegal ist scheißegal, Freunde, versteht ihr das?

Nein.

Illegales Handeln, doziert Otto, ist Handeln ohne behördliche Genehmigung. Wo es kein Gesetz gibt, kannst du nicht illegal handeln.

Ede lässt eine Runde guten Cognac kommen. Mein Onkel, stelle ich mir vor, bleibt misstrauisch.

Wenn einer das Boot entdeckt, ein Gesetz macht und damit das Boot zu einem illegalen Boot macht – wer geht dann in den Knast? Ich? Ede? Ingemusch? Oder du?

Du verstehst die Welt nicht, kleiner Hans, sagt Otto. Kleiner Hans sagt er nur in Augenblicken, in denen er meinen Onkel ganz besonders gernhat.

Das Boot wird von niemandem entdeckt.

Wie das?

Nicht nur Ede hat eine klare Vorstellung vom Funktionieren einer lebendigen Demokratie – auch Otto. Kleine Geschenke erhalten die Freundschaft, sagt er, große Geschenke machen blind. Wie soll das Boot eigentlich heißen?

Ede sagt schnell: *Ass im Ärmel*.

Langsam steigt das Schiff wieder auf. Mit Namen, Anlegesteg und Laternen. Mit Perserteppich, Bar und Ingemusch. Als Otto den *Wind des Lebens* verlässt, stößt Hans mit Ede an, lacht sehr lange und sehr laut und sagt: Das war Otto Merk. Direkt ab Werk.

Am Abend sage ich zu Erik: Das war zu viel für einen einzigen Tag. Erstens: ein Penner, der mich für ein Flittchen hält. Zweitens: eine Frau, die behauptet, im Eilbekkanal habe nie ein Hausboot gelegen. Wir stoßen unsere Gläser an die Telefonhörer, trinken auf diesen Tag und darauf, dass wir eines Tages das dumpfe Scheppern nicht mehr brauchen, um den Abend zu beschließen. Erik ist ein wacher Zuhörer. Er fragt: Und drittens?

Der Abschied von Sätzen, die ich für wahr gehalten habe. Satz eins: Häuser erzählen Geschichten. Gelogen. Häuser sind stumm. Sie sind wie Flittchen, die jeden nehmen, der bezahlen kann. Satz zwei: Du lässt an jedem Ort, an dem du dich aufgehalten hast, etwas von dir zurück. Gelogen. Ich habe in der Wielandstraße nichts hinterlassen. Gar nichts.

Ich mag seine Pausen am Telefon. Ich mag die langen und die kurzen Atemzüge, die sein Nachdenken begleiten. Ich höre, wie er die Luft anhält und beim Ausatmen leise lacht. Ich kenne zu allen Atemzügen sein Gesicht. Jetzt schmunzelt er. Dafür, dass dort nichts von dir ist, sagt er, hast du viel mitgebracht.

Ich war vier, als ich den Onkel kennenlernte, und acht, als mir auffiel, dass er ordentlicher war als andere Menschen, viel ordentlicher und auf andere Weise. Nie vergaß er, die Zimmertüren abzuschließen. Er sperrte die Schubladen seines Schreibtisches und die Schranktüren zu, die Schlüssel nahm er mit. Manchmal kehrte er auf dem Weg zur Arbeit um, prüfte, ob Türen und Schubladen inzwischen geöffnet worden waren, ob die Dinge noch so lagen, wie er sie verlassen hatte. Ein prüfender Blick auf den Brieföffner, den Kugelschreiber, den Locher, die Lage der ledernen Schreibunterlage. Er bat mich, ihm ein Haar zu schenken und legte es auf ein Dielenbrett zwischen Tür und Schreibtisch. Nie auf dasselbe. Er besaß die Gabe, Dinge zu sehen, die für mich unsichtbar blieben. Er zeigte mir Männer, die im Vorübergehen einen kurzen Blick auf die Autos warfen und hastig weitergingen, wenn ihr Blick sich mit seinem kreuzte. Er sagte, die seien ausgeschickt, ihn zu belauern.

Woran erkennst du sie?

Menschen zu durchschauen, sagte er, sei eine Gabe, die nicht jeder habe. Er spüre die böse Absicht hinter der freundlichen Fassade. Ein kleines Beben, ein leichtes Zittern unter der Haut.

Wo unter der Haut?

Er fuhr mir mit der Hand über den Hinterkopf. Ungefähr dort, sagte er, der Punkt, wo der Kopf auf dem Nacken sitzt.

Ich denke an den Nachmittag, an dem der Onkel meine Lehrerin durchschaute. Es war der Tag vor den Sommerferien. Ich hatte den Ranzen in die Hütte geworfen, meinen Arbeitsanzug angezogen, eine Stunde Nummernschilder und Radkappen geputzt, und saß nun mit dem Onkel auf der Bank. Er gehörte nicht zu den Erwachsenen, die wissen wollten, wie es in der Schule war. Er fragte nicht nach Noten. Die Schule war für ihn ein Übel, das zur Kindheit gehörte. Schlimmes würde ich mitteilen, Langweiliges musste ich nicht erzählen. Vor uns auf dem Tisch standen zwei braune Bierflaschen, in meiner war Kakao. Wir führten eines der Gespräche, die ich liebte, weil er mit mir sprach, als sei ich sein Kumpel. Wir redeten über den beigen Käfer, der am Morgen verkauft worden war und am Abend abgeholt werden sollte. Dann über die Neuigkeiten aus der Automobilbranche. VW hatte ein Zweigwerk in Baunatal eröffnet. Baunatal bei Kassel. Weißt du, sagte er, die haben die alten Henschel-Hallen gekauft und im nächsten Monat fängt da etwas ganz Neues an: Sie überholen alte Motoren. Und der Clou: Du kriegst den neuen Motor zu fünfzig Prozent des Neupreises, wenn du dem Werk deinen kaputten Motor zur Aufbereitung gibst. Jula – er schlug mir auf die Schulter –, wir spezialisieren uns! Wir werden VWler! Wer sich solchen Service ausdenkt, dem gehört die Zukunft. Kaum war er in Gedanken Volkswagenhändler geworden, träumte er von dem Modell, das der Konzern nur für Amerika produzierte. Mensch, Jula, wir beiden im offenen Rometsch Lawrence Cabriolet! Vierzylinder Boxermotor. Luftgekühlt. Hundertzehn km/h. Was sagst du dazu?

Knorke!

Das mein' ich auch. Da fallen dem Rabenaas die Augen aus dem Kopf!

Er malte den Wagen in mein Aufsatzheft.

Schau! Diamantsilber. Flossenheck. Lange Schnauze. Weißwandreifen. Ledersitze. Achttausend Märker – das kriegen wir hin, das wär doch gelacht!

Ich sah uns mit hundertzehn über die Autobahn rauschen, wir stießen unsere Flaschen aneinander:

Auf ein Leben bei VW!

Auf die Zukunft!

Eine Frau betrat den Platz. Damals gab es für ungemütliche Situationen das Wort ›Scheiße‹ noch nicht, also sagte ich leise: Heiliger Strohsack. Die Frau, die mein Onkel für eine Kundin hielt, war Fräulein Voss, meine Lehrerin. Sie trug ein kurzes Sommerkleid,

Schuhe mit Absätzen, ihre Haare saßen nicht, wie in der Schule, als Knoten im Nacken, sie fielen ihr locker auf die Schultern. Ich flüsterte dem Onkel ihren Namen zu und er sagte etwas, was sich anhörte wie: Keine Angst, die kaufen wir uns.

Er stand auf, ging ihr, als sei sie eine gute Freundin, mit ausgestreckter Hand entgegen, übersah den strafenden Blick, den sie auf unsere Bierflaschen warf. Sie gab ihm nicht die Hand. Sie sagte einen Satz, den ich mehr erriet als wirklich hörte: Wir müssen über Ihre Nichte ... Mein Onkel nahm ihren Arm, zeigte ihr den beigen Käfer, den er heute Morgen verkauft hatte, fragte, ob sie sich hineinsetzen wolle, ob sie Lust auf eine Probefahrt habe und als sie beides scharf zurückwies, bat er sie mit seinem tiefen Lachen zum Gespräch in die Hütte. Wenn Onkel Hans mit einer Frau in die Hütte ging, schickte er mich ans Ende des Grundstücks, damit ich beim ›Vertragabschluss‹ nicht in der Nähe war. Diesmal sagte er nicht: Jula, wasch doch mal den Goggo – also blieb ich sitzen und wartete auf Geräusche von der Chaiselongue. In den ersten Minuten hörte ich nur die Stimme der Lehrerin. Ich musste mein Ohr nicht an die Tür pressen, ich wusste, dass sie petzte: Jula macht keine Schularbeiten. Jula verlässt die Schule, wenn sie keine Lust mehr hat. Sie prügelt sich auf dem Schulhof mit Jungs. Sie hat dem Peter einen Stein an den Kopf geworfen. Jula lügt. Jula betrügt. Sie schreibt ihre Entschuldigungen selber: Sehr geehrte Frau Lehrerin, meine Enkelin hat schlimmes Bauchweh. Sie muss das Bett hüten. Unterschrift: Oma. Die Lehrerin sagte: Dummer Fehler. Mein Onkel lachte. Lobte sie mich zwischendurch? Wenn, dann sehr leise. Aber so laut, dass ich es hören konnte, sagte sie: Vor einer Woche habe ich ihr einen Brief an die Großmutter mitgegeben, ist er dort wohl angekommen? Ich hielt mir die Ohren zu.

Eine Stunde war er mit ihr in der Hütte, länger als mit den Flittchen. Irgendwann nahm ich die Finger aus den Ohren und hörte den Onkel sehr laut lachen. Die Lehrerin lächelte, als sie aus der Hütte trat. Sie sah mich halbstreng an und sagte: Wir reden nach den Ferien. Dem Onkel gab sie die Hand. Er begleitete sie über den

Hof zur Straße, dort blieben sie eine Weile stehen und mein Onkel nahm noch einmal ihre Hand und hielt sie lange fest. Bevor sie den Hof verließ, hob sie mit beiden Händen ihre Haare hoch. Einen Moment lang sah ich ihren Nacken, dann fielen die Haare zurück auf die Schulter. Schön sah das aus, wie die Bewegung einer Tänzerin. Auf halbem Wege zwischen ihr und mir nahm mein Onkel das Lächeln aus dem Gesicht. Seine Augen waren ernst, der Mund streng. Er sagte drei Sätze, die ich nie vergaß: Bleib, wie du bist. Du bist ein wunderbares Kind. Ab Morgen wird gelernt.

Er trank Bier und ich Kakao. Wir schwiegen. Als mein Onkel nicht mehr streng aussah, stieß ich ihn mit dem Ellenbogen in die Seite:

Magst du sie leiden?

Er sah auf die Stelle, auf der sie vor ein paar Minuten mit ihren Haaren gespielt hatte und sagte einen eigenartigen Satz: Sie riecht sehr sauber und hat sehr blaue Augen.

Es gab Schüler, die in den Sommerferien nach Dänemark fuhren. Oder nach Spanien. 1957 saß ich neben Lore, deren Großeltern einen Bauernhof in Schleswig-Holstein hatten. Ich kannte den Hof und Lores Liebe zur Arbeit im Stall. Sie hätte mich gerne wieder eingeladen, aber ich wollte dort nie wieder hin. Nachts hatte ich die Luft angehalten, weil es roch, als schliefen wir auf einem Misthaufen. Ich hatte mich unter der Decke versteckt, weil sich dicke, brummende Fliegen auf mein Gesicht kleben wollten. Die Kühe hatten böse Augen, vor den Pferden hatte ich Angst. Ich freute mich auf Tage ohne Schule mit Onkel Hans. An die meisten Sommerferien erinnerte ich mich nicht – diese Ferien ließen es nicht zu, dass ich sie vergaß. An einem Nachmittag in diesem Sommer veränderte sich die Welt.

Der Sommer war ideal, um Autos zu verkaufen. Sonne, leichter Wind, alle träumten vom Reisen. In die Berge, an die See, wer jetzt kein Auto hatte und nicht viel Geld, den trieb es auf den Platz, auf dem es Gebrauchtwagen gab. Wir lockten die Käufer an wie süße Blüten die Bienen. Wir ließen Motoren aufheulen, schauten unter Kühlerhauben, spielten ›hier ist was los‹ und gingen in der Mittagspause im Hauptbahnhof Currywurst essen, trafen Freunde. Hallo Hans, hallo Jula. Ich grüßte und winkte. Der Tag war heiß, die Sonne schien, sechs Wochen Ferien, sechs Wochen ohne Schule – ich fühlte mich leicht wie eine Feder. Ein kleiner Wind hätte mich unter die Decke des Bahnhofs tragen können. Ich weiß bis heute nicht, ob mein Onkel diesen Tag so geplant hatte, wie er dann endete. Er zog mich in einen Teil seines Lebens, in dem ich mich nur schwer zurechtfand.

Am Nachmittag hatten wir zwei Kunden, zwei sichere Käufer, sagte das Gefühl meines Onkels, keine Probepisser. Der erste, ein gut gekleideter Herr, betrat den Platz, wie es sich für einen Mann ge-

hört, der ein Auto kaufen will. Freudig erregt, stolzer Besitzer, bevor
ihm der Wagen gehört. Er sah sich nicht um, er hatte den Opel Kapitän am Abend zuvor entdeckt und fand ihn unwiderstehlich. Das
war er auch. Ein weißer Straßenkreuzer, 75 PS, 6 Zylinder, nichts
für Eilige, hieß es unter Autoliebhabern, ein Schiff, um in die Ferien
zu steuern, eine gemütliche Kutsche für die erste Italienreise mit
der ganzen Familie. Dass der Wagen Opel Kapitän hieß, führte bei
Käufern aus Hamburg reflexartig zum Ohrwurm von Hans Albers:
Nimm uns mit, Kapitän, auf die Reise, nimm uns mit in die weite, weite
Welt. Wohin geht, Kapitän, deine Reise? Bis zum Südpol, da langt unser
Geld. Der Käufer entfernte sich summend vom Platz: *Nimm mich mit,*
Kapitän, auf die Reise ... 3000 Mark für ein Modell mit Beulen und
Kratzern war kein schlechtes Geschäft. Ich boxte meinen Onkel in
die Rippen: Ein summender Autokäufer, sagte ich, das ist eine gute
Geschichte für ›mündlicher Ausdruck‹.

Wir wollten die Arbeit gerade einstellen, als ein junges Paar den
Hof betrat. Auch sie keine PPs, sie wussten, was sie suchten, und
sie wollten kaufen. Sie zeigten auf den KR 200, den Messerschmitt
Kabinenroller, das Dreirad mit der Plexiglashaube, das man Schneewittchensarg nannte oder MiA, Menschen in Aspik. Das ›kleine,
süße Ding in Rot‹ hatte es ihnen angetan. Das einzige Auto auf der
Welt, für das es eine Anleitung zum Einsteigen gab:

»Vor dem Öffnen der Haube überzeugen Sie sich, ob rechts des
Fahrzeugs auch genügend Platz ist. Haube langsam anheben und
nach rechts überkippen, bis der Lederriemen straff gespannt ist.«

Die beiden müssen MiA gekannt haben, sie kletterten, ohne
sich zu verknoten, ins Auto. Anderen Kunden musste mein Onkel
vorlesen, wie man vom Fußgänger zum Autofahrer wird: Sitz hoch-
schwenken. Gut so. Lenkung leicht nach rechts einschlagen. Gut so.
Rechten Fuß in Fahrzeugmitte setzen, Platz nehmen. Linken Fuß
hineinstellen, beide Füße nach vorn schieben und nun – an dieser
Stelle hob mein Onkel die Stimme – stützen Sie sich mit beiden
Händen an den schrägen Rahmenrohren ab und lassen den Sitz
nach vorne schwenken. Gut so.

Der letzte Interessent für den Schneewittchensarg hatte das Gleichgewicht verloren und deprimiert den Platz verlassen. Für mich war nicht einmal MiAs Ratschenschaltung ein Problem. Zündschlüssel einstecken und drehen, der Motor läuft rechts herum und – ratsch-ratsch, ratsch-ratsch – der kleine Flitzer kann in allen vier Gängen vorwärtsfahren. Oder: Zündschlüssel einstecken, ihn gleichzeitig drücken und drehen – und MiA kann in allen Gängen rückwärtsfahren. Ratsch-ratsch. Ratsch-ratsch. Theoretisch kompliziert, praktisch so einfach, dass sogar ich den Kabinenroller anlassen und rangieren konnte. Schnell entschlossene Käufer belohnte mein Onkel. Er nahm nur tausend Mark für das ›süße, kleine Ding‹ und dann: Feierabend.

Wir nahmen die Zündschlüssel aus den Autos, schlossen Türen und Kofferräume ab, beseitigten hier und dort kleine Flecken auf dem Lack, ein Ritual, unser Abschied vom Arbeitstag. An diesem friedlichen Nachmittag hatte ich geholfen, zwei Autos zu verkaufen, ein Grund, den Platz mit guter Laune zu verlassen. Erst als mein Onkel merkwürdig leise ›gehen wir, Jula‹ sagte, fiel mir auf, dass er nach dem Verkauf des Opel Kapitäns nicht mehr mit mir gesprochen hatte. Er mied meinen Blick. Er ging auf mein Angebot, wie immer nach so einem Tag über die Kunden zu reden, nicht ein. Er schwieg.

Bist du böse? Was hab ich falsch gemacht?

Er schwieg. Ich wollte ihn zum Lachen bringen und summte *Nimm mich mit, Kapitän, auf die Reise.* Keine Reaktion. Für mich war der Himmel blau an diesem Tag und voller Sonnenschein, und nun fühlte sich alles schwarz und schwer an. Ich hatte das Unwetter nicht aufziehen sehen, jetzt hing es über mir wie Blei. Ich fand im Gesicht meines Onkels kein Lächeln. Hatte ich ihm die gute Laune gestohlen – wodurch? Er zeigte auf den weißen Borgward.

Nehmen wir den.

Er war ruhig. Zu ruhig. Seine Stimme war weder freundlich noch unfreundlich. Sie war neutral. Wie grauer Regen. Es lag kein Tadel und kein Lob in der Stimme, als er fragte: Was willst du, Jula?

Was sollte ich wollen? Nach einem guten Tag belohnten wir uns.

Auch dieser Tag hatte gut angefangen, aber dann war ein Schatten auf uns gefallen und was sollte ich da wollen? Kleinlaut sagte ich: Alsterpavillon ... vielleicht ... wenn du magst ... oder?

Er bestellte mit dieser neuen, tonlosen Stimme Schokolade mit Sahne und für sich Cognac und Kaffee. Ich löffelte die Sahne von der Schokolade, er bestellte eine neue Portion. Wir saßen am Fenster und schauten auf die Alster. Von meinem Onkel ging keine Wut aus, kein Ärger, er war nicht beleidigt. Leblos wie eine Puppe saß er neben mir und ich betete hilflos meinen Schutzengel herbei. Ich wusste, dass der keine Warum-Fragen beantwortete, also sagte ich stumm: Hilf mir, Carla. Was soll ich tun? Carla sagte: Du hast ihm nichts getan. Guck aus dem Fenster. Lass Zeit vergehen. Ich beobachtete die Dampfer, die vor uns an- und ablegten, ich sah den Ruderern auf der Alster zu. Die meisten saßen zu zweit im Boot. Eine Frau, die sich rudern ließ, und ein Mann, der die Riemen durch das Wasser zog. Ich sah zum ersten Mal ein Boot mit roten Segeln. Ich hörte, wie mit Kuchengabeln Tortenreste von Tellern gekratzt wurden, und das Kichern am Nachbartisch, als sich der Stehgeiger näherte. Er ging an dem Tisch der Kichernden vorbei, stellte sich neben meinen Stuhl und spielte ein Lied für mich alleine. Kluger Schutzengel. Es funktionierte. Ich hatte meinen Onkel eine ganze Weile einfach vergessen. Als ich ihn wieder wahrnahm, lag seine Hand auf dem Tisch. Vorsichtig schob ich meine darunter. Ich war zu jung, um zu fragen: Wo bist du gewesen? Wohin hast du dich verkrochen? Irgendetwas muss ich aber doch gefragt oder gesagt haben, denn plötzlich war er wieder da. Bei mir am Tisch. Mit seiner alten Stimme, aber ohne das Lächeln in den Augen, das ich so mochte. Zu meiner allergrößten Verwirrung sagte er: Mündlicher Ausdruck – was ist das?

Ein Schulfach. Wieso? Woher kennst du das?

Von dir.

Wenn er größere Sorgen nicht hatte! Ich war so erleichtert, von diesem Fach erzählen zu dürfen, dass ich mich vor Eifer überschlug.

Wir lernen, wie man Geschichten erzählt.

Geschichten? Welche?

Irgendwelche. Was wir erleben. In den Ferien oder am Wochenende. Aus der kleinsten Kleinigkeit kann eine Geschichte werden,
sagt die Lehrerin.

Zum Beispiel?

Worüber wir gelacht haben. Was wir auf der Straße spielen.
Worüber die Mutter mit dem Vater streitet, wenn man Mutter und
Vater hat. Was uns wütend oder traurig macht, wem wir welche
Streiche spielen, wie wir bestraft werden. Wer uns besucht. Ob wir
zuhause helfen müssen und wo. In der Küche? Im Garten? Was wir
lesen, was wir im Radio hören, ob wir fernsehen dürfen. Ich könnte
zum Beispiel erzählen, dass es Autokäufer gibt, die, wenn sie einen
Opel Kapitän gekauft haben, singen *Nimm mich mit, Kapitän, auf
die Reise*. Vor Freude, dass er keine größeren Sorgen hatte als eine
Schulstunde, kniff ich meinen Onkel in den Arm.

Nicht mehr böse?

Bist du gut in diesem Fach?

Sehr. Es gibt Schüler, die nimmt sie nie dran. Mich fast immer.

Warum tut sie das? Was meinst du?

Weil ich mehr Geschichten weiß als andere Kinder.

Nun möchte i c h mal eine Geschichte hören und weißt du,
wovon die handelt?

Nein.

Wie sich ein kleines, dummes Mädchen ausfragen lässt, davon
handelt die Geschichte. Wie es nicht merkt, dass die Lehrerin alles
sammelt, was das Mädchen über seinen Onkel erzählt. Und wie sich
dieses Mädchen für sein Plappermaul mit guten Noten bestechen
lässt – diese Geschichte möchte ich von dir hören. Wie dieses Mädchen nicht merkt, dass das sehr sauber riechende Fräulein mit den
sehr blauen Augen einen Auftrag hat und zu den ›Vollstreckern‹
gehört.

Ich hatte den Ausdruck noch nie gehört und hätte mir damals
nicht vorstellen können, dass mich dieses Wort bis heute verfolgen
würde. Es ist da, wenn ich das Alstercafé betrete, manchmal meldet

es sich auch, wenn ich irgendwo in irgendeiner Stadt Schokolade mit Sahne bestelle. Wenn jemand sagt ›es ist vollbracht‹, sagt es in mir: Es ist vollstreckt.

Er wollte wissen, was ich in einem Fach erzähle, das ihm nicht geheuer war. Ich sagte: Ich erzähle fast alles. Ich hatte im ›mündlichen Ausdruck‹ Märchen nacherzählt: *Prinz Achmed und die Fee Pari Banu. Der Fischer mit dem Geist. Sindbad der Seefahrer. Die Geschichte der Spazzacamini.* Es ging darum, reden zu lernen, Sätze zu bilden, ängstlichen Kindern den Mund zu öffnen. Ich wurde öfter als andere zum Erzählen aufgefordert, weil ich ohne Scheu vom Briefträger erzählte, der die Postkarten meines Vaters brachte, und vom Globus, auf dem wir ihm hinterherreisten. Lehrerin und Mitschüler kannten Großmutters Teedose mit den schwarzen Männern, die das Segelschiff mit Gewürzen beluden, und den Aufseher mit der Peitsche, der mein Vater hätte sein können. Sie kannten Hansi, den Wellensittich, der sich auf das Licht im Globus stürzte, dort abprallte und auf den Küchentisch fiel.

Heute kann ich mir die Reaktion meines Onkels erklären. Ein Opel Kapitän, ein summender Autokäufer, eine Lehrerin mit sehr blauen Augen und ein Schulfach, in dem ich gute Noten bekam, hatten ihn an diesem Tag bewogen, mir, seiner Nichte, einem Kind, zu erklären, dass die Welt, durch die es sich bewegte, nicht so war, wie sie erschien. Er wurde beobachtet. SIE ließ ihn beobachten. Das Rabenaas. SIE war die Auftraggeberin, und die sauber riechende Lehrerin mit den sehr blauen Augen hatte das Schulfach nur erfunden, um mich auszuforschen. Die Lehrerin war nicht die einzige. Die Stadt war voller Menschen, die meinen Onkel verfolgten. Er nannte sie Vollstrecker, weil einer von denen ihn eines Tages zur Strecke bringen würde. Ich lachte, als ich begriff, dass er mit SIE meine Großmutter meinte. Ich war erleichtert. Mein Onkel hatte ein neues Spiel erfunden. Es hieß nicht: Jula, hast du Mut?, es hieß: Ich sehe was, was du nicht siehst. Das Rabenaas als Gangsterchefin. Ich lachte. Mein Onkel blieb ernst.

Schau dich um, Jula, was siehst du?

Ich sehe Frauen in weißen Blusen und Männer in dunklen Anzügen. Ich sehe einen Jungen im Matrosenanzug. Ich sehe Kuchenteller, Sahnetorten, Kaffeekannen mit goldenen Deckeln und auf jedem Tisch eine Vase mit einer weißen Rose. Ich sehe Kellner und Kellnerinnen in schwarzen Blusen und langen, roten Schürzen.

Was siehst du noch?

Den Mann mit der Geige. Ich sehe die Frau, die bezahlen will. Sie ruft den Kellner. Ich sehe das Mädchen mit der Schleife im Haar.

Das alles sah mein Onkel auch, nur war er sicher, dass unter all den Menschen einer war, der ihn ausspionierte und Meldung machen würde. Bei IHR, der die Vollstrecker gehorchten. Seine Stimme war leise, einige Sätze flüsterte er: Sie geben sich nicht zu erkennen, war so ein Satz. Ich erkenne sie an der Art, wie sie mich ansehen. Wie sie mir in der Stadt aus dem Weg gehen. Wie sie die Straßenseite wechseln. Wie sie am Autoplatz vorübergehen, mal hastig, mal langsam, ohne Interesse für die Autos. Mit Scheininteresse. Manchmal, sagte er und sah mich verzweifelt an, manchmal sieht mir einer von denen frech in die Augen. Oder senkt den Blick. Sie sind nicht immer da, nicht jeden Tag. Sie meiden mich, damit ich glaube, sie hätten mich vergessen. Das gehört zur Strategie, sagte mein Onkel. Ihn in Sicherheit wiegen und dann wieder auftauchen, damit der Schreck umso größer ist.

Ab diesem Punkt der Geschichte hörte ich auf, an ein Spiel zu glauben.

In der Schule war es die Lehrerin. Im Café der Stehgeiger, den SIE auf ihn angesetzt hatte. Was meinst du, fragte er, warum hat er ein ganzes Lied lang neben unserem Tisch gestanden? Ich sagte: Er ist nicht böse, er hat für mich gespielt.

Woher weißt du das?

Er hat mich angelacht.

Warum wohl ausgerechnet dich?

Vielleicht … weil … er mich nett findet?

Warum hat er nicht für das adrette Mädchen mit der Haarschleife gespielt? Warum nicht für den feinen Jungen im Matrosenanzug?

Ich sehe was, was du nicht siehst. Es war kein Spiel. Mein Onkel sah Dinge, die ich nicht sehen konnte. Für mich war das Café voller Menschen, die sich für Kuchen interessierten und nur wenig für den Geiger, der ihr Schwatzen untermalte. Für mich war der Geiger ein Mann im schwarzen Anzug, der ohne Noten Walzer spielte und mit seinen Augen die Augen der Menschen suchte, die zu seiner Musik Kuchen aßen, und lächelte, wenn es ihm gelungen war, ein Augenpaar einzufangen. Wie meines. Deshalb hat er an unserem Tisch gespielt und nicht an dem Tisch des Mädchens mit der Haarschleife. Für meinen Onkel war dieser Mann ein dreister Typ, der ein Mädchen zum Vorwand genommen hatte, sich an unseren Tisch zu schleichen. Ich wollte nicht, dass es so war. Ich wollte recht behalten. Ich sagte: Dann frag ihn doch.

Ungeduldig sagte mein Onkel: Jula, wenn er behauptet, er habe für dich gespielt, weil du so schöne, schmutzige Hände hast – was wissen wir dann?

Dass er nicht böse ist.

Nein, sagte mein Onkel. Dann wissen wir, dass er lügt.

Es gab in den nächsten Jahren viele solcher Situationen und ich brauchte lange, um zu verstehen, dass mein Onkel immer recht behielt, recht behalten musste, das lag in der perfiden Logik der Welt, die sich in ihm ausgebreitet hatte.

Jula, du warst heute nicht in der Schule.

Doch.

Du lügst.

Ich sage die Wahrheit. Frag die Lehrerin.

Sie lügt.

Jula, siehst du den Mann mit der Schiebermütze? Er starrt mich an.

Nein, er betrachtet die Autos.

Jula, er war auch gestern hier.

Ja, ich sehe ihn oft, er scheint hier zu wohnen.

Geh ihm nach.

Ich folgte dem Mann. Er ging zum Bäcker, kaufte Brot und ein

Stück Butterkuchen. Er ging am Platz des Onkels vorbei, warf einen Blick auf die Autos, bog in die Brennerstraße ein. Er holte den Butterkuchen aus der Tüte und biss hinein. Er aß den Kuchen auf, klopfte die Krümel von der Jacke. Dann zog er den Schlüssel aus der Hosentasche und schloss die Haustür auf. Er zerknüllte die Tüte und warf sie auf die Straße. Er sah sich nicht um, nahm mich nicht wahr, war nur mit dem Kuchen beschäftigt. Ich sagte meinem Onkel: Alles in Ordnung. Der Mann wohnt in der Brennerstraße. Er hat Kuchen gekauft. Nichts war in Ordnung. Mein Onkel sagte: Wusst' ich's doch, dass der Bäcker dazugehört.

An diesem Tag im Alstercafé hätte ich mein schönstes Kleid in den Ofen gesteckt, meine liebsten Bücher verschenkt, meine Schlittschuhe und die Rollschuhe dazu, ich hätte für immer auf alle Schlagsahne der Welt verzichtet, wenn ich meinen Onkel von der Vorstellung hätte befreien können, es gäbe Vollstrecker, die ihn verfolgen, und SIE, seine Mutter, sei die Lenkerin dieser unsichtbaren Armee.

Der Stehgeiger spielte längst an einem anderen Tisch. Mein Onkel verhörte mich weiter. Ingemusch – hast du in der Schule über Ingemusch gesprochen? Über Schuten-Ede? Trümmer-Otto?

Noch nie!

Ist das die Wahrheit?

Großes Ehrenwort!

Dann sag mir, warum du in der Schule nicht über meine Freunde sprichst.

Wie klug die Frage war, habe ich damals nicht verstanden. Warum sprach ich in der Schule nicht über Ingemusch, Schuten-Ede und Trümmer-Otto, über die Schularbeiten im *Wind des Lebens*, die nackten Tänzer, das Boot, das *Ass im Ärmel* hieß? Es wären gute Geschichten für eine Stunde ›mündlicher Ausdruck‹ gewesen. Die Antwort war einfacher als die Frage: Ich tat es nicht, weil diese Geschichten nicht in die Schule gehörten. So wenig wie Hühner in die Badewanne und Kaninchen auf Bäume. Ich musste darüber nicht nachdenken, ich wusste, dass man nicht jedem alles erzählen darf. Geschichten sind wie Schuhe. Weiche Schuhe streicheln die Füße, harte Schuhe drücken, kneifen, scheuern, bis die Füße bluten. Ich habe Großmutter nie gesagt, dass mein Onkel mich mit Delikatessen fütterte und ich vom Schrank in seine Arme sprang. Ich habe nie erzählt, wie oft wir die Flittchen besuchten und dass ich Schularbeiten in einer Kneipe machte, die nebenbei ein Puff war. War ich deshalb eine Lügnerin? Großmutter hatte ein Kalenderblatt mit einem Spruch in die Bügelkammer geklebt: *Einst hebt die Reue ihre Stimme und spricht: Warum ach, hörten wir die Wahrheit nicht?* Wollte sie die Wahrheit hören? Vielleicht. Vielleicht auch nicht. Sie sagte auch: *Reden ist Silber, Schweigen ist Gold.* Was nun? Reden oder Schweigen? Wo schweigen und wo reden? Wann reden? Und wann schweigen? Was erzählen? Was verschweigen? Es war wie das Einsteigen in den Schneewittchensarg. Theoretisch kompliziert, praktisch ganz einfach. Schnell und sicher wie die Fledermaus in der Nacht bewegte ich mich zwischen Reden und Schweigen. Ich hatte früh gelernt, dass auch halbe und viertel Wahrheiten immer noch Wahrheiten waren. Oder warum nannten sie die verkohlten Ruinen in der Stadt noch immer ›Häuser‹?

Beim Abendbrot fragte ich: Großmutter, was sind Vollstrecker?

Gibt es einen Grund für diese Frage?

Ich schüttelte den Kopf. Großmutter hatte das Wort noch nie gehört. Sie kannte nur Steuerfahnder und Gerichtsvollzieher.

Ass im Ärmel war ein leise knarrendes, sich sanft wiegendes, etwas windschiefes Hausboot. Es gab keine Laternen am Ufer. Lampen auf der Fensterbank warfen bei Einbruch der Dunkelheit gelbes Licht auf das Wasser und beleuchteten den Steg, der das Ufer mit dem Boot verband wie eine Brücke. Schuten-Ede hatte zum Einzug einen goldenen Türklopfer mitgebracht, die schmale Hand der Fatima sollte Unglück vom Boot fernhalten. Hans hatte als Klingel eine rote Motorradhupe aufgetrieben, die wie das Krächzen eines heiseren Huhnes klang. Im Salon standen Cocktailsessel auf echten Persern, Trümmer-Ottos Handwerker hatten Ingemusch aus teuren Hölzern eine Bar gebaut – das Boot war ein Puff für eine Handvoll Männer, die sich den Besuch im *Ass* leisten konnten. Ingemuschs Boot wurde Ausflugsziel prüder Spaziergänger und für mich ein weiterer Ort für Hausaufgaben. Später wurde aus dem *Ass im Ärmel Schick und Schön*, Ingemuschs solider Frisiersalon. Ich war verliebt in das Boot und vernarrt in die Freundin meines Onkels. Sie bürstete meine Haare wie früher mein Vater, flocht mir Zöpfe, machte aus dem dünnen Pferdeschwanz ein mondänes Lockenknäuel. Wir spielten Mühle, Flohhüpfen und Mensch-ärgere-dich-nicht. Ich lernte Räuber-Skat und Banausen-Schach. Für meine Besuche galten strenge Regeln. Ohne meinen Onkel durfte ich Ingemusch nur montags und donnerstags besuchen.

An einem Freitag vergaß ich die Regeln, die sie mir eingeschärft hatten. Die letzten zwei Schulstunden waren ausgefallen, Dr. Haschke, Kunst und Religion, war mit Bauchkrämpfen ins Krankenhaus gefahren worden. Ich trödelte zum Autoplatz meines Onkels. Das Tor war abgeschlossen. Nirgendwo entdeckte ich eines seiner Schilder: Bin gleich wieder da, oder: Bin auf Probefahrt, oder: Heute geschlossen. Ich suchte ihn beim Bäcker, ich fragte die

Blumenfrau, sah durch das Schaufenster der Metzgerei und machte mich enttäuscht auf den Weg in die Wielandstraße, als mir einfiel, dass im Ranzen das Porträt von Ingemusch steckte, das ich dem Kunstlehrer zeigen und dann ihr schenken wollte. Ich vergaß die Vereinbarung.

Es war ein Tag im Frühling, die Menschen streckten ihre Gesichter in die Sonne und gingen langsamer als sonst durch die Straßen. Ich überholte sie alle, ich rannte vor Freude über die geschenkten Stunden durch die Lange Reihe, am Krankenhaus St. Georg vorbei, durch die Iffland- und Uhlandstraße, die Eilenau, blieb keuchend unter der Trauerweide stehen, die ihre Zweige wie ein Dach über das Boot breitete. Ich nahm den Mercedes, der am Ufer stand, zwar wahr, beachtete ihn aber nicht, weil er schwarz war und nicht silbergrau wie der von Trümmer-Otto. Ich war schon fast auf dem Steg, als ich laute Stimmen hörte. Eine gehörte zu Onkel Hans, die tiefe, leisere, zu Ingemusch, die dritte kannte ich nicht. Sie war lauter als die meines Onkels. Ich versteckte mich hinter der Weide und horchte. Die Stimmen der Männer überschlugen sich, sie bellten wie Hunde, bevor sie beißen. Ich war zu weit entfernt, um zu verstehen, worum es ging. Zwei Namen verstand ich. Jula und Carla. Immer wieder: Carla. Jula. Carla. In mir begann es zu hämmern, als hätte ich nicht nur ein Herz links in der Brust, sondern ein zweites im Bauch, ein drittes im Magen, ein viertes im Hals, ein fünftes im Kopf, ein sechstes und siebtes in den Ohren. Ich presste mich an den Baum und starrte auf das Boot. Jula. Carla. Carla. Jula. Als die Tür aufgerissen wurde, erkannte ich den Mann. Er hatte in vier Jahren zehn Mal mit Großmutter und mir Kaffee getrunken. Er hatte uns fünf Mal zum Fischessen ins Hafenrestaurant eingeladen, sechs Weihnachtspakete geschickt, fünf Päckchen zum Geburtstag, meinen siebenten Geburtstag hatte er vergessen. *Liebe Mutter, liebe Jula.* Er hatte mit der Post Geld geschickt. Wir hatten uns angewöhnt, alles zu zählen, was er uns zukommen ließ. In dem Album, das wir ›Post von Vati‹ nannten, klebten 37 Postkarten. Großmutter hatte vorgeschlagen, die Karten zu nummerieren, sodass wir unsere

Lieblingskarten schnell fanden. Wir sagten die Zahl und wussten, ob die Karte am Anfang des Albums klebte oder in der Mitte, ob sie alt war oder neu.

Der Mann riss die Autotür auf, warf sich auf den Sitz und fuhr mit aufheulendem Motor davon. Ich sah ihm nach. Alle Achtung! Mercedes Ponton 220 S. 2,2 l Otto-Motor. 100 PS.

Auf dem Boot war es unheimlich still. Ich schlich über den Steg, schob die Zeichnung unter die Fußmatte und rannte in die Wielandstraße. Ich wusste, was ich abends tun würde.

Großmutters Anrichte muss früher einmal zum Schreibtisch von Onkel Hans gehört haben. Sie stand auf breiten Löwenfüßen, die Schublade hatte einen Löwenkopf, in dessen Maul ein Ring aus Messing hing. Hier bewahrte Großmutter wichtige Papiere auf, vor allem aber die braunen Tüten mit den Fotos und das Album, das wir ›Vatis Krieg‹ nannten. Die Schublade wurde nur geöffnet, wenn Großmutter für Behörden eine Urkunde brauchte oder wenn wir Fotos anschauen wollten. Albumgucken war ein Spiel wie Schwarzer Peter oder Mensch-ärgere-dich-nicht, nur wichtiger, weil es mit dem richtigen Leben zu tun hatte und Großmutter sagte: Wenn wir in seinem Kriegsalbum blättern, vergessen wir ihn nicht. Ich kannte das Album, es war mir vertraut, fesselte mich aber jedesmal, weil immer etwas Neues zu entdecken war, eine Kleinigkeit, die wir übersehen hatten, ein winziges Detail, aus dem neue Fragen entstanden. Eine Hand am Bildrand. Zu wem gehörte diese Hand? Wo war der Rest? Wir hatten keinen Fernsehapparat, die Fotos waren ohne Konkurrenz, sie gehörten zu meiner Kindheit wie das Abendgebet, mit dem mich Großmutter in den Schlaf schickte.

Nach dem Bildergucken legte sie das Album zurück in die Schublade, schloss ab, steckte den Schlüssel in die Schürzentasche – und dann? Wie gründlich ich auch suchte – ich habe nie herausgefunden, wo sie den Schlüssel versteckte. An diesem Abend war ich es, die darum bat, ›Vatis Krieg‹ aus der Schublade zu holen. Ohne diese List wäre es mir nicht gelungen, die Tüte zu stehlen, auf der mit Großmutters Sütterlinschrift drei Namen standen: Hansi, Carla, Rudi. Ich hatte diese Tüte mehrmals in der Hand gehabt, immer wurde sie mir sanft und beiläufig entwendet.

Wenn ich an diesen Abend denke, sehe ich uns so deutlich, als wären wir selbst zum Foto geworden. Großmutter im geblümten

Kittel, in der Hand den kleinen Schlüssel, mit dem sie die Schublade aufgeschlossen hat. Daneben ich in rotem Kleid und braunen Stiefeln, lauernd auf den Augenblick, in dem ich sagen konnte: Großmutter, es hat geklingelt. Sie würde den Kopf heben. Sie würde in den Flur horchen und sagen: Kind, du hast dich verhört. Ich würde einen Schritt auf die Tür zugehen und sie würde mich zurückhalten.

Lass, Kind. Ich schau nach.

So hatte ich es geplant und so war es auch. Ich hörte ihre Schritte in der Diele. Sie öffnete die Haustür, rief: Hallo, ist da jemand, und während sie ins Treppenhaus horchte, griff ich nach der Tüte und schob sie mit dem Fuß unter die Anrichte. Großmutter kam zurück. Du hast dich geirrt, mein Kind, sagte sie und nahm das Album aus der Schublade.

›Vatis Krieg‹ war ein Monstrum. Doppelt so groß wie andere Alben und schwer wie ein Sack Kartoffeln. Es steckte in einer Schutzhülle aus grobem Leinen, auf das jemand – ich nicht, sagte Großmutter – mit dicker Wolle einen schwarzen Helm, ein braunes Gewehr und einen rostroten Tornister gestickt hatte. Wir setzten uns an den Esstisch. Ich konnte von meinem Stuhl aus den Umschlag unter der Anrichte sehen und musste mich zwingen, nicht ständig dorthin zu starren.

Den Anfang machte der Führer im Profil, es folgte der Reichsmarschall in Ausgehuniform, dann ›Hinkefuß‹, der Reichsminister für Volksaufklärung und Propaganda im Anzug mit Schlips. Die dicke Schlangenlinie, die mein Vater quer über die nächsten beiden Seiten gezogen hatte, war der Weg der sieben Jungen durch Polen, von denen das Album berichtete. Sie lachten in die Kamera wie auf einer Fahrradtour. Lachten sie für den Fotografen oder war das ein Lachen in die Zukunft, in der der Krieg gewonnen war und sie sich als Sieger im Album begegnen konnten? Von links nach rechts: Meinhard und Oskar. Anton, Heinz und Rudolf. Fritz und Melchior. Alle in sauberen Uniformen, ein Schiffchen fesch auf dem Kopf. Die dünnen Äste, die von der dicken Schlangenlinie nach Norden und Süden abzweigten und zu kleinen, schwarzen Punkten

103

führten, waren die Ausflüge der sieben jungen Krieger. Ein Schloss im Norden. Eine Kirche im Süden. Ein zerschossenes Dorf. Eine alte Frau vor ihrem Haus. Mein Vater hatte eine schöne Schrift: Sara in Ruhestellung (1). Ein Bild später liegt Sara vor ihrem Haus. Sara in Ruhestellung (2). Großmutter sagte, diese Bilder würden sie kirre machen, weil sie sich vorstellen musste, was vor den Aufnahmen, was zwischen den Aufnahmen und was danach geschehen war. Manchmal machte sie das Geräusch eines Fotoapparats nach. Klack. Sie schnalzte mit der Zunge: Klack. Damit war bewiesen, dass Fotos in weniger als einer Sekunde entstehen und nur eine Sekunde des Geschehens abbilden. Klack. Zwei Fotos von Sara. Kleine Bilder mit weißem Zackenrand und dazwischen auf schwarzer Fotopappe Vatis schöne Schrift. Wir besetzen die Erde auf dem Rücken der Pferde. Melchior hatte ein rundes Gesicht mit schrägen Augen und lachte mich an. Vatis schöne Schrift: Sieben, die siegen.

In der Mitte des Albums waren die sieben Soldaten schmaler als auf den ersten Seiten, lachten aber noch immer in die Kamera, eng aneinandergelehnt, als schauten sieben Köpfe aus einer einzigen Uniform. Auf den letzten Seiten lächelten nur noch vier Jungen in die Kamera. Rudolf und Oskar. Anton und Melchior. Sie hielten ein Schwein an den Ohren. Klack. Eine polnische Sau wird Opfer des Krieges. Haha. Im März 1942 stand auf einer leeren Seite: Sonderurlaub!

Als mir Großmutter das Album zum ersten Mal zeigte, war ich fünf Jahre alt und sie nannte alles, was am Boden lag: Schlaf. Sara schlief. Männer, die verrenkt vor einer Mauer lagen, schliefen. Frauen, zusammengesackt auf einer Bank im Park, und Pferde, die aufeinandergestapelt waren, schliefen. Sie meinte es gut mit mir und vielleicht auch mit sich. Wer schläft, ist nicht tot. Das Album muss mein Vater in seinem Sonderurlaub zusammengeklebt haben. Danach wurde er mit neuen Kameraden und einem neuen Schiffchen auf dem Kopf nach Frankreich geschickt. Dort entstand eine große Bildertüte, auf der stand in nicht mehr ganz so kindlicher Schrift: Liberté. Egalité. Fraternité. Als er durch Polen ritt, war er 19, in Frankreich 22, am Ende des Krieges 25 Jahre alt. Ich hatte keine Gefühle für den jungen Mann auf den Fotos. Wie konnte einer mein Vater sein, als es mich noch gar nicht gab? Trotzdem verlor ›Vatis Krieg‹ nie seine Faszination, weil über diesen Bildern, auch ohne Großmutter, ihre Stimme lag: Meinhard, Heinz und Fritz – wo mögen die gefallen sein? Schau, die Frauen auf der Bank sind müde. Sie schlafen. Melchior – was aus dem Jungen wohl geworden ist?

Später begann Großmutter, die Fotos zu bearbeiten. Sie schnitt die Ränder ab, klebte die Bilder eng aneinander, beseitigte die schwarzen Zwischenräume, in denen sich ihre Gedanken verirrten. Fotos faszinierten sie. Sie glichen dem Leben. Sie waren tot und lebendig. Stumm und beredt. Sie sagten die Wahrheit und logen.

Auch an diesem Abend brachte sie mich, wie jeden Abend, in die Kammer, setzte sich auf die Bettkante, faltete die Hände zum Nachtgebet: Lieber Gott gib Acht, dass Jula am Morgen erwacht. Ich sagte: Du auch. Großmutter war nicht katholisch, glaubte an keinen Gott, küsste mich aber, als wolle sie mich segnen. Einen Kuss auf die Stirn, einen Kuss auf das Kinn, die rechte und die linke Wange, so schickte sie mich in gute Träume. Lieber Gott gib Acht, dass Jula am Morgen erwacht. Sie löschte das Licht, ließ meine Tür einen Spalt offen, damit ich mich am Ende des krummen Flurs nicht ausgesperrt fühlte. Ich verfolgte sie mit den Ohren. Sie ging in die Küche. Dort räumte sie die Teller vom Tisch und stapelte sie in die Spülschüssel. Sie deckte den Vogel zu, sagte: Gute Nacht, kleiner Hansi, ging mit harten Schritten durch die Diele und löschte das Licht im Wohnzimmer. Im Badezimmer konnte ich sie nicht hören, wusste aber, was sie tat. Sie wusch sich das Gesicht, cremte es üppig mit Nivea ein, ließ die hochgesteckten Haare fallen und bürstete sie kräftig nach allen Seiten. Im Badezimmer war sie keine fünf Minuten. Ich gab ihr fünf dazu, dann setzte ich mich auf und prüfte die Stille. Noch kein Knacken. Der Holzboden entspannte sich später. Ich gab Großmutter viel Zeit, in den Schlaf zu finden, dann stieg ich aus dem Bett und schlich auf Zehenspitzen durch die Diele ins Wohnzimmer. Im Dunkeln kroch ich auf die Anrichte zu, legte mich auf den Bauch und tastete nach der versteckten Bildertüte.

Jula. Carla. Ihre Stimmen waren böse, als sie sich meinen Namen und den meiner Mutter an den Kopf warfen. War ich schuld an ihrem Tod? Steckte der Beweis in dieser Tüte? Ich besaß keine eigenen Fotos – aber in meinem Kopf bewahrte ich einen kleinen Film auf, den ich nur anschaute, wenn ich ganz alleine war. Da stehe ich auf einem langen Flur vor einer Fensterscheibe. Ich sehe in ein Zimmer. Durch gelbe Vorhänge fällt schönes Licht auf eine Frau. Sie liegt unter einer weißen Decke in einem weißen Bett. Ich darf das Zimmer nicht betreten, aber ich darf winken. Niemand darf zu ihr, nicht einmal mein Vater. Wir stehen auf einem Flur, nah beieinander, sind ganz still und winken. Es ist verboten, an die Scheibe zu klopfen, trotzdem sehe ich mich mit beiden Fäusten gegen die Scheibe schlagen, sehe mich schreien, kann mich aber nicht hören und werde von einem kräftigen Arm über den Flur gezogen. Dann ist mein Film zu Ende und ich sehe nichts mehr. Als Großmutter mir einmal Schneewittchen vorlas, sah ich das dämmerige Zimmer wieder, das weiße Bett und die Frau in dem schönen Licht, die mich anlächelt und die Hand hebt. Nicht, um zu winken, dazu ist die Hand zu schwer, sie will mir sagen, dass sie weiß, dass ich da bin.

Ich hatte keine Tür gehört, keinen Schlüssel, keinen Schritt auf dem Flur, ich lag noch immer auf dem Bauch und spürte, dass ich nicht mehr allein im Zimmer war. Ich kniff die Augen zusammen, hielt die Luft an, mein Rücken war nass von Schweiß. Jemand tat zwei Schritte auf mich zu. Ich riss die Augen auf, sah den schwarzen Schatten hinter mir und lag immer noch mit ausgestrecktem Arm auf dem Boden, in der Hand die Bildertüte. Der Schatten lachte: Mäuseraschchen im Wohnzimmer, na so was. Dann wurde die Stimme streng: Aufstehen. Vergiss die Tüte nicht.

In der Diele machte er Lärm, die sicherste Methode, Großmutter nicht aus dem Schlafzimmer zu locken. Mein Onkel steckte mich in seinen Bademantel, stellte die nachtblauen Gläser auf den Tisch, ließ in jedes einen Schluck zähen, gelben Eierlikör fallen.

Du warst am Boot?

Ich nickte.

Du hast gelauscht?

Nein.

Was hast du gehört?

Nichts.

Gar nichts?

Stimmen.

Was noch?

Namen.

Ich höre.

Jula und Carla.

Wie alt bist du, Jula?

Acht. Bald neun.

Er nahm mir die Tüte aus der Hand und kippte den Inhalt auf den Tisch. Bevor ich etwas erkennen konnte, nahm er die Fotos und ordnete sie wie ein Kartenspiel. Ich steckte meine Zunge in den Eierlikör. Er zog ein Bild aus dem Fächer und legte es vor mich hin. Was siehst du?

Ich hatte keine Angst vor meinem Onkel. Ich war verwirrt und mir war flau wie vor einer Prüfung, für die ich nicht gelernt hatte. Ich wusste nicht, was er hören wollte oder nicht hören wollte, was ihn traurig machte oder ärgerlich. Vorsichtig sagte ich: Ich sehe eine Frau auf Schlittschuhen. Sie hat eine Mütze auf dem Kopf und einen langen Schal um den Hals. Mütze und Schal musst du dir rot vorstellen, sagte der Onkel.

Das ist Carla, sagte er. Winter 47. Weißt du, was das für ein Winter war? Woher sollte ich das wissen, ich war noch nicht auf der Welt. Gut, sagte er, ich will es dir erzählen. Alle in dieser Stadt froren und alle hatten beißenden Hunger. In den Krankenhäusern gab es keinen Strom, die Wohnungen hatten kein Licht und keine Heizung, die Leute sagten, der Winter wütet in Hamburg schlimmer als der Russe in Berlin. Der Bürgermeister schrieb dem obersten Tommi, dass das hier keine Krise sei, sondern ein neuer Krieg. Und weißt du, was passierte? Nichts. Im Februar 47 wurden achtundzwanzig

Grad minus gemessen, die Kanäle waren durchgefroren bis auf den Grund und das Eis auf der Alster schimmerte blau.

Er legte das zweite Foto auf den Tisch, das dritte, vierte, fünfte. Er ließ mir Zeit, alle Bilder ganz genau anzuschauen, um mir dann zu sagen, was ich sah: Schau, Carla dreht eine Pirouette. Schau, Carla mit der Nase über dem Eis wie eine Schnellläuferin. Carla rückwärts gleitend, die Arme ausgebreitet wie ein Vogel. Jetzt bist du dran: Ich sagte: Carla steht auf einem Bein wie eine Waage. Es war ein eigenartiges Gefühl, zu der Frau auf den Bildern Carla zu sagen, weil doch mein Schutzengel diesen Namen trug. Ich mochte sie nicht Mutti oder Mama nennen, weil ich mich nicht erinnern konnte, diese Wörter je gesagt zu haben.

Wir waren jeden Tag auf der Alster, sagte Onkel Hans. Carla, Rudi und ich. Wir liefen um die Wette, Kälte und Hunger waren uns egal. Die Menschen erfroren in ihren Betten – aber wir schossen über die erstarrte Alster. Die Blasen unter der Eisdecke sahen wie Fischaugen aus, vielleicht waren es welche. Carla wollte in den Blasen nicht die Augen im Eis eingeschlossener Fische sehen, für sie waren es die letzten Seufzer, bevor die Kälte den Fischen den Mund verschloss. Ich war wild verliebt in das Mädchen, das auf das Eis passte, als habe es nie woanders gelebt.

Er zog ein Bild nach dem anderen aus dem Fächer. Carla im Schnee. Carla mit geschlossenen Augen in der Sonne. Carla an der Hand von Hans. Carla und Rudolf auf dem blanken Eis. Carla mit Sonnenbrille. Auf dem Schwarzmarkt eingetauscht gegen ein Glas Vorkriegsgurken aus dem Keller der Großmutter. Carla mit Nerzjacke, von Rudolf auf dem Schwarzmarkt besorgt für drei Stangen Zigaretten. Carla liebte Hans und Rudolf, Hans und Rudolf liebten Carla, aber nur ihm, Hans, da war er sicher, nur ihm hatte Carla erzählt, wie sie in der Nacht vom 27. auf den 28. Juli 1943 überlebte und ihre Familie verlor.

Hans und Carla – es war ihre erste gemeinsame Nacht. Sie lag warm in seinen Armen und flüsterte ihm ihre Angst vor den englischen Bombern ins Ohr, die über die Stadt jaulten, Geschwader auf

Geschwader, ohne Ende, während in irgendeinem Amt die Bomben gezählt wurden: Es waren 739. Der Juli war heiß und trocken, aus den Flächenbränden wurde ein Feuersturm mit orkanartigen Winden, in denen alles verglühte. Menschen, Tiere, Häuser, Bäume. Man zählte die Bomben und danach die Toten. Dreißigtausend in einer Nacht sind eine Zahl, flüsterte Carla, aber eine Mutter und ein Vater, Großeltern, zwei Schwestern, ein Bruder, drei Cousinen und ein Cousin sind Menschen.

Er spürte ihren Mund an seinem Ohr. Er fragte: Wo warst du in dieser Nacht?

Nicht zuhause, purer Zufall.

Mitgerissen von flüchtenden Frauen saß Carla unter der Erde in einem Luftschutzkeller, dessen Wände bebten, aber den Bomben widerstanden. Hätte sie zwei Nächte später noch einmal in diesem Keller gesessen, wäre sie zusammen mit tausend Menschen umgekommen.

Hans und Carla. Ihre Nacht war lang und verschmust. Er spürte ihren Atem, ihre Lippen kitzelten ihn, während sie sprach. Glaubst du an Gott?

Nein.

An das Schicksal?

Ja. Es hat dich für mich aufbewahrt.

Und dich für mich.

In dieser Nacht erzählte sie Hans von einem Kind im Bunker, das mit seinen kleinen Fingern die Bomben zählte, die auf die Stadt krachten. Zwischen vor Angst gelähmten Menschen stand dieser lachende Zwerg und freute sich, weil es so viel zu zählen gab. Als sie am nächsten Morgen den Keller verließen, gab es keine Stadt mehr. Die Bäume glühten und waren zusammengekrümmt wie von großen Schmerzen. Die Luft stank nach verkohlten Menschen. Bevor sich die Überlebenden voneinander trennten, küsste Carla das Kind. Viele küssten das Kind. Wenn ich je ein Mädchen gebäre, sagte Carla, dann soll es den Namen dieses Kindes tragen.

Er legte Frühlingsbilder auf den Tisch. Mai 1947. Was siehst du,

Jula? Carla unter Apfelblüten. Carla unter Kirschblüten. Die musst du dir rosa vorstellen, sagte mein Onkel. Carla in den Armen von Hans, Carla in den Armen von Rudolf. Sommertage an der Elbe. Im Juli schaukeln sie auf der Reling einer Schute, Carla zwischen Hans und Rudi. Im August schauen aus einem See zwei Köpfe mit weißen Badekappen. Hans und Carla. Er zog immer neue Bilder aus dem Fächer.

Was siehst du, Jula?

Eine Wiese. Eine Wolldecke. Picknick mit Eiern und Kartoffelsalat.

Und noch?

Carla auf einer Wolldecke, neben ihr sitzt Vati.

Er verbesserte mich: Neben deiner Mutter sitzt Rudolf.

Es waren viele Fotos und ich war müde. Als er nur noch ein einziges Bild in der Hand hielt, als sei es sein Ass, war ich so erschöpft, dass mir die Augen zufielen.

Wir sind noch nicht fertig, Jula.

Er hatte beim Anschauen der Fotos nicht gelächelt und nicht gelacht. Das letzte Bild legte er mit der Vorderseite auf den Tisch, sodass ich nur den Stempel des Fotografen auf der weißen Rückseite sehen konnte.

Komm mit, Jula.

Im Badezimmer stellte er mich auf einen Stuhl vor den Spiegel. Unsere Gesichter waren auf gleicher Höhe und nah beieinander.

Was siehst du?

Ich sah ein blasses Gesicht mit dünnen Haaren. Eine müde Nachteule im blau-rot gestreiften Bademantel meines Onkels. Nie würde ich so schön sein wie die Frau auf den Fotos. Sie hatte braunes, kräftiges Haar. Ihre Augen waren groß und strahlend. Sie war ein Schmetterling und ich ein weißer Wurm. Ihre Oberlippe bestand aus zwei weichen Wellen. Mein Mund war ein Strich. Ihre Nase war zierlich und gerade, meine strebte nach oben und wenn das nicht so bleiben sollte, dachte ich, werde ich sie ab sofort jeden Abend vor dem Einschlafen plattdrücken müssen. Meine dünnen

110

Augenbrauen würde ich nachziehen, wie ich es bei Ingemusch gesehen hatte. Neben mir das Gesicht von Onkel Hans. Auch er war blass. Seine Haare waren dünn und seine Brauen fast unsichtbar über den kugelrunden Augen. Das Licht über dem Spiegel war grell, wir sahen aus wie Gespenster. Heute kommt es mir vor, als hätten wir die ganze Nacht vor dem Spiegel verbracht. Was wollte er beweisen? Was sollte ich lernen? Ich hatte eine Aufgabe – aber welche? Ich hatte ihn gern, lieber konnte man einen Onkel nicht haben. Ich hätte ihm jeden Gefallen getan, wenn ich nur gewusst hätte, was ihm Freude machte. Ich erschrak, als er abrupt das Licht ausknipste. Er hob mich vom Stuhl und sagte: Nun das letzte Foto. Schau hin. Genau.

Ich sah einen Mann und eine Frau. Arm in Arm. Sie trägt ein weißes Kleid und hält im Arm einen dicken Strauß weißer Rosen. Ihr Gesicht ist ernst wie auf keinem Bild zuvor. Der Mann trägt einen schwarzen Anzug. Neben der Braut steht Onkel Hans, neben dem Bräutigam meine Großmutter. Carla sieht Hans an. Hans sieht Carla an. Der Bräutigam sieht in die Kamera. Großmutter trägt einen Hut mit Schleier, der ihr Gesicht verhüllt. Hinter den vieren stehen Menschen, die fröhlicher aussehen als das Brautpaar und die Trauzeugen.

Ich sah meinen Onkel an. Er zitterte.

Was siehst du, Jula?

Vati und Carla.

Mein Onkel sah aus, als könne er in dem Bild verloren gehen. Er schwieg lange, bevor er, mehr zu sich als zu mir, zu sprechen begann. Auch wenn ich nicht verstand, was er sagen wollte, ich spürte, dass in dieser Nacht etwas Wichtiges zwischen uns passierte. Er öffnete mir zum zweiten Mal eine Tür zu seiner Welt. Auf der Rückseite des Fotos stand: 26. Oktober 1948. Unter das Datum schrieb er jetzt meinen Namen. JULA. Zahlen sind Buchstaben, sagte er, also ist dein Name: 10.21.12.1. Zieh die Zahlen zusammen und du bekommst eine neue Zahl: 44. Vier und vier sind acht. Die Acht ist das H im Alphabet. H wie Hans und das bin ich. Er schrieb seinen

Namen unter meinen Namen und seine Zahlen unter meine Zahlen. Sein Zahlenname, addiert, ergab 42. Zwei mal vier ist acht. H. Hans. Mehr Logik war nicht nötig, um zu beweisen, dass er mein Vater war und mein Vater mein Onkel. Und dass Carla ihm bestimmt war und nicht seinem Bruder, ging aus ihrem Namen hervor: CARLA oder 3.1.18.12.1. Addiert: 35. Drei und fünf sind acht. Wie man auch rechnet und zählt: Der Beweis war schlagend, denn auch die Addition jeder einzelnen Zahl aus Carlas Namen – drei, eins, eins, acht, eins, zwei, eins – bestätigte ihn: In der Siebzehn verbirgt sich die Acht. Also: Nicht Rudolf war mein Vater, mein Vater war Hans.

Ich schlief ein mit dem Gefühl, die Flasche Eierlikör alleine getrunken zu haben. Ich raste auf einem Karussell aus Bildern, Buchstaben, Zahlen und Namen durch die Nacht: Hans, Carla, Rudolf. Jula oder 10.21.12.1.

Der Berg der Geschichten, die nicht in die Schule gehörten, war in dieser Nacht gewachsen.

Am nächsten Morgen fand mich Großmutter eingewickelt in den Bademantel ihres Sohnes. Sie seufzte. Es kommt, wie es kommen muss, da beißt die Maus keinen Faden ab. Wir tranken Kaffee und Schokolade im Schlafzimmer, dann zog sie sich an und ging Brötchen holen. Sie sang im Flur, aber Hans hatte die Wohnung längst verlassen. Vielleicht schlief er auch noch. Großmutter schlug die Tür lauter hinter sich zu als sonst. Als sie zurückkam, setzten wir uns an den Frühstückstisch. Sie schnitt ein Brötchen durch und legte mir eine Hälfte auf den Teller. Die andere Hälfte legte sie in den Brotkorb zurück. Wusste sie, wer mein Vater war? Es waren ein paar Bilder aus einer Tüte gezogen worden und die Welt stand auf dem Kopf. Oder ich.

Kann man zwei Väter haben?

Ach, Kind.

Wir saßen auf unseren Stühlen und blieben stumm.

Die Wohnung in der Wielandstraße – kaufen oder nicht kaufen? Wie kann ich lernen, mich klar und zügig zu entscheiden? Wie alt muss ich werden, um zu wissen, was ich will?

Erik hält das nicht für eine Frage des Alters, er tippt auf Angst.

Ich habe keine Angst.

Dann ist es Zufallsgläubigkeit.

Was soll das sein?

Er erklärt es in langsamem, gemütlichem Schwäbisch: Du glaubst an den Zufall wie andere an den lieben Gott. Er wird es richten, der Zufall, irgendwie, du musst nur warten. Sollte die Wohnung morgen abbrennen, käme dir das entgegen, dann ist dir die Entscheidung aus der Hand genommen. Wenn du dich festlegst, klar und zügig, macht dir der Zufall keine Angebote mehr. Die aber brauchst du zum Leben.

Du denkst über mich nach?

Natürlich. Was soll ich tun bei einer Entfernung zwischen dir und mir von 655 Kilometern oder – von Bahnhof zu Bahnhof – sechs Stunden und sieben Minuten? Wenn ich dich nicht anfassen kann, denke ich über dich nach.

Und? Was ist mit mir und dem Zufall?

Er wandert mit dem schnurlosen Telefon durch seine Wohnung. Ich höre harte Schritte auf den Fliesen im Flur und weiche Schritte auf dem Teppich im Wohnzimmer. Er geht mit Straßenschuhen durch die Räume. Ungefähr dort, wo er die Fliesen der Küche betritt, sagt er:

Der Zufall gleicht einem herrenlosen Hund. Er streunt herum, schnüffelt hier, schnuppert da, die meisten Menschen nehmen ihn nicht wahr, oder sie jagen ihn davon. Du bist anders. Dir fällt er auf. Wenn du beginnst, ihn zu mögen, hat er sein Ziel erreicht. Du nennst den Streuner Zufall und folgst ihm.

Willst du sagen, mein Leben besteht aus streunenden Kötern?

Erik lacht. So ähnlich. Du magst keine Entscheidungen, weil sie so viele Wege versperren, die dir der Zufall noch zeigen könnte. Er geht in die Küche. Er öffnet die Kühlschranktür, nimmt den Hörer in die linke und gießt mit der rechten Hand Wein in ein Glas. Ich höre ihn schlucken. Er sagt: Ich stelle mir das so vor: Als entschieden wurde, ein kleines Mädchen mit zwei Koffern auf einen Schlitten zu setzen, um es heimatlos zu machen, war es ohne Alternative. Machtlos. Diesen Schlitten hat kein Zufall mehr aufhalten können.

Bevor ich sagen kann: Das Handwerk eines Zahnarztes sind die Zähne und nicht die Seele, sagt er: Die Frage ist, ob sich hinter Zufällen nicht auch eine Gesetzmäßigkeit verbirgt.

Was hat das mit der Wielandstraße zu tun?

Dein Blick zwischen Kartoffelschalen auf die Anzeige in einer Zeitung von gestern. Ein Zufall. Du nimmst das Angebot an.

Und weiter?

Ab jetzt musst du planen und entscheiden. Die Wohnung wollen – oder nicht. Mich dort wollen – oder nicht. Dich festlegen – oder auf den nächsten Zufall warten.

Wir stoßen, wie jeden Abend, unsere Gläser an den Hörer und sagen ›guats Nächtle‹. Bevor er schlafen geht, ruft er noch einmal an, weil er schon wieder über mich nachgedacht hat und mir einen Tipp geben will: Streune nicht wie ein Hund, streiche langsam und leise wie eine Katze durch das Viertel deiner Kinderjahre. Setze dich irgendwo hin, schnuppere ... und sag mir morgen Abend, wie es der Katze ergangen ist.

Am nächsten Nachmittag habe ich die Bank unter der Trauerweide für mich alleine. Auf dem Spielplatz am Kanal sitzen Mütter, die ihren Kindern beim Klettern und Schaukeln zuschauen.

Karina, nicht so hoch!

Benni, nicht so wild!

Zwei Mädchen füttern den Schwan auf dem Eilbekkanal.

Anja! Gila! Nicht so nah! Schwäne sind gefährlich!

Ich habe als Kind zwischen den Ruinen ›Fliegeralarm‹ gespielt oder ›Der Russe kommt‹. Die Regeln waren aus Erzählungen der Erwachsenen entstanden. Bei ›Fliegeralarm‹ heulte der, der die Sirene war, mit geschlossenen Augen in schrillen auf- und abschwellenden Tönen, während sich die Flüchtenden hinter Trümmerbrocken versteckten oder im Schutt auf den Bauch warfen.

›Der Russe kommt‹ machte nur Spaß, wenn viele mitspielten. Eine Münze entschied, wer Russe und wer Deutscher war. Die Russen schossen, und die Deutschen liefen davon. Das Spiel hieß ›Kriegsende‹. Wer von einer Kugel in den Bauch oder in den Kopf getroffen worden war – es ging nur um Kopf- und Bauchschüsse –, warf sich auf den Boden, krümmte sich und schrie. Nur Elfi durfte ein Bein verlieren, weil ihr Vater einbeinig aus dem Krieg zurückgekommen war. Die begehrteste Rolle war die des Arztes. Wir rissen uns darum, Elfi zu versorgen. Sie wimmerte und schlug um sich, für Elfi war ein abgeschossenes Bein dramatischer als ein Kopfschuss. Wenn sie aufhörte zu strampeln, durfte der Arzt ihr die Unterhose runterziehen und die Wunde küssen, bis Elfi schnurrte. Sie hatte es gern, wenn ich der Arzt war.

Wir waren Kinder, wir wussten Bescheid. Unverletzte Gefangene steckten wir ins Lager, einen wackeligen Hühnerstall. Wenn einer rief: Jula muss ins Lager, wusste ich, dass ich mich stumm in die Ecke zu kauern hatte. Ich flehte nicht um Gnade – der Iwan verstand kein Deutsch.

Großmutter hatte das Spielen zwischen Ruinen verboten, aber wir glaubten nicht, dass halbe Häuser einstürzen, verschüttete Minen explodieren, dass man noch lange nach dem Krieg sterben konnte, ohne dass ›der Russe‹ kam. Niemand hatte Zeit, uns zu beaufsichtigen. Großmutter nicht, auch nicht Onkel Hans. Wir streiften durch die Trümmer der zerbombten Stadt und sammelten Schätze: Ein verbogener Löffel war ein Schatz, verkohlte Messer und Gabeln, verbogene Brillengestelle, auch Porzellansplitter mit Goldrand von einem geborstenen Kaffeeservice. Trümmergören nannte man uns. Wir hatten Glück. Aus unserer Gruppe ist niemand in die Luft geflogen.

115

Ich sehe den besorgten Müttern zu. Sie lassen ihre Kinder nicht aus den Augen. Wir haben mit geklautem Brot Ratten gefüttert und sind gebissen worden. Auch damals hatten Mütter Angst um ihre Kinder – nur Zeit, sie zu hüten, hatten sie nicht. Die Mütter singen mit ihren Kindern: *Es tanzt ein Bi-Ba-Butzemann in unserem Kreis herum, fidibum. Er rüttelt sich, er schüttelt sich, er wirft sein Säcklein hinter sich …*

Trümmergören sangen: *Banane, Zitrone, an der Ecke steht ein Mann. Banane, Zitrone, er lockt die Kinder an. Banane, Zitrone, er nimmt sie mit ins Bett. Banane, Zitrone, er fickt sie dick und fett.* Wer hatte dieses Lied erfunden? Niemand. Es war einfach da. Wir sangen es zwischen den Ruinen. Wieso Banane? Wieso Zitrone? Was genau war Ficken und wieso dick und fett? Erwachsene mochten solche Fragen nicht. Warum waren Männer, die durch Trümmer schlichen, gefährlich? Sie waren es eben. Warum besonders bei Einbruch der Dunkelheit? Das Dunkle gehört zum Bösen. Sei ein braves Kind: Blinden und Invaliden half man über die Straße. Gab es auch böse Invaliden? Mitleid steht Kindern gut zu Gesicht – aber warum gab es für den Reim *Parademarsch, Parademarsch, der Hauptmann hat ein Loch im Arsch* Stubenarrest? Welche Männer waren gut, welche böse? Väter, Onkel und Großväter waren gute Männer. Fremde, die Kinder mit Schokolade, Kaugummi oder Karamellbonbons in kaputte Häuser lockten, waren böse Männer. Hatte das Böse mit Bananen und Zitronen zu tun? Auf der Polizeiwache sollten die Trümmergören unter fünf Männern den einen herausfinden, der im Park seine Hose aufgemacht hatte. Um ihn zu erkennen, hätten sie dem Mann ins Gesicht schauen müssen, statt auf das große Ding, das im Hosenschlitz stand. Wann hinschauen, wann wegschauen? Woran erkannte man einen Sittenstrolch? An der Schokolade? Ingemusch sagte: Mit Speck fängt man Mäuse. Und wenn sie in der Falle sitzen? Dann müssen sie schreien, beißen und rennen. Merk dir das: Die Frechen schützt der Teufel, die Braven holt der liebe Gott.

Das Spiel, das alle Kinder liebten, bestand aus Kreischen und Laufen. Der Fänger rief: Wer fürchtet sich vorm schwarzen Mann? Alle schrien: Niemand!

Wenn er aber kommt?

Dann laufen wir davon!

Und flüchteten vor dem Jungen, der uns einfangen musste. Woher wir wussten, dass schwarze Männer gefährlich waren? Wir wussten es eben. Sie hatten Messer bei sich und schlitzten weißen Kindern die Münder auf. Ich rutschte den Abhang zum Kanal hinunter und versteckte mich im Gebüsch. Keiner suchte mich, keiner rief nach mir und dann war es plötzlich sehr still um mich herum. Als ich aus dem Gebüsch kriechen wollte, hielt mich etwas am Kleid fest, das ich für einen Ast hielt. Es war eine Hand. Ich drehte mich um. Da stand ein kleiner Mann mit einer roten Pudelmütze vor mir. Er versprach keine Schokolade, kein Kaugummi, keine Bonbons, er lockte mich zu einem Nest mit kleinen Spatzen, von denen er mir einen schenken wollte. Er streckte die Hand nach mir aus. Er zog an meinem Rock. Mit Speck fängt man … na, siehst du wohl. Ich biss in die Hand. Er schrie und ich rannte.

Tauspringen vor der Haustür war ein Spiel, das den Erwachsenen gefiel. Sie sahen, was die Kinder taten. Mitleid steht Kindern gut zu Gesicht. Ein Kind mit einem Wasserkopf lässt man mitspielen, auch, wenn es sich im Tau verheddert und das Spiel unterbricht. Während der Junge sprang, sangen wir: *Es war einmal ein Blumentopf, da wuchs heraus ein Wasserkopf. Die Mutter hat gelacht, der Vater hat's gemacht.* Großmutter sagte: Fein, dass ihr ihn springen lasst. Er kann nichts dafür, dass ihn sein Vater nach dem Krieg mit einer Kugel im Kopf gezeugt hat.

Ich war gierig nach Sprengungen. Kein Weg war zu weit, kein Verbot zu streng, keine Strafe hielt mich von den Orten fern, an denen vollendet wurde, was die Bomben nicht geschafft hatten. Väter, Großväter und Onkel, denen Arme und Beine fehlten, wurden Krüppel genannt. Krüppelhäusern fehlten Dächer, Fassaden und Fenster. Ich wusste immer, wo Straßen und Plätze für das Sprengkommando abgeriegelt wurden. Ich kannte den Ablauf ganz genau. Das Schreien der Männer: Weg mit der Göre, was macht die denn hier! Ich rannte davon wie eine verscheuchte Mücke und war sofort wieder da. Ich liebte die atemlose Stille, die sich vor der Sprengung über diese Orte senkte. In der kein Vogel sang, kein Blatt raschelte, in der jeder Krümel Erde die Luft anhielt. Dann die Stimme des Mannes, der rückwärtszählte: Zehn. Neun. Acht. Sieben. Sechs. Herzklopfen bei drei, Herzrasen zwischen eins und null. Dann der Knall. Die Explosion. Dann die Sekunden, in denen nichts passierte. Gar nichts. Dann das leise Schmollen und Grollen, das aus den verwundeten Steinen zu kommen schien, aus den Mauern, die so taten, als wäre ihnen kein Todesstoß versetzt worden. Leicht zitternd hielten sie sich aufrecht wie im Film die Indianer, die, schon tödlich getroffen, sich noch eine ganze Weile im Sattel halten. Ich zählte: Einundzwanzig, zweiundzwanzig, dreiundzwanzig. Drei Sekunden brauchten die Häuser, um zu akzeptieren, was geschehen war, dann begannen sie, zu ächzen und sich unendlich langsam vor dem Sprengmeister zu verneigen. Ich habe von diesen Häusern geträumt wie von Lebewesen. In meinen Träumen richteten sie sich lautlos und trotzig wieder auf, nachdem das Sprengkommando das Gelände verlassen hatte.

Die Mütter sammeln Eimer, Schaufeln und Bälle ein. Der Schwan ist gefüttert, kein Kind gebissen worden. Die Mütter nehmen ihre Kinder an die Hand und singen mit ihnen: *Es tanzt ein Bi-Ba-Butzemann* ... Die Schaukeln hängen still in den Haken.

Ich streune wie eine Katze durch das Viertel meiner Kindertage. Ich brauche kein Tagebuch für eine Reise durch die Zeit. Manchmal reicht mir eine Kartoffel und ein scharfes Messer, manchmal die Bank unter der Trauerweide. Niemand außer mir sieht das Boot. Die Taue knarren. *Ass im Ärmel* wiegt sich sanft auf dem Kanal.

Auf der Wäscheleine flattern Ingemuschs Seidenstrümpfe. Ein Mädchen mit dünnen Zöpfen, acht oder neun Jahre alt, läuft über den Steg und springt ins Boot. Es muss ein Montag oder Donnerstag gewesen sein, einer der Tage, an denen ich das Hausboot ohne den Onkel besuchen durfte. Carla. Rudolf. Hans. Mir schwirrte der Kopf. Kann aus einem Vater ein Onkel und aus einem Onkel ein Vater werden? Ich weinte nicht. Ich schluckte und stotterte.

Ingemusch, wie macht man Kinder?

Ingemusch stellte drei Tassen auf den Tisch und gab ihnen Namen. Erste Tasse: Carla. Zweite Tasse: Rudolf. Dritte Tasse: Hans. Sie stellte die zweite in die erste Tasse. Wenn diese zwei sich lieben und ein Kind kriegen – sie legte einen Zuckerwürfel vor die Tassen –, dann bist du das Kind von Carla und Rudolf.

Zwei Tassen und ein Zuckerwürfel. Aber …

Ja, sagte Ingemusch, das ist das Problem. Sie nahm die zweite Tasse aus der ersten, stellte die dritte hinein. Wenn Hans und Carla sich lieben, dann ist Hans dein Vater.

Ich stellte alle drei Tassen ineinander, griff in die Zuckerdose und legte neben den ersten Zuckerwürfel einen zweiten. Müssten es dann nicht zwei Kinder sein?

Ingemusch wusste nicht, was sie erzählen durfte, wusste nicht, was ein Kind verstand, was es erschreckte, überforderte, ängstigte, schockierte. Sie steckt mir einen Zuckerwürfel in den Mund, den zweiten aß sie selber.

Wie alt bist, Jula?

Acht, bald neun.

Das ist ein ziemlich vernünftiges Alter.

Sie nahm mich in den Arm. Hör zu. Carla ist deine Mutter. Rudolf nennst du ›Vati‹ und zu ›Hans‹ sagst du ›Onkel‹. Richtig? Ob Vati oder Onkel, Onkel oder Vati – es sind nur Wörter. Wenn dich beide lieb haben, bist du ein reiches Kind. Onkel Rudolf. Vati Hans. Wie hört sich das an?

Komisch.

Ich hätte gerne den Onkel zum Vater gemacht und den Vater zum Onkel. Aber wenn es nur um Wörter ging, war doch alles ganz einfach … wenn auch verwirrend.

Wieder muss es ein Montag oder Donnerstag gewesen sein, als Ingemusch mir erzählte, dass es im Leben von Hans zwei Katastrophen gegeben habe. Für die zweite sei ich noch zu klein, aber schon bei der ersten sei in dem Jungen etwas kaputtgegangen.

Sie muss meinen Onkel geliebt haben, mehr und anders als die anderen Frauen, die ihn besuchten. Es gab in ihrem Leben nur diesen einen Mann, der ihr gestattete, dorthin zu schauen, wo er selbst nie mehr hinschauen wollte. Ingemusch wusste, warum Hans so oft, so laut und manchmal so lange lachte, bis es wie Weinen klang. Wenn Hans lachte, lachten alle mit und wenn alle mitlachten, kam niemand auf die Idee, Hans könne etwas fort- oder niederlachen wollen. Was immer die Menschen später über ihn sagten, ob sie ihn verurteilten, verachteten, ihm aus dem Weg gingen, bedauerten – Ingemusch hielt zu ihm. Hans durfte sie betrügen, anlügen, eine Zeitlang verlassen und wiederkommen, er blieb für sie der kleine Junge aus dem Keller und der große Junge, der etwas sehen musste, was er nie hätte sehen dürfen.

Ingemuschs Stimme war sanft, als sie vom kleinen Hans erzählte, der, fünf Jahre alt, eine ganze lange Woche unter die Erde gesperrt worden war. Er saß allein in einem Keller mit schwarzen Kohlen und wenig Licht. LU 26. Er hatte dort einen Tisch, einen Stuhl, Magermilch und Margarinebrote, die Fibel seines Bruders, einen Blechkasten mit Kreidestummeln. Es gab einen Pinkeltopf und Klopapier, eine Matratze und eine Wolldecke. Er schrie, als er begriff, dass es einen ganzen Tag lang dauern würde, bis ihn seine Mutter erlöste. Er schrie, bis er keine Stimme mehr hatte. Mit der Stille wuchs das Entsetzen. Es raschelte und huschte und was immer das war, es schien näher zu kommen. Ratten oder Mäuse, er stellte sie sich hungrig vor, sie würden Stücke aus seiner Haut beißen, wenn sie ihn entdeckten. Aber dann passierte etwas mit ihm in diesem Keller, was niemand erklären konnte, am wenigsten er selbst. Er flüchtete vor der Angst, indem er sich in die Fibel seines Bruders verkroch. Zahlen und Buchstaben, Buchstaben und Zahlen. Er verglich die Zahlen mit den Buchstaben – sie gehörten zusammen wie Zwillinge. Er musste die Angst vertreiben und erfand ein Spiel. Man konnte den ersten Buchstaben des Alphabets A nennen, aber auch 1, so wie die 1 auch ein A war. Verstehst du, sagte Ingemusch, wenn man das weiß, ist es einfach: Er verglich die Buchstaben mit den Zahlen. Mama: 13.1.13.1. Hans: 8.1.14.19. Später, als er den Keller längst wieder verlassen hatte, brachte er sich bei, mit Zahlen zu schreiben und mit Buchstaben zu rechnen. Er war ein kleiner Junge und ein großer Überlebenskünstler. Er zwang sich freundliche Bilder in den Kopf. Er machte die Mäuse zu seinen Freunden. Er stellte sich vor, dass sie, wie er, in kleinen Fibeln blätterten, Buchstaben und Zahlen büffelten, als gingen sie zur Mäuseschule. Weil er sich vor dem Rascheln der Ratten nicht fürchten wollte, redete er sich ein, dass sie Zeitungen lasen. An einem Vormittag hatte sich eine Katze in den Keller geschlichen. Er sah sie nicht, er hörte ihr Fauchen und ein erbärmliches Quietschen. Abends erklärte ihm seine Mutter, dass Katzen gerne mit den Mäusen spielen, bevor sie sie totbeißen. Das musst du dir so vorstellen, hatte Ingemusch gesagt, deine Großmutter machte ihm vor, was Katzen mit Mäusen tun, und dabei wurde ihre Hand für ihn zur Katzenpfote, die schreiende Mäuse rollt und sie – zack – wie einen Puck über den Boden fegt und an die Wand knallt.

Nachts holte ihn die Angst wieder ein, die er am Tage vertrieben hatte. Weil er nachts nicht schlief, war er morgens müde und entdeckte, dass das Schlafen im Keller den Tag kürzer machte. Damit die Ratten und Mäuse und die Katze ihn auf der Matratze nicht finden konnten, rieb er sich Kohlenstaub ins Gesicht und wurde unsichtbar. Er war eine Woche im Keller, sagte Ingemusch, dann war ja Alma da. Aber eine Woche, weißt du, ist nur dann kurz, wenn du in den Ferien am Meer bist oder in den Bergen, in einem Kohlenkeller ist es wie ein ganzes Leben.

Ich stehe auf. Gleich fünf. In einer Stunde kommt der Unbegabteste meiner Schüler. Er kann nicht rückwärtsfahren und will es von einer Frau nicht lernen.

Abends spreche ich mit Erik über eine Katze, die durch ein Stadtviertel streicht, und die Entfernung von 655 Kilometern oder die sechs Stunden und sieben Minuten – von Bahnhof zu Bahnhof – zwischen ihm und mir. Ich stoße mein Glas an den Hörer und sage der Liebe, die ich nur am Wochenende anfassen kann: Ich habe über einen Mann nachgedacht, der vielleicht den Umzug in eine

Stadt scheut, in der man nicht Schwäbisch spricht. Ich habe über das Gesetzmäßige von Zufällen nachgedacht und mich gefragt, wie viele Zufälle es braucht, um das Gesetz zu erkennen.

Wenn man rote und weiße Socken zusammen wäscht, verlieren die roten Socken ein wenig Farbe und die weißen Socken werden rosa. Es waren nicht die schlechtesten Lehrer, die uns nach dieser Methode im Klassenraum verteilten. Ich wurde neben Steffi gesetzt, damit sie auf mich abfärben konnte. Sie hatte saubere Fingernägel, ihre Hefte und Bücher steckten in blauem Schutzpapier. Sie hatte keine Löcher im Pullover. Sie bekam zu Weihnachten eine Geige und in den Ferien fuhr sie mit den Eltern nach Italien. Ihr Vater war Lehrer, ihre Mutter spielte Klavier, manchmal wurde Steffi mit einem Auto von der Schule abgeholt. Wir mochten uns und vielleicht hätte sie wirklich auf mich abgefärbt – oder ich auf sie –, wenn wir Freundinnen geworden wären. Weil wir aber keine Socken waren, durften wir uns so nah nicht kommen. Für ihren ersten Besuch auf dem Platz meines Onkels bekam sie Stubenarrest. Mein Besuch bei ihr war nicht erwünscht, ihre Mutter schickte mich mit den Worten nach Hause: Unsere Steffi möchte Noten lernen. So saßen wir weiterhin nebeneinander, eine rote und eine weiße Socke und färbten nicht ab. Wir waren 26 Schülerinnen. Davon gingen nach vier Jahren drei aufs Gymnasium, auch Steffi, sechs auf die Mittelschule, sechzehn blieben zurück. Ein trauriger Rest, der zum ersten Mal spürte, dass es bessere und schlechtere Menschen gab.

Neben mir saß nun die schwarze Birgit. Ihr Vater war Kohlenhändler. Sein Platz war doppelt so groß wie der meines Onkels und aufregender, weil sich die Familie direkt neben die Kohlenberge ein Haus gebaut hatte. Klein und schmal, flach wie ein Bungalow. Weil Birgits Vater viele Male am Tag zwischen Kohlenhalde und Küche hin- und herlief, lag überall schwarzer Staub. Wir mussten nicht aufeinander abfärben, wir waren Socken von derselben Farbe. Wir übten nachmittags keine Noten, wir schippten Kohlen in die Körbe und Säcke der Kunden oder wuschen, wenn sie mich bei meinem Onkel besuchte, gebrauchte Autos. Weil es im Leben einer Steffi mehr Zeit für Schularbeiten gab, wusste sie, was in den Schulbüchern stand. Auch wir als verlassener Rest wussten viel, nur gab es dafür keine Noten. Die schwarze Birgit ist mit ihrem Vater unter Tage gewesen, in einer Stadt mit Eisenbahnen und Schienen unter der Erde. Im Harz hatte ihr ein Köhler erklärt, was man tun muss, damit das Feuer nicht erlischt, und wie man am Rauch das Stadium des Verkohlungsprozesses ablesen kann. Unter Tage! Verkohlungsprozess! Was für ein Wortschatz. Oder Uschi. Auch eine Socke, der man nicht genug Zeit gelassen hatte, Farbe anzunehmen. Ihr Vater war Metzger. Uschi wusste, dass das weibliche Schwein Sau, das männliche Eber, die Jungen Ferkel hießen. Sie kannte die Stelle, an die sie ihr Ohr legen musste, um ein Sauherz schlagen zu hören. Sie hätte jedem Lehrer erklären können, dass Lungenbraten im hinteren Rücken sitzt, eingerahmt von Ober- und Unterschale, Lendenkotelett und Bauchlappen. Dafür hätte sie eine Eins verdient und den Sprung aufs Gymnasium. Oder Hilde, das Mädchen, das vor mir saß: Ihr Vater war Koch im Vereinshaus des HSV. Hilde kannte die Aufgabe eines Liberos und wusste, wann der Schiedsrichter ›Abseits‹ pfeifen muss. Sie kannte das aktive und das passive Abseits und auch die Abseitsfalle, aber dafür schickte sie niemand auf die Oberschule. Susi saß zwei Reihen hinter mir. Ihr Vater fuhr zur See. Susi kannte alle Meere: den Indischen und den Pazifischen Ozean, den Golf von Biskaya und den Persischen Golf, das Ägäische und das Marmarameer, sie erkannte an der Beflaggung der Schiffe deren Heimatland. Susi beherrschte das Morsealphabet, und die Namen der großen Reedereien sprach sie so geläufig aus wie ich die Automarken auf dem Platz meines Onkels. Ich sagte: Borgward, sie sagte: Hapag Lloyd. Ich sagte: Goggomobil, Zündapp Janus, Opel Kapitän und sie: Howaldt, Kawasaki, Stinnes, Jonny Wesch. Wir waren die Zurückgelassenen mit den Spezialkenntnissen. Ich konnte Geschichten erzählen, aber das zählte nicht, das war nur Begabung, keine erarbeitete Leistung. Auf der Straße hätten wir jede

124

Schlägerei mit den Abgewanderten gewonnen. Wir wussten, wohin man die Faust hauen musste, der Punkt hieß Solarplexus, damit der Gegner zu Boden ging – aber, anders als die Aufgestiegenen, fürchteten wir uns vor Lehrern mit stechenden Augen und Händen, die sich trauten, uns zu schlagen. Wir waren trotz unserer Spezialkenntnisse wie ein Rudel scheuer Mäuse, über denen der Habicht kreist. Mit Angst konnte der Mäusekopf nicht addieren, subtrahieren, dividieren, multiplizieren. Mit schmutzigen Fingernägeln und einer Fünf im Rechnen gehörte man nicht zu den Kindern, die Lehrern Freude machen. Aber seltsam: Wenn es um Großmutters Leben ging, war Kopfrechnen ganz einfach. Wir übten: Wenn Großmutter siebzig Jahre alt werden würde, wie viele Tage hätte sie dann gelebt? 25 550. Als wir unsere Übungen begannen, war sie sechzig Jahre alt und damit – 60 mal 365 – 21 900 Tage auf der Welt. Die Zahl erschütterte sie, wir rechneten nach, das Ergebnis war richtig und ließ ihr keine Ruhe. Die Masse der Erinnerungen von sechzig Jahren Leben müsste ihren Kopf sprengen – aber der war weit davon entfernt zu platzen. Er hatte ein paar Bilder aus zwei Weltkriegen aufbewahrt, eine Nacht, in der der Hunger so schlimm war, dass sie nicht schlafen konnte. Die Gesichter ihrer Brüder. Werner. Heinrich. Paul. Von drei Beerdigungen erinnerte sie eine. Wir wollten Rechnen üben, und plötzlich war Großmutter erschüttert, weil von 21 900 Tagen nur Augenblicke übrig geblieben waren. Der Foxtrott mit dem Mann, den sie heiratete. Eine Melodie und ein Bild. Kein Davor und kein Danach. Rudis Geburt – aber wo ist der nächste Tag, die nächste Woche, der nächste Monat? Hans' Geburt. Ein Kreißsaal, ein Arzt mit weißen Haaren. Viel Blut. Alma, die vor der Tür stand und nach einem Zimmer fragte. Die Besuche beim Blockwart erinnerte sie, aber nicht alle Besuche. Die Ohnmacht vor dem Brautgeschäft und eine freundliche Stimme, die fragte, ob sie nähen könnte. Und der Nachmittag, an dem ihr ein Mädchen und ein Schlitten in die Wohnung gestellt wurden. Hier ein Tag Erinnerung, dort ein Tag – immer nur Ausschnitte.

Sie wollte mit der Enkelin Rechnen üben und stand vor Fragen, auf die sie ohne diesen Nachhilfeunterricht nie gekommen wäre. Alle Erinnerungen aneinandergehängt – waren das Tage, Wochen oder Monate? Und die Differenz zwischen der langen, gelebten Zeit und den Augenblicken der Erinnerungen – wie viele Jahre mochten das sein? Dafür gab es keine Formel, nur eine Schätzung: viele. Wo steckten die? Waren die verloren? Gab es eine Möglichkeit, sie auszugraben? Beim Rechnenüben sagte Großmutter: Schreib Tagebuch, Kind, damit du nachschlagen kannst, wo dein Leben geblieben ist.

Sie hat mir einen Füller mit goldener Feder geschenkt und ein Tagebuch. Ich habe es nie benutzt. Ich schreibe nicht gern, ich erzähle lieber. Trotzdem gibt es, auch ohne Tagebuchnotizen, in meinem Leben einen Tag, der keine Lücke hat. Der Sonntag mit Vati besteht aus neun Stunden oder 540 Minuten oder 32 400 Sekunden. Nach meiner Rechnung ist es der 2190ste Tag in meinem Leben. Er begann um acht Uhr morgens mit dem Fragezeichen hinter meinem Namen, das ich so liebte.

Jula?

Ich durfte in Großmutters Schlafzimmer Schokolade trinken, aber nicht so lange wie an anderen Sonntagen. Sie wusch mir die Haare, föhnte Volumen hinein und band sie oben auf dem Kopf mit einer weißen Schleife zusammen, als wäre ich ein Pfau. Ich trug ein gebügeltes Kleid, die Fingernägel waren sauber, die Schuhe geputzt, um zehn wollte mein Vater mich holen, um halb zehn stand ich im Flur wie ein Weihnachtsgeschenk.

Er hielt vor der Haustür. Mercedes Ponton. Schwarz. 2,2 Liter. Hundert PS. Ich hatte schon in teureren Autos gesessen. Er hielt mir die Tür auf. Verglichen mit Schuten-Ede, der wie eine Rakete durch die Stadt schoss, bewegte mein Vater seinen Mercedes wie eine Schnecke. Er sah auf die Straße, ich aus dem Seitenfenster. Er hatte in den letzten fünf Jahren keinen einzigen Tag mit mir alleine verbracht. Immer war Großmutter dabei, und dann redete er mehr mit ihr als mit mir. Ich sah ihn von der Seite an. Ein schmales Gesicht, eine große Nase. Die Brille war neu. Die Gläser vergrößerten seine Augen, was es ihm unmöglich machte, streng zu gucken.

Ob er die Straße beobachtete oder mich ansah – er wirkte immer ein wenig erschrocken. Zehnmal hatte er uns in den letzten sechs Jahren zu Kaffee und Torte eingeladen, fünfmal zum Fischessen im Hafenrestaurant. Er hatte sechs Weihnachtspakete geschickt, fünf Geburtstagspäckchen und siebenunddreißig Postkarten aus Ländern, in denen Großmutter und ich uns dank des Lexikons gut auskannten. Wir hatten ihn uns als den Mann auf der Teedose vorgestellt, mit der Peitsche im Stiefel, der die schwarzen, nackten Männer beaufsichtigte, aber er sah ihm nicht ähnlich. Ihm fehlte der Schnauzbart, er trug keinen Cowboyhut, seine Haare waren nicht lang und blond, sondern braun wie Kakao. Er trug einen Anzug, hellgrau, ein weißes Hemd, eine dunkelgraue Weste, blanke, schwarze Schuhe. Seine Stimme war tiefer und kräftiger als die von Onkel Hans. Er lächelte mit seinen erschrockenen Augen, als er sagte: Deine Haare, Jula – du siehst wie eine Mohrrübe aus. Mein Onkel hätte nach so einem Satz lange und laut gelacht.

Darf ich?

Er zog die Schleife auf und sah zu, wie mir die Haare ins Gesicht fielen. Er teilte sie, schob sie mir hinter die Ohren, als wolle er ein Fenster öffnen. Einen Moment sah es aus, als könne er sich an den Kuss erinnern, den er mir vor acht Jahren auf den Kopf gesetzt hatte, aber dann schaute er schnell wieder auf die Straße. Nie hat es zwischen mir und Onkel Hans so viel Schweigen gegeben. Wir redeten immerzu und wenn wir schwiegen, dann gemütlich, zusammengehörig, nicht jeder für sich alleine. Am Ende dieses Tages wusste ich, dass es nicht das Schweigen war, was uns anstrengte. Es war das Lauern. Er lauerte auf die Gelegenheit, mir etwas Wichtiges mitzuteilen, und ich wartete mit angehaltenem Atem auf den Augenblick, der ihm günstig erschien für das, was er mir sagen wollte. Dass er etwas vor sich her schob, spürte ich. Es war zu wenig Luft im Auto für zwei, die nicht aus Zuneigung einen Tag miteinander teilten.

Mein Vater hatte keine Übung mit Kindern. Er war verlegen. Er fragte nach der Schule. Daran, dass er mein Leben verändern wollte, zweifelte ich keinen Augenblick. Ich sagte: Schule ist Schule. Ich wollte ihm den Tag so schwer wie möglich machen. Ich war nicht wehrlos. Auf Fragen antwortete ich knapp oder gar nicht.

Hast du ein Lieblingsfach in der Schule?

Nö.

Magst du Sport?

Hm.

Spielst du ein Instrument?

Nö.

Möchtest du eines lernen?

Nö.

Meine schärfste Waffe war der Pfeil im Köcher, den ich, wenn es so weit war, abschießen würde. Ein Satz aus Gift: Du bist nicht mein Vater. Ich flehte den Schutzengel an, nicht von meiner Seite zu weichen, keine Sekunde, keinen Millimeter.

Er schlug vor, den Tag in Wünsche einzuteilen. Sein Wunsch, mein Wunsch, sein Wunsch und so weiter bis zum Abend. Ich nickte. Sein Wunsch zuerst? Ich zuckte mit den Schultern. Meinetwegen. Er wollte Carla weiße Rosen bringen, ob ich …? Dumme Frage. Ich kannte den Grabstein besser als er. Ein kleiner Felsen unter einer mächtigen Buche. Weißer Marmor mit silbernen Buchstaben: Carla. 1. Mai 1922 – 28. Oktober 1953. Auf dem Friedhof tat er, als müsse er mich führen, dabei hätte ich ihn führen können, ich fand den Weg zum Grab meiner Mutter mit geschlossenen Augen. Er legte die Blumen langsam aufs Grab, als würde er sie ihr einzeln überreichen. Ich spürte die Sonne im Nacken. Ein Kuckuck rief. Ich zählte mit. Vierundzwanzig, fünfundzwanzig, sechsundzwanzig. Sechs und zwei sind acht. Hans ist mein Vater. Es war still auf dem Friedhof. Keine knirschenden Schritte auf den Kieswegen, kein Geräusch von Wasser, das in eine Plastikkanne fällt. Als wären wir die Einzigen, die am Sonntagmorgen eine Tote besuchten. Er machte erneut einen Versuch, mit mir ins Gespräch zu kommen, aber – wie dumm von ihm – es war der falsche Ort und der falsche Tag, mich zu fragen, was ich von der Frau erinnerte, der er gerade dreizehn weiße Rosen aufs Grab gelegt hatte. Ich überhörte die Frage. Was ich sehe, wenn ich vor diesem Grabstein stehe, habe ich nur meinem Onkel anvertraut. Ein abgedunkeltes Zimmer. Die gelben Vorhänge. Das weiße Bett. Die Hand, die mir winkt. Die dicke Glasscheibe zwischen ihr und mir. Nur mein Onkel und ich wissen, dass es auf der Rückseite des Grabsteins, in der linken, unteren Ecke, ein paar feine, eingravierte Linien gibt. Ein Mädchen, das auf dem Eis tanzt.

Mein Vater hatte die Augenblicke der Stille vor dem Grab, auch den Hin- und Rückweg über den Friedhof, nicht genutzt, um loszuwerden, was er sich vorgenommen hatte. Bevor wir ins Auto stiegen, sagte er: Jetzt dein Wunsch, Jula.

Eis essen. Dann Kino.

Wir aßen das Eis an der Elbe. Eine gute Gelegenheit, zu sagen: Ach, Jula, was ich beschlossen habe … er ließ sie ungenutzt. Auch ich hätte, während wir zusahen, wie die Schiffe an uns vorüberglitten, sagen können: Carla, du und Hans – wie war das mit euch? Wir sahen auf den grauen Fluss und schwiegen. Ich weiß nicht, woran mein Vater dachte – mich verwirrte eine Frage. Wenn mein Schutzengel Carlas Seele war, wusste sie dann, wer neben mir saß? Und wenn sie ihn erkannte? Bliebe sie an meiner Seite oder würde sie ihn beschützen wollen? Die Vorstellung, dass ihre Seele diesen Tag mit uns beiden verbrachte, war unheimlich. Mein Vater begann, über Schiffsnamen, Flaggen, Heimathäfen und Bruttoregistertonnen zu reden, er ertrug das Schweigen weniger als ich. Als kein Schiff mehr kam, rief er den Ober und bezahlte. Jahre später, als wir über diesen Tag sprechen konnten, sagte er, dass er, als ich mir nach dem Eis das Kino wünschte, gedacht hatte: Kluge Wahl. Neunzig Minuten Schweigen. Auch ihm war dieser Tag nicht geheuer. Er fürchtete Tränen, rechnete mit einem Wutanfall, ahnte den Pfeil, den ich im Köcher trug.

Kino also. Kino am Nachmittag – die Auswahl war groß. Im Bali lief: *Der Rest ist Schweigen*. In der Esplanade: *Sein Colt war schneller*. Im Capitol: *Von Liebe besessen* und im Grindel: *Herodes – Blut über*

Jerusalem. Mein Vater schlug leichtere Kost vor: *Mandolinen und Mondschein. Emil und die Detektive. Bambi. Das doppelte Lottchen* mit Isa und Jutta Günther – den Film hatte ich schon dreimal mit Großmutter gesehen. Fast hätten wir uns auf das *Tagebuch der Anne Frank* geeinigt, als ich in der Mundsburg *Die große Freiheit Nr. 7* entdeckte mit Ilse Werner, Hans Söhnker und Hans Albers. *Mich trägt die Sehnsucht fort in die blaue Ferne/Unter mir Meer und über mir Nacht und Sterne. Vor mir die Welt/so treibt mich der Wind des Lebens ...* Wenn Hans Albers in der *Großen Freiheit Nr. 7 La Paloma* singen würde, wäre ich nah bei Onkel Hans und in Schuten-Edes Kneipe und würde den Mann neben mir und das, was er sagen wollte, wofür er noch immer den richtigen Augenblick suchte, vergessen.

Der Film war traurig. Und schön. Und verwirrend. Weil Großmutter am Abend bestimmt wissen wollte, worum es ging, musste ich genau aufpassen. Hans Albers hieß Hannes Kröger. Hannes Kröger war Sänger im Hippodrom, einer Kneipe auf der Reeperbahn, die Anita gehörte. Anita liebte Hannes mehr als Hannes Anita. Hannes liebte Gisa. Für Gisa war Hannes nur ein Freund, ihre Liebe gehörte Georg, dem Werftarbeiter. Der glaubte, Gisa liebe Hannes, und war eifersüchtig und Hannes war eifersüchtig auf Georg. Der Film ging nicht gut aus, das habe ich eine Woche später erfahren, als ich ihn noch einmal mit Großmutter sah. Anita bleibt im Hippodrom zurück, während Hannes aus Liebeskummer auf der ›Padua‹ anheuert und nach Australien segelt. *Seemanns Braut ist die See, und nur ihr kann er treu sein ...* Als das Licht im Kino anging, hatte Großmutter kleine, verweinte Augen.

Ich weiß nicht, in welcher Stimmung mein Vater und ich das Kino verlassen hätten, wenn es den Filmriss nicht gegeben hätte. Dreimal, immer an derselben Stelle: eine Bar, schummriges Licht, Möwen schweben über der Tanzfläche. Ein großer, blonder Mann legt das Akkordeon an und singt: *Wie blau ist das Meer, wie groß kann der Himmel sein. Ich schau hoch vom Mastkorb weit in die Welt hinein ...* Langsam gleitet die Kamera aus der Bar in ein Wohnzimmer, verharrt bei den Frauen, die der Männerstimme lauschen. Gisa und Anita.

Gisa: Wenn ich nur wüsste, was Hannes hat …

Anita: Der singt heut so anners, nä, so ganz anners. Irgendwas stimmt nich.

Gisa: Da bist du selbst an schuld. Siehst ja, wie ich mit Jens umspringe. Der tut, was ich will, und nicht umgekehrt.

Anita: Das ist ja bei dir was ganz anneres. Du liebst Jens ja auch nich.

An dieser Stelle riss der Film. Das Licht ging an. Murren im Publikum. Mein Vater sah sich ärgerlich um. Der Filmvorführer winkte beschwichtigend und nach wenigen Minuten wurde es wieder dunkel. Eine Bar, schummriges Licht, Möwen schweben über der Tanzfläche. Ein großer, blonder Mann legt das Akkordeon an. *Wie blau ist das Meer, wie groß kann der Himmel sein. Ich schau hoch vom Mastkorb weit in die Welt hinein.* Langsam gleitet die Kamera aus der Bar in ein Wohnzimmer, verharrt bei den Frauen, die der Männerstimme lauschen.

Gisa: Wenn ich nur wüsste, was Hannes hat.

Anita: Der singt heut so anners, nä, so ganz anners. Irgendwas stimmt nich.

Gisa: Da bist du selbst an schuld …

Der Rest des Satzes löste sich in Jaultöne auf. Licht im Saal. Der Filmvorführer rief: Geht gleich weiter, Herrschaften. Ein Mann zischte: Pfuscher. Das Licht ging aus. Eine Bar, schummriges Licht. Bevor Hans Albers zum Akkordeon griff, summte der Mann, der vor uns saß: *Wie blau ist das Meer, wie groß kann der Himmel sein …* Die Leute lachten. Kurz vor der Stelle, an der Gisa sagte: ›Da bist du selbst an schuld‹, hielten alle die Luft an. Erleichtert hörten wir Anita sagen: Du liebst Jens ja auch nich … da riss der Film zum dritten Mal. Mein Vater sah mich mit seinen erschrockenen Augen an und flüsterte: Gehen wir, das wird nichts mehr. Als wir vor dem Kino standen, sagte er mit großem Ernst:

Wenn ich nur wüsste, was Hannes hat.

Ich sagte: Der singt heut so anners, nä, und mein Vater sagte: So ganz anners.

Wir sahen uns an und lachten und krümmten uns und sagten abwechselnd immer dieselben Sätze: Mein Vater: Wie blau ist das Meer, wie groß kann der Himmel sein. Ich: Da stimmt was nicht. Und er: Wenn ich nur wüsste, was Hannes hat. Und ich: Du liebst Jens ja auch nich. Mein Vater nahm die Brille ab, wischte sich die Tränen aus dem Gesicht, und während er noch dachte, ich würde mich vor Lachen krümmen, schossen mir die Tränen aus den Augen. Ich stand vor dem Kino und schluchzte. Ich wusste Bescheid. Kein Schutzengel konnte mich schützen vor den Sätzen, die mein Vater sich nicht getraut hatte, am Grab zu sagen, nicht beim Eisbecher an der Elbe, die Sätze, die er an diesem Tag nicht mehr sagen würde. Ich zog mir die Haare vors Gesicht und weinte in sie hinein wie in ein Taschentuch. Ich wusste Bescheid. Meine Zeit in der Wielandstraße ging zu Ende. Ich kannte die Sätze. Er hatte sie Großmutter so laut gesagt, dass ich es hören konnte: Sie ist ein versautes Kind. Sie treibt sich zwischen alten Autos herum. Sie macht Schularbeiten in Reeperbahnspelunken. Er wusste alles. Sie singt *Schwarz wie Kohle bis zur Sohle ist der Nigger Jim*. Sie besucht eine Nutte im Hausboot und trinkt Eierlikör mit einem Verrückten.

Vor acht Jahren hatte mich mein Vater mit einem Schlitten, auf dem zwei Koffer mit meinem Namen standen, von einem Stadtteil in den anderen gezogen. Von einem Leben in ein anderes Leben. Zwischen zwei Kufen: fünf Wellen und ein Kreis, die Spur seiner Füße im Schnee. Er hatte mir nicht gesagt, in was für ein Leben er mich ziehen würde. Er hat mich nicht gefragt. Er hat es entschieden. Ich habe gelesen, dass der wahre Geburtsort des Menschen dort ist, wo er zum ersten Mal einen klugen Blick auf sich selber wirft. Vielleicht war das mein Blick auf das Mädchen, das zwischen zwei Welten 350 Schneeflocken verschluckte? Wenn der kluge Blick auf sich selbst mit vier Jahren möglich ist, dann ist mein Geburtsort ein Schlitten.

Wenn irgendetwas in meinem Kopf vollständig erhalten ist, dann sind es diese Stunden mit meinem Vater, an deren Ende die verzweifelten Tränen die Lachtränen ablösten. Und danach? Hat er mich zur Großmutter gefahren? Wahrscheinlich. Hat er mich vor dem Haus abgesetzt oder in die Wohnung begleitet? Was hat Großmutter zu meinem verheulten Gesicht gesagt? War Hans in der Wohnung? Habe ich in dieser Nacht in meiner Kammer oder bei Großmutter geschlafen? Der nächste Morgen, die nächsten Tage und Wochen sind ohne Erinnerung. Wie nicht gelebt.

In der Nacht, bevor er mich holte, durfte ich, wie an meinen ersten Tagen in dieser Wohnung, bei Großmutter schlafen. Wir lagen still nebeneinander und versuchten, tapfer zu sein. Großmutter drückte ihr Gesicht ins Kissen, damit ich ihr Schluchzen nicht hörte. Ich zählte stumm von hundert rückwärts und hoffte, bei fünfzig eingeschlafen zu sein. Bei null kroch ich in ihre Arme und dann waren wir beide zu traurig, um tapfer sein. Sie drückte meinen Kopf gegen ihre Brust und wir heulten ihr Kissen nass. Es war kein Trost, dass sie immer wieder sagte: Ach, Kind, es ist doch nur ein kleiner Umzug. Wir wussten genau, dass der kleine Umzug der Einzug in ein neues Leben war. Vor acht Jahren war es auch mehr als eine Fahrt mit dem Schlitten von einem Stadtteil zum anderen gewesen. Wir verstecken uns, sagte ich und zog uns die Decke über den Kopf. Wir drehen die Uhr zurück, sagte Großmutter, dann wirst du mir noch einmal geschenkt. Damit er unsere verheulten Gesichter nicht sah, legten wir uns am frühen Morgen kalte, nasse Waschlappen aufs Gesicht. Das hilft, sagte Großmutter, damit habe ich Erfahrung.

Dann brach der Tag an, den wir nicht aufhalten konnten. Zügig lud mein Vater fünf Kisten in den Kofferraum seines Wagens. Alles, was zu mir gehörte: Kleider und Bücher, die Mappe mit den Zeichnungen, Geschenke von Onkel Hans und Ingemusch. Er pendelte zwischen Auto und Großmutters Wohnung und vermied den Blick in unsere Gesichter. Wir sahen ihm zu, ohne zu helfen. Mein Vater als Möbelpacker. Er wollte nichts essen, nicht ausruhen, keinen Kaffee trinken. Mein Onkel hatte die Wohnung verlassen, er hätte meine stückweise Beseitigung nicht ertragen.

Ich stand in der Küche und weinte vor Hansis Käfig. Als alles verstaut war, kam mein Vater in die Küche. Vor acht Jahren hatte er gesagt: Du bist jetzt vier und sehr vernünftig. Es war damals nicht wahr und auch jetzt war ich nicht vernünftig. Oder doch? Ist es nicht vernünftig, zu weinen, wenn man gezwungen wird, Abschied zu nehmen? Ich liebte die krummen Flure, die Diele mit den komplizierten Regeln. Ich liebte den Kakao im Opa-Bett, der zu dumm war für krumme Geschäfte, ich liebte das Bild in dem silbernen Rahmen. Elf junge Frauen und ein altes Paar. Die fünfte von links – Großmutter. Die Schaufensterpuppen in den Hochzeitskleidern. Großmutters Stimme: Zeiten waren das, Zeiten …

Komm Juliana, reiß dich los!

Meine Kammer. Mein Bett. Lieber Gott gib Acht, dass Jula am Morgen erwacht. Reiß dich los – wie denn? Ich gehörte zu dieser Wohnung wie die knarrenden Dielen. Meine Arme waren dabei, den Wänden des Flurs, der zur Küche führte, entgegenzuwachsen. Ich klammerte mich an Großmutter. Sie war eine stämmige Frau, fast so groß wie ihr Sohn. Sie hatte starke Näherinnenhände. Sie hielt mich fest. Mein liebes Kind, flüsterte sie, mein Mädchen, meine Tochter. Sie wollte mich trösten, als sie sagte: Fischlein, tu deine Pflicht. Unser Märchen. Unser Spiel. Sie hatte die Lippen nach innen gezogen, damit sie nicht zitterten. Ich putzte mir die Nase in ihrer Kittelschürze und flüsterte: Indem wir unsere Pflicht tun, sind wir zufrieden. Wir kauten seit Wochen auf vernünftigen Sätzen herum: Er ist der Vater. Du bist sein Kind. Er darf dich holen. Aber warum? Großmutter wusste keine Antwort und mein Schutzengel beantwortete keine Warum-Fragen. Großmutter sagte: Es ist, wie es ist, es kommt, wie es kommen muss, da beißt die Maus keinen Faden ab. Einmal sagte sie: Ich kann dich doch nicht im Keller verstecken. Ich sagte: Warum müssen Kinder vernünftig sein?

Mein Vater legte mir seine Hände auf die Schultern und versuchte, mich sanft aus der Wohnung zu schieben. Ich klammerte mich an die Küchentür, dann an die Haustür. Als er meine Hand löste, brüllte ich durchs Treppenhaus, dass in allen Stockwerken die Türen aufgerissen wurden. Auf der Straße schrie ich den Namen meines Onkels: Hans. Nachbarn öffneten die Fenster – er gab nach. Wir gingen in die Wohnung zurück. Wir setzten uns in die Küche.

Als ich mich in Großmutters Armen beruhigt hatte, lud er sie ein, einen Tag in der Woche zu uns zu kommen. Montag? Dienstag? Freitag? Mir gestattete er, die Sonntage in der Wielandstraße zu verbringen, aber: Schluss mit dem Nuttenboot. Schluss mit dem Schrottplatz. Er sagte: Schrottplatz! Kein Besuch bei dem Ganoven auf der Reeperbahn!

Wörter sind nur Wörter, hatte Ingemusch gesagt, Gefühle sind Gefühle und die Verbindung zwischen Menschen, die sich lieben, kann nur der liebe Gott verhindern. I.N.G.E. Ich hatte es längst ausgerechnet: Neun, vierzehn, sieben, fünf. Vier Buchstaben, vier Zahlen, macht zusammen 35. Fünf und drei sind acht. Wir hängen zusammen wie verknotete Gummibänder. An welchem auch immer gezogen wird, es schnellt zurück zu den anderen. Mein Vater sagte, wenn ich ohne Kreischanfall mit ihm ginge, dürfe ich mir etwas wünschen. Bücher, ein Fahrrad, Kleider, eine Katze, einen Hund, Fische, einen Vogel. Ich dürfte Reiten lernen oder Segeln. Klarinette, Harfe oder Tuba spielen. Ob ich in den Ferien mit ihm verreisen möchte, in die Alpen oder an die Ostsee …

Ich spürte Carla. Sie stand neben mir. Sie zeigte auf den Globus, der auf dem Küchentisch stand, rutschte mit dem Finger auf den Bahnen, auf denen Großmutters Zeigefinger seine Spuren hinterlassen hatte, durch Marokko über Ägypten nach Französisch-Sudan und fand den kleinen, roten Punkt in einer großen, gelben Fläche. Postkarte Nr. 17. Der Mann auf dem Kamel, der mir winkte. Ich sagte: Nur noch 52 Tage bis Tombouktou. Mein Vater holte tief Luft.

Timbuktu? Wie kommst du auf Timbuktu?

Er war nie dort. Er hatte unsere geheimnisvollste Postkarte einfach irgendwo gekauft.

Vor acht Jahren hatte er mich aus seinem Leben entfernt, jetzt holte er mich aus meiner zweiten Welt zurück in eine unbekannte, dritte Welt. Damals rechneten wir die Strecke in Schneeflocken um, die auf meiner Zunge schmolzen. Es waren dreihundertfünfzig. Der

Weg von der Wielandstraße in die erdbeerfarbene Villa ließ sich nicht in geschmolzenen Flocken messen, dafür hätte ich einen ganzen Schneemann essen müssen.

Mir wurde übel, wenn ich mich dem Haus näherte. Ich sagte meinem Vater: Ich vertrage keine Erdbeeren, die Farbe der Villa ist zum Kotzen. Wenn er sie grün gestrichen hätte, hätte ich sie Spinatschachtel genannt. Auch von Spinat kann einem schlecht werden. Ich wollte die Villa nicht mögen und gewöhnte mir an, den Weg mit geschlossenen Augen zu gehen: dreiundfünfzig Schritte. Meine Füße kannten jeden Zentimeter vom Gartentor zur Haustür und von der Haustür zum Gartentor.

Er empfing seine Geschäftspartner in zwei hellen Büroräumen. Es waren Männer mit Hüten und Aktentaschen, Besitzer von Firmen und Gesellschaften, die er mit Politikern der Länder verknüpfte, die er bereist hatte. Er sorgte dafür, dass sich deutsches Geld mit ausländischer Macht vermählte. So weit hatte ich das Geschäft verstanden. Von unserer Villa aus wurde das Ausland entwickelt, der Hunger in der Welt gedämpft, den Kindern das ABC beigebracht. Bei Vertragsabschluss stießen sie mit altem Cognac an: Auf Syrien! Auf Afghanistan! Auf Marokko! Wenn er zum Abendessen lud, bat er mich, die Gäste an seiner Seite zu empfangen. Ich lernte Manieren und Sätze, die die Besucher geschmeidig ins Haus gleiten ließen. Herzlich willkommen … Schön, dass Sie unser Gast sind … unsere Einladung angenommen … den Weg zu uns gefunden haben. Als Empfangskomitee, das wusste er, lösten wir Entzücken aus. Ein schlanker, gut gekleideter Mann mit erschrockenen Augen hinter der dunklen Brille und ein höfliches Mädchen. Keine erwachsene Frau an seiner Seite hätte die Herzen so gerührt wie ich. Er nannte mich Juliana. Ich war zum zweiten Mal ein Ass in einem Ärmel. Vor Empfängen wurde ich zum Friseur geschickt, ließ mir die Haare aber von Ingemusch machen.

Ich weiß nicht, ob mein Vater Freundinnen hatte. In unserem Haus habe ich nur Frauen gesehen, die anderen Männern gehörten.

War ich mit zwölf noch ein versautes Kind, dann sah man mir

mit vierzehn die Trümmergöre nicht mehr an. Ich trug weiße Knie-
strümpfe, meine Schuhe waren geputzt, meine Fingernägel sauber.
Ich hatte ein Zimmer mit Bad, einen Schreibtisch für die Schularbeiten, im Schrank hingen neue Kleider, die ich selber ausgesucht
hatte. Es gab eine Zugehfrau und einen Gärtner, der Hauke hieß.
Er beschnitt die Bäume, mähte den Rasen, legte Blumenbeete an,
hielt den Teich sauber und schenkte mir zum ersten Geburtstag in
diesem Haus einen Baum, dessen rote Früchte ich mochte. Kirschen.
Er war keiner der Gärtner, wie sie in Filmen vorkamen. Er war nicht
alt und gebeugt, hatte keine weißen Haare, war weder wortkarg
noch tiefsinnig. Hauke hatte eine Wohnung unterm Dach, direkt
über meinem Kinderzimmer. Und weil am Abend niemand mehr
sagte: Lieber Gott gib Acht, dass Jula am Morgen erwacht, wurde
das leise Knarren seiner Schritte mein Schlaflied. Ich folgte ihm
mit geschlossenen Augen vom Wohnzimmer in die Küche, von der
Küche ins Bad, vom Bad ins Schlafzimmer und noch einmal in die
Küche. Ich hörte sein Fernsehprogramm und lauschte der Melodie
seiner Stimme beim Telefonieren. Wenn er am Telefon lachte, seine
Stimme tief und weich wurde, stand ich auf und legte mein Ohr an
die Heizung. Ich weiß nicht, ob er eine Freundin hatte, die Baby
hieß, oder ob sie alle Baby hießen. Mit seiner Mutter telefonierte
er drei Mal in der Woche – hallo Mutter, ich bin's, Hauke –, mit
seinem Vater nur sonntags – na, Alter, wie geht's? Beim Telefonieren
mit seiner Mutter blieb er ziemlich stumm, sagte nur: Hmhm. Aha.
Ach so. Na dann. Mach ich. Hol ich. Besorg ich. Bring ich. Nein, du
störst nicht. Ruf an, wenn was ist. Ich melde mich. Seinem Vater
erzählte er von unserem Garten, vom Pflanzen und Schneiden der
Bäume. Einmal hörte ich auch meinen Namen. Als ich Hauke zum
ersten Mal im Garten half, strich er mir die Haare aus dem Gesicht.
Seine Hände rochen nach Erde und lösten einen kleinen Sturm in
mir aus. Wie Brausepulver unter der Haut. So lernte ich, wie schön
es sein kann, Unkraut zu rupfen, Büsche zu schneiden und sich die
Haare ins Gesicht fallen zu lassen. Abends, wenn ich seine Schritte
über mir hörte, kam das Brausepulvergefühl zurück.

In der Erdbeervilla, sagte mein Vater, sollten andere Gesetze gelten als in der Wielandstraße. Er lachte. ›Annere‹, wenn du verstehst, ›ganz annere‹ als auf dem Schrottplatz von Onkel Hans, auf dem Nuttenboot von Ingemusch oder in Schuten-Edes Spelunke, die er Lasterhöhle nannte. Mein Vater stellte zwei mit blauem Samt bezogene Ohrensessel vor den Kamin und erklärte diesen Fleck zum Ort der Ehrlichkeit und Eintracht, zum Place de la Concorde. Das war Französisch und verwandelte, schon vom Klang her, zehn Quadratmeter Wohnzimmerfläche in einen Ort der Völkerverständigung.

Die Sessel standen nebeneinander. Wir mussten uns nicht ansehen, als er mir seine Liebesgeschichte erzählte. Ich beobachte die zuckenden Flammen auf dem trockenen Holz, als er sagte: Winter 47, das kannst du dir nicht vorstellen: Hunger. Kälte. Minus 28 Grad. Die Alster war mehr als einen halben Meter tief zugefroren. Die Flammen im Kamin wurden ruhiger, das Holz glühte, bog sich, bekam einen Buckel und rote Augen. Mein Vater sagte, er, nicht Hans, habe das Mädchen auf dem Eis entdeckt. Die rote Mütze, den langen Schal. Er war es, der zu seinem Bruder sagte: Schau mal, eine Eisprinzessin, und sich sofort in sie verliebte. Im Kamin saß eine glühende Unke. Den kleinen Hans hätten sie nur mitgenommen, damit er sich nicht ausgeschlossen fühlte. Keine Frage, sagte mein Vater, deine Mutter war vom ersten Augenblick an mein Mädchen. Nur ihm habe sie erzählt, wie sie in der Nacht vom 27. auf den 28. Juli 1943 ihre Familie verlor. Mutter und Vater, Großeltern, zwei Schwestern – Frieda und Ilse – und Peter, der Bruder: verbrannt im Feuersturm. Drei Cousinen – Emilia, Irma und Olga – von einstürzenden Häusern erschlagen. Der Cousin: vermisst. Dreißigtausend Tote in einer Nacht, in einer Stadt. Mein Vater verriet nicht, wann Carla ihm ihre Geschichte erzählt hatte. Die Version meines Onkels war schöner, und die Vorstellung, ich sei zwischen Trauer und geflüsterter Liebe entstanden, passte zu mir. Die Erinnerungen meines Vaters glichen den Fotos, die mein Onkel mir gezeigt hatte. Der Sommer am See. Das Picknick. Carla mit Hans, Carla mit Rudolf. Die heimliche Verlobung müssen sie meinem Onkel verschwiegen haben, oder hatte er sie vergessen? Warum hatte sie sich für Rudolf entschieden? Das Bild von der Hochzeit am 26. Oktober 1948 kannte ich. Carlas ernstes Gesicht, die Augen auf Hans gerichtet, Großmutters Gesicht hinter einem Schleier verborgen. Der 13. Juli 1949, sagte mein Vater, dein Geburtstag – du warst das letzte Baby vor Mitternacht und das einzige, das sein Leben nicht mit einem Schrei begann, sondern mit einem Seufzer.

Ich sah meinen Vater nicht an, ich beobachtete das Feuer. Die Unke brach auseinander. Nun hockten zwei einäugige Frösche im Kamin. In der Geschichte meines Vaters fehlte das heitere Mädchen, das im Bunker die Bomben gezählt und deren Namen sie mir gegeben hatten. Ahnte er, was ich dachte? Du hast meine Nase, sagte er, meine dünnen Haare. Schau in den Spiegel. Du hast meine Augen. Ich dachte: Und die Augenbrauen von Onkel Hans. Vielleicht kann man doch zwei Väter haben. Als die Frösche zerfielen, wand sich in der Glut ein Knäuel kleiner, zuckender, roter Würmer. Feuer ist schön. Großmutter würde sagen: Zu viel Feuer ist die Hölle.

Die Schneeflocken, die seine Tochter mit der Zunge aufgefangen und gezählt hatte, die Zahl, die sie brauchte, um die Entfernung zu messen zwischen der Welt, die sie verlassen musste, und der Welt, in die sie mit dem Schlitten gezogen worden war, diese erste, wichtige Zeiteinheit ihres Lebens hatte er nicht in seinem Gedächtnis aufbewahrt.

Der Freitag sollte Großmuttertag werden. Die Nacht vor ihrem ersten Besuch habe ich nicht geschlafen. Ich sah uns im Wohnzimmer, in den Bädern, der Küche, ich stellte mir vor, wie sie den sauberen Keller bewunderte und mein Zimmer. Ich wollte ihr Hauke vorstellen, nachmittags würden wir am Place de la Concorde Kirschtorte essen und über alles lachen, was hier so anders war.

Sie hatte einen Bus früher genommen und wartete an der Haltestelle auf mich. Es war die gleiche Großmutter, die ich vor einem Monat verlassen musste – aber in meinem neuen Viertel sah sie anders aus. Im Film würde Anita sagen: So ganz anners. Größer. Knochiger. Die weißen Haare aus dem Gesicht gekämmt und hochgesteckt. Das Nadelstreifenkostüm schien sie in die Länge zu ziehen. Ich sah sie, bevor sie mich entdeckte und schnell und nur für mich über das traurige Gesicht ein Lächeln legen konnte. Da stand keine gemütliche Oma, da stand an dieser menschenleeren Haltestelle eine Frau, um die herum eine Einsamkeit war, die ich sehen konnte. Bevor mir die Tränen in die Augen stiegen, stürzte ich mich in ihre Arme. Sie drückte und küsste mich, trat einen Schritt zurück und sah mich an, als hätte sie mich ein Jahr lang nicht gesehen.

Fischlein, wie siehst du denn aus?

Wenn ich an diesen Besuch denke, sehe ich eine Frau, die sich nicht bewegt. Sie stand. Sie stand vor dem Gartentor und betrachtete die Erdbeervilla, den geschorenen Garten, die Büsche, die hohen Bäume, die das Haus einrahmten. Der kleine See mit der Holzbrücke, dachte ich, müsste ihr gefallen. Ihr Blick suchte den Garten nach Apfelbäumen und Johannisbeersträuchern ab. Die gab es nicht. Ich zeigte ihr den Frosch, den ich den Nachbarn gestohlen und in unseren Teich gesetzt hatte.

Befremdet betrachtete sie das blank geputzte Schild unter der

Klingel: Dr. Rudolf Amelung. Juliana Amelung. Sie sagte: Juliana –
bist du das? Zu den Ohrensesseln und der Wahrheitszone sagte
sie nichts. Im Arbeitszimmer meines Vaters fragte sie: Was tut er
hier? Und in der Küche: Kocht hier jemand? In meinem Zimmer
tastete sie jeden Zentimeter mit den Augen ab, als wollte sie sich
alles einprägen. Den Tisch am Fenster und die Schreibtischlampe.
Den Cocktailsessel und die Teddycouch. Sie prägte sich das Muster
des Teppichs ein, berührte die Bücher im Regal, aus denen sie mir
vorgelesen hatte. Sie nahm das Buch Nummer eins in die Hand und
lächelte.

Fischlein, tust du deine Pflicht?

Sie entdeckte meine Zeichenmappe, schlug sie, ohne mich zu
fragen, auf.

Wer ist das?

Ingemusch.

Sie fragte nicht, wer Ingemusch war, sie blätterte weiter.

Und wer ist der?

Schuten-Ede.

Und dieser?

Trümmer-Otto.

Sie studierte die Gesichter der Frauen, die ich im *Wind des Lebens*
skizziert hatte, den Körper des Striptease-Mannes, meine Versuche,
ein Gesicht hinter Zigarettenrauch erkennen zu lassen.

Wer ist der?

Fiete.

Und die?

Pepita.

Und die?

Madelaine.

Da bist du gewesen?

Ich nickte.

Während ich in der Fabrik …?

Ich nickte.

Sie riss die rechte Hand hoch, ich sah sie neben ihrem Kopf

142

stehen, wartete auf den Schlag und sah stattdessen Großmutters kräftige Hand langsam, wie in Zeitlupe, zurückfallen. Sie sah mich an, als hätte ich ihr mit diesem Kopfnicken etwas Wertvolles zerstört. Ich hätte diese enttäuscht sinkende Hand, die mich nicht schlagen, nicht anfassen wollte, die sich von mir zurückzog, weil ich den Schlag nicht wert war, gerne vergessen. Der Rückzug ihrer Hand, der nicht ausgeführte Schlag, war das Schlimmste, was sie mir antun konnte.

Irgendwie ging der Tag weiter – aber wie? Waren wir in der Eisdiele? Haben wir irgendwo gegessen? Sind wir im Haus geblieben oder spazieren gegangen? Waren wir im Kino? Von diesem wichtigen Nachmittag, Großmutters erstem Besuch, gibt es in meiner Erinnerung keine Spur. Erst an der Bushaltestelle sehe ich uns wieder. In der Dämmerung sah Großmutter noch einsamer aus als am Morgen. Ihr habt nicht einmal einen Vorratskeller, sagte sie und holte aus der Handtasche ein Glas Rhabarberkompott. Als am Ende der Straße der Bus auftauchte, legte sie mir ihre großen Hände auf die Schultern und sagte mit fremder Stimme: Juliana Amelung, vielleicht ist es richtig, dass dein Vater einen Zierfisch aus dir macht.

Sie stieg in den Bus. Ich sehe ihr Gesicht hinter der schmutzigen Scheibe, ein Gesicht ohne Mund. Sie hatte, wie beim Abschied in der Wielandstraße, die Lippen nach innen gezogen. Ich schlug mit der Faust gegen die Scheibe und sie legte, als wollte sie mich trösten, ihre Hand dagegen. Der Fahrer schloss die Türen und ich wusste, dass das einzig Richtige gewesen wäre, mich ganz schnell neben sie zu setzen. Der Bus fuhr an. Ich rannte neben ihm her, der Abstand zwischen uns wurde größer und größer. Als ich den Bus nicht mehr sehen konnte, stellte ich mich an die gegenüberliegende Haltestelle und wartete und heulte und flüsterte: Lieber Gott, schick sie zurück. Ich war fest davon überzeugt, dass sie in einem der nächsten Busse sitzen würde. Dann würde ich einsteigen und schwören, immer die Wahrheit zu sagen, nichts zu verschweigen, sie nie wieder zu verlassen und alles wieder gutzumachen, was falsch gewesen war an diesem Tag.

Zwei Wochen nach meinem Auszug aus der Wielandstraße wurde ich umgeschult. Es sei ein Versehen gewesen, hieß es, dass man mich zwischen dem Volksschulrest vergessen hatte. Ich saß drei Reihen hinter Steffi und jetzt, wo ich eine Diplomatentochter war, kein Gossenkind mehr, keine Trümmergöre, sondern ein Schwan, hätte mich ihre Mutter nicht mehr von der Tür gewiesen. Wir versuchten nicht, die Freundschaft zu erneuern. Ich hatte so wenig Zeit wie nie zuvor in meinem Leben, nicht einmal für die schwarze Birgit. Ich büffelte. Ich lernte den Büchern voraus, gehörte ziemlich schnell zum besten Drittel der Klasse und musste wenig Zeit für die Hausaufgaben verschwenden. Mein Vater vermutete mich nachmittags beim Sport, in Arbeitsgemeinschaften oder bei schwachen Schülern, denen ich Nachhilfe gab.

Wir gingen freundlich miteinander um. Als mir irgendwann einmal das Wort Diskretion begegnete, wusste ich, was es bedeutet. Wenn er mich abends fragte, ob mein Tag schön gewesen sei und ich ›ja‹ sagte, war er zufrieden, so wie ich zufrieden war, wenn er sagte, sein Tag sei gut verlaufen. Schweigen ist nicht lügen, das galt für uns beide. Wichtig waren ihm Versprechen. Bei feierlichen Abendessen war ich zuhause, die Reise nach Timbuktu wollte er mir zum achtzehnten Geburtstag schenken, weil man mit achtzehn mehr von der Welt versteht als mit zwölf, dreizehn oder vierzehn. Er wusste nicht, dass nach sechs Jahren Vorfreude der Vorrat an Freude verbraucht ist.

Es war das Jahr 1961. Phil Hill war mit Ferrari deutscher Formel-1-Weltmeister geworden. Beim Großen Preis von Italien verunglückte der deutsche Rennfahrer Graf Berghe von Trips tödlich und im Herbst meldete Borgward Konkurs an. Großmutter wurde 63. Sie hat uns nie wieder besucht. Ohne mich lösten sich in der Wielandstraße die Rituale, die den Frieden gesichert hatten, langsam auf. Großmutter verkroch sich in die Küche, sprach mit dem Sittich und suchte in Schlagertexten nach Lebensweisheit. Mein Vater war stolz auf sich. Er hatte das Pflänzchen Jula rechtzeitig umgetopft. Im Herbst 1961 machte Ingemusch aus dem Hausboot einen Frisiersalon.

144

Der Tag, der nur der erste Akt des Dramas war, hatte einen Geruch. Wo immer mich ein Hauch von Old Spice streift, auf der Straße, in der U-Bahn, im Café, Restaurant, im Kino oder Theater, diese betörende Mischung aus Sommerwiese, Sehnsucht und Physiklehrer, stehe ich an der Tafel und schreibe: V ist S durch T. Geschwindigkeit ist Weg durch Zeit. Lehrer Wetzel duftet neben mir und sagt: Und nun die Formel für die Zeit.

Zeit ist Weg durch Geschwindigkeit. T ist S durch V.

Und nun berechne den Weg.

Ich liebte diese Formel, weil sie etwas mit einer längst vergangenen Schlittenfahrt zu tun hatte. S ist V mal T. Hätte mich mein Vater im Tempo einer Schnecke durch die Stadt gezogen, wären wir noch immer unterwegs. Überall wird der Old-Spice-Physiklehrer-Duft den Tag zurückholen, an dem Ingemusch vor der Schule stand. Lange, blonde Haare, ein knallroter Mund, der Rock eng, die Stöckel wie Messer. Schulpause und alle gucken. Und ich: stolz. Diese Frau wartet auf mich, diese Frau will zu mir! Gegen Ingemusch waren alle Muttis, die je vor der Schule gestanden hatten, graue Mäuse. Ich rannte ihr in die Arme und hoffte, dass es alle sahen.

Ingemusch hatte beim Putzen Kladden gefunden, ein Gewimmel aus Buchstaben und Zahlen, das sie zunächst verwirrte und ihr dann aber, je länger sie versuchte, zu verstehen, was sie sah, unheimlich wurde. Jeder Eintrag bestand aus einem Datum, einer Uhrzeit, dem Namen eines Platzes oder einer Straße und Zahlen, hinter die mein Onkel ein dickes Ausrufezeichen gesetzt hatte. Die Aufzeichnungen begannen 1959. Der erste Eintrag lautete: Donnerstag, 17. April, 12.15 Uhr. Ehrenbergstraße. 956. Wir kannten die Straße, sie war nicht lang, also konnte die Zahl 956 keine Hausnummer sein. Im April gab es vier weitere Eintragungen.

Montag. 19. 4. 8.40 Uhr. Alte Rabenstraße. 190.

Mittwoch. 21. April. 14.35 Uhr. Hansaplatz. 2550.

Sonntag. 25. 4. 19.45 Uhr. Uhlenhorster Weg. 246.

Freitag. 30. April. 21 Uhr. Deichtorplatz. 351.

Jeden Monat wurden es mehr Einträge. Es gab Tage, da hatte

er fünf Uhrzeiten, fünf Straßen und Plätze notiert und dahinter Zahlen.

Verabredungen?

Verabredungen trägt er nicht ein, sagte Ingemusch – und welche Verabredungen, wenn doch die Kunden auf den Platz kommen.

Und wenn es keine Kunden sind?

Sondern?

Frauen?

Sie verzog das Gesicht. Dein Onkel ist kein Akkordficker.

Auch Ingemusch wusste, dass Hans mit Zahlen schreiben und mit Buchstaben rechnen konnte, und versuchte, den Zahlen, die er notiert hatte, einen Sinn zu geben. Sie verwandelte die Eins in ein A, die zwei in ein B und so weiter – das Ergebnis war Wortsalat. Ich erzählte Ingemusch von meinem letzten Besuch in der Wielandstraße. Bis dahin hatte ich nicht bemerkt, dass sich die Regeln zwischen Großmutter und Onkel Hans verändert hatten. Die Diele war nicht mehr die Bühne, auf der sie einzeln auftraten mit einem Lied, einem gefallenen Schlüsselbund, einem Räuspern, dem Signal: Achtung, ich verlasse die Wohnung. Oder: Achtung, ich komme nach Hause. Hatten sie die Regeln gelockert oder vergessen? Bei diesem Besuch geschah es, dass sie sich in der Tabuzone begegneten. Sie stutzten, erstarrten und füllten die Diele eine Schrecksekunde lang mit kaltem Schweigen. Großmutter lief in die Küche, Hans verließ die Wohnung so eilig, dass er nicht einmal sagte: Jula, was machst du denn hier? Ich ging in die Küche. Großmutter sah hart und grau aus wie Trümmersteine. Meinen Onkel hörte ich im Treppenhaus lachen, bis ihm die Luft wegblieb und er mit einem Erstickungsanfall das Haus verließ. Ich war dreizehn oder vierzehn und wusste nicht viel über erwachsene Menschen und die verschiedenen Welten, in denen sie zuhause waren. Ich wusste nur, was sie mir beigebracht hatten. Reden ist Silber, Schweigen ist Gold. Oder umgekehrt, je nachdem. Es ist, wie es ist, es kommt, wie es kommen muss. Wenn du traurig bist, dann hüpf und lach. Vor dem Feuer die Wahrheit. Ich wusste, dass 1959, als die Aufzeichnungen meines

Onkels begannen, ein Liter Normalbenzin 62,5 Pfennige kostete, die Bildzeitung einen Groschen und der Opel Kapitän L mit 75 PS 10 250 Mark.

Ich fragte meinen Vater nicht, wann ich Großmutter besuchen durfte, ich ging einfach hin, wenn ich Sehnsucht hatte. Weil ich nicht mehr bei ihr wohnte, hatte sie sich angewöhnt, Radio zu hören, am liebsten Schlagerparaden. Beim Backen und Kochen sangen wir gemeinsam die Texte, von denen sie sich das Leben erklären ließ. *Bist du einsam heut' Nacht,* sang Peter Alexander, *wirklich einsam heut Nacht? Bist du traurig, dass alles so kam?* Und dann die Strophe, bei der es Großmutter kalt im Rücken wurde. Diese Zeilen wurden gesprochen. Langsam. Gedehnt. Wehmütig. Wort für Wort wie ein Gedicht. *Irgendjemand hat einmal gesagt: Die Welt ist eine Bühne, und wir müssen alle unsere Rollen spielen. Du hast deine Rolle gut gespielt …* dramatische Pause … *damals. Bis ich dir eines Tages nicht mehr glaubte und …* Großmutter und ich flüsterten zusammen mit Peter Alexander … *fort ging.* Zu dritt sprachen wir den Text zu Ende: *Nun ist sie leer, die Bühne, doch das Spiel ist nicht zuende. Der Vorhang wird sich nicht senken … Wenn du willst, dass ich zu dir zurückkomme, dann komme ich.* Großmutter hatte Tränen in den Augen. Auch mir gefiel der Gedanke, das Leben sei eine Bühne. Er brachte eine schöne Ordnung ins Leben. Der Mensch als Schauspieler, vom Regisseur gelenkt; es ist, wie es ist, es kommt, wie es kommen muss.

Sie las mir keine Bücher mehr vor, weil ich selber lesen konnte. Vatis Kriegsalbum lag in der abgeschlossenen Schublade, jetzt hörten wir Schlager, aus denen man fürs Leben lernen konnte. Mit Walter Andreas Schwarz sangen wir: *Im Wartesaal zum großen Glück, da warten viele, viele Leute. Die warten seit gestern auf das Glück von morgen und leben mit Wünschen von übermorgen und vergessen: Es ist ja noch heute … ach, die armen, armen Leute.* Ich liebte alles, was zu dieser Wohnung gehörte: das Lachen des Onkels. Peter Alexander. Großmutters Tränen. *Den Wartesaal zum großen Glück* und der Sittich, der nie heiser wurde und nie verstehen würde, was er anrichtete mit seiner Hansi-Litanei.

Während ich mit Ingemusch auf dem Boot saß, wir über den Notizen meines Onkels brüteten, erzählte ich ihr von dem Zusammenstoß in der Wielandstraße. Ich hatte gesehen, wie heftig sie aufeinander reagierten, als ihre eiserne Regel – kein Wort, keine Begegnung – verletzt worden war. Da waren sich Feinde aus Versehen zu nahe gekommen. Das fühlt sich nicht gut an, sagte Ingemusch.

Sie konnte beim Nachdenken nicht still sitzen. Klare Gedanken kamen Ingemusch nur, wenn sich ihre Hände beschäftigen konnten. Sie kochte Kaffee und Schokolade. Sie bürstete meine Haare, flocht mir einen dünnen Zopf in den Nacken, sagte: Sieht süß aus, oder? Die Uhrzeit in den Kladden, die Straßennamen, die Namen der Plätze. Zahlen, die keinen Sinn ergaben. Ein Wort von ihr, ein Wort von mir, Fragen, Vermutungen. Sie löste den Zopf, steckte meine Haare hoch, betrachtete mich im Spiegel: Zu streng für dein Spatzengesicht!

Wenn es keine Verabredungen sind, sagte ich, was dann? Ingemusch überlegte. Begegnungen vielleicht? Sie flocht mir einen kunstvollen Kranz um den Kopf.

Begegnungen müssen keine Verabredungen sein.

Sie nahm die Kladden in die Hand, blätterte, sagte: Schau mal, er hat die Zahlen eingerahmt wie ...

Genau. Die eingerahmten Zahlen erinnerten an Nummernschilder. Verschwommen tauchte die Nacht vor mir auf, in der mein Onkel mir beweisen wollte, dass ich seine Tochter war. Ich sah ihn vor mir. Den Kopf über das Papier gebeugt, seine Hand, die unsere Namen schrieb: Jula. Hans. Carla. Wie er bei der Übertragung der Buchstaben in Zahlen nicht nachdenken musste, weil er die Aufgabe so oft schon gelöst hatte. Wir gehörten zusammen, die Zahlen bewiesen es. Carla. Jula. Hans. Es ist die Acht, sagte ich, er sammelt Achten.

Ich konnte es ihr mit jeder Zahl beweisen, die der Onkel notiert hatte. 956. Neun und fünf sind vierzehn minus sechs sind acht. Ich blätterte in den Kladden, und immer ging die Rechnung auf. Nimm 162, sagte ich, sechzehn durch zwei ist acht. Verstehst du? Er schreibt Autonummern auf, deren Zahlen eine Acht ergeben.

Quatsch. Wozu?

Er schreibt auf, wo und wann ihm sein Name in Form einer Zahl begegnet. Oder mein Name oder der von Carla.

Das ist doch Wahnsinn, sagte Ingemusch, warum macht er das? Sie goss sich einen Cognac ein.

Weil er uns liebt. Die Zahlen sind der Beweis, dass wir zu ihm gehören.

Ich zeigte ihr meine Kette mit der kleinen, goldenen Acht und schrieb: I. N. G. E. 9.14.7.5. Quersumme 35. Fünf und drei sind acht. Du gehörst zu uns.

Ihr seid verrückt, sagte Ingemusch. Alle beide.

Sie legte ihre Hände auf die Kladden wie auf etwas sehr Zerbrechliches.

Die Acht ist seine Glückszahl, sagte ich, vielleicht freut er sich, wenn sie ihm begegnet.

Ganz langsam schüttelte sie den Kopf, und ganz langsam sagte sie: Diese Aufzeichnungen, Jula – das sind keine Begegnungen mit dem Glück.

Damit mein Vater uns nicht entdeckte, setzte sie mich am Nachmittag in einer Seitenstraße ab. Bevor ich um die Ecke bog, drehte ich mich um. Ingemusch war ausgestiegen. Sie hatte die Arme auf das Autodach gelegt und den Kopf auf die Hände gestützt. Sie winkte nicht. Sie sah durch mich hindurch, als könne sie hinter mir die Zukunft sehen.

Am Kamin fragte mein Vater, wer mir den raffinierten Kranz um den Kopf geflochten hätte. Es schien ihn zu freuen, dass ich, ohne dass ein Fest bevorstand, zum Friseur ging. Als er wissen wollte, wie der Tag gewesen sei, sagte ich: Vierte Stunde Physik. S ist V mal T. Der Physiklehrer roch nach Old Spice.

Nichts davon war gelogen.

Die Fenster waren geöffnet, in den Klassenraum strömte warme Mailuft. Der Augenblick, in dem die Tür aufgerissen wurde und der Rektor meinen Namen rief, hat sich mit einem Geräusch verbunden. Der Lehrer sprach über den Untergang der Hanse im 17. Jahrhundert, aber ich hörte der dicken Taube zu, die im weißen Fliederbaum saß. Ich hatte gerade herausgefunden, dass sich deren verdruckstes Gurren anhörte, als übe sie den Namen meiner Banknachbarin. Gudrrrun. Gudrrrun. Der Zweig, auf dem sie wippte, war zu dünn für das plumpe Tier und so wartete ich gespannt auf den Moment, in dem er brach. Im Zimmer des Rektors wartete Ingemusch. So, wie sie sich für diesen Besuch zurechtgemacht hatte – die Haare mit Kämmen hochgesteckt, die Schuhe flach, kein Lippenstift –, musste etwas passiert sein. Sie nahm mich in den Arm und flüsterte: Lauf. Er braucht dich.

Vor dem Haus stand ein Krankenwagen. Die Haustür stand offen, die Tür zur Wohnung war nur angelehnt. In der Diele stand Tante Lälle. Der Notarzt hatte Großmutter aufs Bett gelegt, ihr eine Spritze gegeben, sie starrte mit weit aufgerissenen Augen an die Decke. Tante Lälle sagte: Deine Oma hat geheult wie die Sirenen beim Bombenalarm. Ich näherte mich langsam dem Bett. Sie heulte nicht mehr wie eine Sirene, sie flehte: Oh du mein gütiger Gott, steh mir bei. Oh du mein gütiger Gott, steh mir bei. Ich legte meine Hände um ihr Gesicht und flüsterte: Großmutter, ich bin bei dir. Großmutter, ich bin bei dir. Sie hörte mich nicht, sie starrte an die Decke und rief nach dem gütigen Gott. Der Arzt nannte den Zustand ›Schock‹. Ich hatte noch nie einen Menschen im Schock gesehen. Sie schlief nicht, sie war nicht wach. Kann sie mich hören, fragte ich den Arzt. Er wusste es nicht, er sagte, vielleicht, und, um mich zu trösten: Sie fühlt, dass du da bist. Ich hatte völlig vergessen, warum mich

Ingemusch aus der Schule geholt hatte, bis ich den Schrei hörte, spitz wie in höchster Gefahr. Scharf wie ein Messer. Jula. Ich rannte in das Zimmer meines Onkels. Zwei Sanitäter hielten ihn fest. Als er mich sah, lachte er, wie ich ihn noch nie habe lachen hören. Ich glaubte, alle Variationen dieses Lachens zu kennen – dieses hatte er noch nie von sich gegeben. Mein Name zwischen diesem Lachen – dass man einen Namen so rufen konnte! Ich habe später versucht, Erik diesen Schrei vorzuführen, es ist mir nie gelungen. Wie schrill ich auch kreischte, meinem Schrei fehlte, was den Schrei meines Onkels so unheimlich gemacht hatte. Die Kraft. Die Verzweiflung. Die Angst. Die Wut. Der Triumph. Vielleicht auch der Irrsinn.

Sie hätten mich nicht in die Küche lassen dürfen. Ich muss mit dem, was ich dort gesehen habe, leben. Das Bild lässt sich nicht löschen, es wird nicht blasser, es will sich nicht verdrängen lassen. Es meldet sich, sobald sich eine Gelegenheit bietet, und davon gibt es viele. Bestimmte Zahlen gehören dazu. Alle Kombinationen, die eine Acht ergeben. Worte: Wellensittich. Vogelkäfig. Eisenofen. Feuer. Das Märchen vom Fischer und dem Geist. Alles, was damals zur Küche der Großmutter gehörte, führt auf geradem Wege zu dem, was ich nie hätte sehen dürfen.

Auf den ersten Blick sah ich nur die schwarzen Zahlen an der Wand, mit Kohle geschrieben, eng aneinandergepresst wie ein Tapetenmuster. Mal groß wie mit Wut geschrieben, mal winzig klein wie die Piepser des gelehrigen Vogels. 8.1.14.19.9. Ich hatte keine Mühe, die Zahlen zu übersetzen: Hansi. 13.1.13.1. Mama. Die Frau, die wir Tante Lälle nannten, hatte die Tür zum Garten aufgemacht, dennoch war es in der Küche unerträglich heiß.

Den Vogel sah ich erst, als jemand meinen Arm packte und versuchte, mich aus der Küche zu ziehen. Ich riss mich los. Wie schaurig ein Bild auch ist, man wendet sich nicht ab, bevor man es vollständig erfasst hat. Hansi hing über dem offenen Ofenloch, sacht bewegt vom Wind, der aus dem Garten kam. Er hatte einen feinen Draht um den Hals, der gleiche Draht, mit dem Großmutter ihre Buschbohnen bändigte. Der Vogel war verkohlt, schwarz wie die Kohlen im Keller. Seine Flügel weit gespreizt, sie sahen länger aus, als sie waren, als ob er mit letzter Kraft versucht hätte, davonzufliegen. Da der Sittich keine eigene Sprache mehr hatte, wird sein letzter Schrei ›Hansi‹ gewesen sein. Ich starrte wie hypnotisiert auf die Hinrichtung, die mein Onkel dort inszeniert hatte. Über der Glut ein kleiner, schwarzer Engel mit weit aufgerissenem, gelbem Schnabel. Großmutter rief den lieben Herrgott zur Hilfe, an den sie nicht glaubte, mein Onkel schrie in großer Not meinen Namen, den Namen seines Kindes, das ich vielleicht gar nicht war. Und ich? In meinem Kopf begann sich, erst langsam, dann immer schneller, der vor Kurzem auswendig gelernte Heinrich Heine zu drehen. *Und sieh! Und sieh! An weißer Wand, da kam's hervor wie Menschenhand. Und schrieb und schrieb an weißer Wand Buchstaben von Feuer, und schrieb und schwand.* Wenn mir jetzt der Anfang der Ballade einfallen würde, dachte ich, ließe sich das Karussell vielleicht anhalten, aber er kam nicht zurück, der Anfang, der mir hätte helfen können, nur eine andere Zeile des Gedichts, und auch die ließ sich, einmal im Kopf, nicht mehr abstellen. *Die Knechtenschar saß kalt durchgraut. Und saß gar still, gab keinen Laut.* Armer Hansi. Fliehen wollte er, in Panik dem Feuer und dem Schmerz entkommen und wurde immer wieder von dem Draht um seinen Hals zurückgerissen in die Glut. Ich übergab mich auf der Türschwelle. Jemand sagte: Man muss die Polizei holen. Ich hörte Tante Lälle sagen: Wozu denn das. Es gibt keine Strafe für Vogelmord.

Undsiehundsiehanweißerwand … Ich würgte und spuckte. Jemand reichte mir ein Handtuch. Das Karussell in meinem Kopf beruhigte sich einen Augenblick, aber nur, um mir zu sagen, dass in meinem Kopf ein zweites Feuer-Gedicht steckte. *Die Flamme zischt. Zwei Füße zucken in der Glut. Gesteh! Sie schweigt.* Ich wischte mir die saure Brühe aus dem Gesicht und kniff die Augen zu. Irgendjemand zog mich in den Flur und legte mir einen nassen Waschlappen auf die Stirn.

In meiner Erinnerung gibt es ein Loch. Hansi, der Vogel, der den Namen meines Onkels rufen musste und nicht wissen konnte, wie sehr ihn diese Koseform quälte, Hansi, der gegen den Globus anflog, weil ihn beim Anblick der Weltkugel, wie Großmutter vermutete, das Heimweh nach den Ländern überfiel, in denen seine Ahnen eingefangen worden waren – ich kann mich nicht erinnern, ob die Augen des verkohlten Vogels offen standen oder geschlossen waren. Bei der Vorstellung, die kleinen Knopfaugen wären aufgerissen gewesen, wird mir übel. Nur mit geschlossenen Augen wäre Hansi für mich wirklich tot. Der Sprengsatz, der in unserer Familie explodiert war, bekam einen sanften Namen: der Vorfall in der Wielandstraße. In die Wohnung zog eine Familie mit drei Kindern. Die Frau hieß Alma. Es war nicht Großmutters Alma, aber eine Frau mit diesem Namen war ein kleiner Trost, ein Zeichen, dass alles seine Ordnung hatte.

Es ist, wie es ist, es kommt, wie es kommen muss. Mieter zogen ein und Mieter zogen aus. Dazwischen wurde die Wohnung immer einmal wieder frei.

Es war Ingemuschs Einfall, mich zu dem Mann zu schicken, der meinem Onkel helfen konnte. Schuten-Ede sagte: Gute Idee. Ich fahr' die Göre hin.

Ich zog mein schönstes Kleid an. Bunte Blumen auf sonnengelbem Stoff. Die Lackschuhe waren geputzt, die Haare gewaschen, nass zu strammen Zöpfen geflochten und trockengefönt. Ein Tipp von Ingemusch. Das Ergebnis war eine üppige Lockenmähne. Schuten-Ede fuhr einen neuen Ford Taunus Coupé 12M P4. Ein herrliches Auto. Der P4 war die neueste PKW-Konstruktion der Ford-Werke seit Ende des Krieges. Der Buchstabe M stand für Meisterstück. Nicht die schärfste seiner Stripperinnen hätte Schuten-Ede so leidenschaftlich gepriesen wie dieses blaue Wunderteil. Schau, Jula – er hob die Kühlerhaube an: Frontantrieb! Und hier und dort und guck. Er tanzte um das Auto herum wie Rumpelstilzchen um das Feuer: Rote Rückleuchten, keine separaten Blinker mehr. 55 PS! Höchstgeschwindigkeit 146 km/h. Noch gab es, anders als für Mercedes und Opel, keinen frechen Spruch für den Ford, aber für Schuten-Ede reimte sich auf Ford nur ein Wort: Rekord. Auf der französischen Rennstrecke Miramas hatte ein serienmäßiger 12M P4 hundert Weltrekorde aufgestellt. Er hatte in 117 Tagen mehr als 357 000 Kilometer zurückgelegt, eine Strecke wie zwischen Erde und Mond. Unternehmen Mistral hieß der Wahnsinn, Ede fand: zum Niederknien. Die Rennstrecke war nur fünf Kilometer lang, so dass die Fahrer in Tag- und Nachtschichten 71 443 Runden drehten. Durchschnittsgeschwindigkeit: 106,48 km/h. Für Schuten-Ede war das einfach knorke. Und die Sensation, die es serienmäßig noch gar nicht gab, war so klein, dass er mich mit der Nase darauf stoßen musste. Ein zierliches, kaum sichtbares Schildchen, oval und mitternachtsblau, ein Schriftzug, der mit einem schön geschwun-

154

genen F begann: Der erste Ford mit dem Namen des Herstellers. ›Fordpflaume‹ hieß das Schildchen. Schuten-Edes 12M P4 war ein Modell, das noch nicht in Serie gebaut wurde. Für alte Freunde reichten die Finger von Otto Merk wieder einmal direkt ins Werk.

Steig ein, Jula.

Ich warf einen schnellen Blick auf die Erdbeervilla. Hauke lauerte im Garten wie auf dem Sprung. Mein Vater war in München und hatte mich dem Gärtner anvertraut. Er beobachtete, wie mir Schuten-Ede den Wagen erklärte, und rannte los, als er sah, dass ich einstieg. Er fuchtelte wild mit den Armen und an seinen Lippen sah ich, dass er meinen Namen rief. Zu Schuten-Ede sagte ich: Los, gib Gas.

Es muss im Sommer 1963 gewesen sein, als mich Ede zu Trümmer-Otto nach Othmarschen fuhr. Er redete wie ein Wasserfall über die IAA. Die Branche hätte große Pläne, sagte er, um die Zukunft des Onkels müssten wir uns keine Gedanken machen. Es gab sieben Millionen PKW im Lande, hatte er gelesen, und der Markt war hungrig nach technischen Raffinessen, Komfort, Luxus, Geschwindigkeit. Wer Geld hatte, stieß alte Autos ab und kaufte ein neues, Kredite waren kein Problem und Autonarren mit schmalen Geldbeuteln gingen zum Gebrauchtwagenhändler. Ede wollte mich trösten und beruhigen: Immer mehr Güter wurden von der Schiene auf die Straße verlegt – nicht mehr lange und Kolonnen von Lastwagen werden über die Autobahnen brummen, vielleicht sollte der Onkel, wenn er wieder in Ordnung ist … da sind wir ja: Elbestraße 26. Schuten-Ede bremste. Er zeigte mit dem Daumen nach links: Siehst du den Klotz dort im Garten? Ottos Hütte. Viel Glück. Ich umarmte ihn und stieg aus. Bevor er anfuhr, kurbelte er die Scheibe runter und grinste: Wenn du wüsstest, was uns drei Gauner mit diesem Haus verbindet!

Otto Merk war der Reichste in dem Männerbund und der, über den es die meisten Gerüchte gab. Zeitungen schrieben von einer Villa mit goldenen Wasserhähnen, von Hunden, die nicht von seiner Seite wichen, von seinen Händen, die überall lauerten, wo es etwas zu holen gab. Otto Merk hatte keinen Betrieb, keine Fabrik, er stellte keine Arbeiter ein, er war ein Zauberer, der Feste feierte und – Simsalabimbambasaladusaladim – beim Essen, Trinken und Tanzen die Stadt veränderte. Es gab viel Geflüster um meinen Onkel Merk. Hatte er eine Mutter? Einen Vater? Geschwister? Eine Frau? Woher kam dieser Mann? Wo hat er als Kind gelebt? Man konnte ihn sich als Kind gar nicht vorstellen. War er im Krieg gewesen? Hat ihn dort jemand gesehen? Der Erfolg hatte ihn dick gemacht. Ich hatte auf den Schultern von Trümmer-Otto gesessen, als sie noch mager waren und ich unter meinen Oberschenkeln seine Knochen spürte. Ich wusste nicht mehr von ihm als alle anderen. Ich stellte mir vor, dass er eines Tages einfach da war, wie die Trümmerblume, diese zähe Pflanze, die nach Kahlschlägen als Erste aus dem Boden wächst, auf Ruinen gedeiht und sich nach verheerenden Bränden flink wieder ausbreitet. Die Trümmerblume ist eine Pionierpflanze. Wie Otto Merk.

Der Garten war ein Park. Mächtige Bäume standen gelassen und vornehm auf einem Rasen, der mir wie vom besten Friseur geschnitten und gekämmt vorkam. Ottos Villa war keine Erdbeere, sondern ein Schiff, weiß wie Schnee, zwischen Bürgersteig und Haus ein Zaun. Eng aneinanderstehende, tief in den Boden gerammte Latten – seine Soldaten. Kein Namensschild. Ich klingelte und sagte der Stimme, die fragte, ob ich angemeldet sei, ich sei die Jula vom Onkel Hans. Ein leichter Summton, die Tür ging auf und fiel dann mit einem sanften Schmatzen hinter mir ins Schloss. Ich ging über einen geraden Weg dem Haus entgegen, unter meinen Schritten knirschten Kieselsteine. Im Auto von Schuten-Ede hatte ich die Sätze ausprobiert, mit denen ich Trümmer-Otto begrüßen wollte, aber als er die Haustür öffnete, mir gegenüberstand und auf mich herabsah, vergaß ich, was ich sagen wollte. Ich hatte ihn viele Jahre nicht gesehen und nun sahen mich Trümmer-Ottos graue Augen aus einem Kopf an, der viel zu groß geworden war für die kleinen Augen. Wo war der Otto, den ich kannte? Er musste sich in dem mächtigen Körper des Mannes versteckt haben, der im Türrahmen stand und mir entgegenlächelte. Ich starrte ihn an. Trümmer-Otto hatte sich, wie die ganze Stadt nach dem Krieg, nach allen Seiten ausgedehnt. Auch er schien zu staunen. Lackschuhe, Kleid und Locken. Keine Trümmergöre mehr.

Jula?

Ich nickte.

Tritt ein.

Er war feiner geworden. ›Tritt ein‹ hätte er früher nicht gesagt. Ich trat ein. Sein Haus war innen größer als außen, die Flure waren lang, die Wege zwischen den Möbeln weit. Die Teppiche lagen nicht neben-, sondern übereinander wie im Teppichladen. Oder wie früher bei Ingemusch in der Nissenhütte und jetzt auf ihrem Boot.

Sieh dich um, sagte er, gefällt es dir?

Er hatte keinen Kamin und keine Ohrensessel. Keinen Place de la Concorde.

Nehmen wir Platz, sagte er und bewegte sich auf eine Sitzgruppe aus braunem Leder zu. Früher hätte er ›hau dich hin‹ gesagt.

Von hinten war Otto noch eindrucksvoller als von vorne. Ein massiger Rücken, ein Hintern, der sich beim Gehen eigenständig bewegte, als gehöre er nicht zum Rest des Körpers. Trümmer-Otto hatte einmal Beine wie Streichhölzer, jetzt ruhte er auf Säulen. Er ließ sich in einen Sessel fallen und als ich ihm gegenübersaß, erhoben sich auf ein leichtes Nicken ihres Herrn hin zwei spindeldürre Windhunde, die auf dem Teppich gelegen haben mussten und ihn nun majestätisch einrahmten. Sie hatten sanfte, aufmerksame Augen, die sie keine Sekunde von mir nahmen. Diese staubgrauen Gerippe hießen Simon und Jacobus. Ich sah in sechs Augen und drei Gesichter. Ottos runder Kopf zwischen den spitzen Hundeschnauzen – ich habe versucht, dieses Bild festzuhalten. Es ist mir nicht gelungen, in einer Zeichnung auszudrücken, was ich an diesem Nachmittag fühlte. Von zwei sehnigen Tieren beschützte Macht – wie malt man das?

Eine Frau, die er Frau Mette nannte, brachte Kaffee. Und für mich einen Cognac, bat er, und für unseren Gast – er lächelte –

einen Eierlikör. Er sah meinen suchenden Blick, Frau Mette hatte
die Zuckerdose vergessen. Er stand auf, behände für seine Fülle,
holte den Zucker aus der Küche und hatte in der linken Hand einen
Stapel grüner Karteikarten, die er auf den Tisch legte. Den Füller,
den er vergessen hatte, brachte, ohne gebeten worden zu sein, Frau
Mette. Otto versank zwischen Simon und Jacobus, machte keine
Konversation, wusste, dass es um seinen Freund Hans ging, und
sagte in einem Ton, der nicht freundlich und nicht unfreundlich
war, als wäre ich nicht die Jula vom Autoplatz, sondern ein Geschäftspartner: Was soll ich tun?

Er musste nicht sagen, dass er wenig Zeit hatte, er strahlte diesen
Zeitgeiz aus. Er wollte einen Bericht. Übersichtlich gegliedert. Erstens, zweitens, drittens. Wann und wo hat die Geschichte begonnen,
wann wurde sie sichtbar, wie hat sie sich entwickelt, wo stehen
wir jetzt, wie soll es weitergehen. Ich war vierzehn. Ich hatte acht
Jahre mit Großmutter und Hans in einer Wohnung gelebt, in der
ein Krieg ausgetragen wurde, an den ich mich gewöhnt hatte, weil
er vielleicht böse, aber nicht laut war, ein Krieg, dessen Anfang ich
nicht kannte. Woher sollte ich wissen, wo erstens, zweitens, drittens
war. Gab es überhaupt einen Punkt, auf den man hätte zeigen und
sagen können: Hier ist der Anfang und das Ende ist ein verkohlter
Vogel, Kladden mit Zahlen, ein Onkel in der Klapsmühle und eine
Großmutter im Krankenhaus. Und dazwischen spielt ein Stehgeiger im Alsterhaus, der zu den Vollstreckern gehört. Es gab keinen
Anfang und ein Ende war nicht in Sicht. Ich stotterte, verhedderte
mich, wusste nicht erstens, zweitens, drittens auseinanderzuhalten.
Trümmer-Otto wiederholte seine Frage: Was soll ich tun?

Helfen sollte er, wie immer, was denn sonst. So wie er die Handwerker beschafft hatte, um Edes Traum von der Reeperbahnkneipe
zu erfüllen und Ingemuschs Wunsch nach einem Boot auf dem
Kanal. Simsalabimbambasaladusaladim: *Wind des Lebens.* Simsalabim: *Ass im Ärmel.* Ich wollte, dass er noch einmal zaubert, damit
alles wieder gut wird. Simon gähnte, ohne dass seine Augen dabei
kleiner wurden.

Ich begann zu erzählen, was mich in Ottos Villa getrieben hatte.
Wir waren mit der Hochbahn zur Endstation gefahren und dann
zwanzig Minuten auf einer Straße gelaufen, auf der uns kein Auto
und kein Mensch entgegenkam. Die Straße endete vor einer grauen
Mauer. Wir entdeckten eine verrostete Eisenpforte, die sich nicht
öffnen ließ, und gingen so lange an der Mauer entlang, bis wir den
Haupteingang fanden und einen Pförtner. Ingemusch hatte sich als
meine Mutter und mich als Tochter des Insassen ausgegeben. Das
Wort ›Insasse‹ sprach sie so lässig aus, als sei es selbstverständlich,
einen verrückten Ehemann zu haben. Sie nahm den Zettel entgegen,
der unser Wegweiser sein sollte. 9/13/4. Haus neun, Zimmer dreizehn, vierter Stock.

In Abständen, die nichts mit meinem Bericht zu tun zu haben schienen, nahm Otto Merk eine grüne Karteikarte vom Tisch,
kritzelte ein Wort darauf und legte sie zurück. Jetzt, wo ich nicht
mehr stotternd erklären musste, wie alles zusammenhing, konnte
ich erzählen, wie ich es in der Schule gelernt hatte: Und dann und
dann … und dann fanden wir Haus neun, suchten Zimmer dreizehn im vierten Stock und begegneten Gestalten, wie ich sie nicht
einmal in Schuten-Edes Kneipe gesehen hatte. Verbeulte Gesichter
mit verfilzten Haaren. Die Männer stanken nach kalter Pisse und
stürzten sich auf Ingemusch, die sie, weil sie einen weißen Mantel
trug, für die Ärztin hielten. Sie zogen an ihren Armen, sie riefen:
Frau Doktor, Frau Dokter. Ein Greis wollte mich umarmen, Ingemusch stieß ihn beiseite. Die Männer verwechselten uns mit ihren
Frauen, ihren Müttern, Töchtern, Schwestern, Enkelkindern. Sie
riefen: Frieda. Sie murmelten: Olga. Elsa. Anna-Maria. Sie schrien:
Dora. Martha. Wir kämpften uns durch eine endlose und verzwei-
felte Flut aus Namen. Sie ließen nicht von uns ab, auch wenn Ingemusch versuchte, sie von uns fernzuhalten. Sie folgten uns. Wir
hörten ihre Schritte, spürten ihre Nähe. Erleichtert steuerten wir
auf einen Mann im weißen Kittel zu, der um den Hals ein Stetho-
skop trug. Herr Doktor, sagte Ingemusch und hielt ihm den Zettel
hin, wo finden wir das Zimmer dreizehn? Der Mann zeigte uns

einen Mund voller schwarzer Zähne und griff mit beiden Händen nach Ingemuschs Brüsten.

Otto Merk nahm eine neue, grüne Karteikarte in die Hand, notierte eine Idee oder einen Gedanken und legte die Karte auf den Tisch zurück. Die Hundeaugen folgten der Bewegung seiner Hände, dann ruhten sie wieder auf mir. Von Ottos Händen, wenn sie sich bewegten, ging ein angenehmer Duft aus. Herbes Holz, beträufelt mit Zitrone. Er sah auf die Uhr.

Erzähl von Hans.

In Zimmer dreizehn lag ein Mann unter einer Wolldecke, der zu groß war, um Hans zu sein. Trotzdem zog Ingemusch an der Decke und sah in das Gesicht eines Mannes, der sie anstarrte, als hätte er Angst vor ihr. Wir gingen zurück, schnell und ohne einer der lungernden Gestalten auf dem Flur in die Augen zu sehen. Hans fanden wir im Garten. Er saß auf einer Bank und brach in ein lautes, langes Gelächter aus, als er uns erkannte. Otto Merk schrieb ein einzelnes Wort auf eine dritte und einen langen Satz auf eine vierte grüne Karte.

Weiß er, was er getan hat?

Natürlich.

Schämt er sich?

Nein.

Tut es ihm leid?

Nein.

Bist du sicher?

Ja. Er sagte, er habe sich befreit. Endlich befreit vom Rabenaas und ihrem Plappervogel.

Weiß er, warum er das getan hat?

Ja.

Sagst du es mir?

Ja.

Und?

Für meinen Onkel hatte der Vogel an jenem Tag den Namen, den er seit Jahren rief, Hansi, eine Spur anders gerufen als gestern

160

und vorgestern und all die Jahre. Nicht höhnisch, nicht abfällig oder dumm – er hatte einen flehenden Ton getroffen, der meinem Onkel die Seele zerriss. Er war in die Küche gestürzt und hatte den Sittich aus dem Käfig gerissen. Der Vogel war warm und zitterte, was ihn ekelte, und er hörte nicht auf, das einzige Wort zu zwitschern, das er gelernt hatte: Hansi. Mein Onkel hätte ihn in den Garten oder gegen die Wand schleudern können oder direkt ins offene Feuer – stattdessen war diese Eingebung über ihn gekommen, ein Auftrag, dem er folgte. Er fand ein Stück Draht und tat, was er tun musste. Mein Onkel war ruhig gewesen, als er uns vom Tod des Vogels erzählte. Das Tier habe ihm nicht leidgetan. Auch nicht, als es über dem Ofen zappelte und zappelte und nicht aufgab und nicht sterben wollte und aus seinem Hansischnabel immer weiter das Wort kam, das mein Onkel nicht ertrug.

Eine Stunde saß ich vor Otto Merk und seinen mageren Wächtern. Auf dem Tisch lagen acht grüne Karteikarten. Er nahm sie auf, hielt sie wie große Spielkarten in der Hand. Er würde sie in den nächsten Tagen, so stellte ich mir das vor, an Freunde verteilen, die ihm einen Gefallen schuldig waren. Geben und nehmen. Kurze Wege. Schade, dass mein Onkel uns nicht sehen konnte. Er hätte laut und lange gelacht. Wir hätten uns angesehen und gesagt: Das war Otto Merk – wieder mal direkt ab Werk.

Frau Mette brachte mich zur Tür. Vor der Villa stand ein roter Porsche. Der Fahrer ließ den Motor an. Mein Mann, sagte Frau Mette und gab mir die Hand, Paule wird dich fahren. 130 PS. 210 km/h, der Klassiker, die Mutter aller Porsche und ich durfte einsteigen. Man kann einem Porsche die Sporen geben wie einem wilden Gaul oder ihn lenken wie Paule. Butterweich anfahren, fast ohne Geräusch, langsam wie eine Schnecke, die sich kaum sichtbar in Bewegung setzt und sich dann, weil sie ihre Kraft spürt, in eine Rennschnecke verwandelt. Damit es nicht stumm zwischen uns blieb, erkundigte ich mich nach dem Auto und Paule erzählte mir, was ich schon wusste. Der Rennwagen hatte, kaum war er 1963 als Porsche 901 auf der Internationalen Automobilausstellung vorgestellt worden, für

161

Aufregung gesorgt. Die Franzosen, die Paule Franzmänner nannte, hatten sich alle Autotypennummern mit einer Null in der Mitte schützen lassen, sodass der deutsche Porsche ohne Null als 911 Karriere machen musste. Ich ahnte, dass ich ihn nur fragen musste, wie es sich anfühlte, am Steuer einer Rakete zu sitzen, um von Paule mit Bleifuß in einer großen Schleife über die Autobahn vor unser Haus gefahren zu werden, vor dem er, butterweich bremsend, schneckenleise anhielt. Er drehte den Kopf zum Garten. Du wirst erwartet, sagte Paule, stieg aus, öffnete mir die Wagentür und gab mir die Hand und verbeugte sich. War mir eine Freude, Frollein. Er warf einen schnellen Blick auf den Mann, der neben der Haustür im Licht der Außenlampe stand und sich langsam näherte. Na dann, sagte Paule, viel Glück und verzog das Gesicht wie ein Kind vor dem Donnerwetter. Er schien zu wissen, dass dieser Mann nicht mein Vater war, aber auch kein Fremder. Er warf sich in den Wagen und ließ den Motor heulen, dass es eine Freude war.

Hauke näherte sich langsam und unheimlich ruhig. Ein wenig steif, wie ein Roboter. Als wir uns gegenüberstanden, schlug er mir blitzschnell mit der Kraft der Angst, die in ihm in vielen Stunden gewachsen sein musste, mit der flachen Hand rechts und links ins Gesicht. Ich war verblüfft. Ich schrie: Arschloch! Dumme Sau! Ich trat ihm gegen die Schienbeine. Scheißkerl! Ich kannte nicht viele Kraftausdrücke, nur die üblichen und das Wort, das neu auf dem Schulhof kursierte: Kinderficker. Ich versuchte, die Schmerzen im Gesicht zu betäuben, indem ich auf ihn eindrosch, bis mir die Fäuste weh taten. Wie eine Säule stand er vor mir. Er ließ mich toben, er ließ sich beleidigen, anspucken, treten. Als er die Arme hob, erwartete ich den nächsten Schlag, aber er drückte mich an sich und hielt mich fest, als wolle er mich nie wieder loslassen. Ich sah Tränen in seinem Gesicht. Es tut mir leid, Jula, sagte er, es tut mir leid, es tut mir so leid.

So sanft, wie sich Nebel über eine Wiese legt, breitete sich eine Wärme in mir aus, die stärker war als das Brausepulvergefühl, das entstand, wenn ich vom Bett aus Haukes Schritten lauschte. Eine Weile standen wir reglos im Garten. Seine Hande lagen auf meinen

162

Schultern, meine Hände hatte ich um seine Taille geschlungen und hoffte, dass wir hier festwachsen würden. Aber dann löste er mit einem Ruck meine Hände von seiner Taille, murmelte noch einmal ›Entschuldigung, es tut mir leid‹, drehte sich schnell um und ging ins Haus. Ich folgte ihm. Er stieg die Treppe zu seiner Wohnung hoch und sagte noch einmal mit Nachdruck: Jula, Verzeihung, ich habe noch nie jemandem ins Gesicht geschlagen. Wir hatten beide unsere Schlüssel in der Hand. Er ging an meinem Zimmer vorbei, ich folgte ihm. Er öffnete die Tür seiner Wohnung. Er sah mich an, schüttelte den Kopf.

Nein, Jula, nein. Ich sagte: Du musst mich jetzt trösten. Schließ auf.

Wie oft hatte ich ihn von meinem Zimmer aus durch seine Wohnung begleitet, hatte den Schritten gelauscht, vom Flur ins Wohnzimmer, vom Wohnzimmer in die Küche, ins Bad, war ihm auf dem leise knarrenden Weg ins Schlafzimmer gefolgt und hatte mir alles schon einmal vorgestellt. Wie er mich auszieht, wie mich seine Hände streicheln, die nach der Erde aus unserem Garten riechen und als das nun alles wirklich geschah, war es berauschender als alles, was ich mir vorgestellt hatte. Ich lag auf Hauke wie eine schnurrende Katze, hörte ihn eine Weile: nein, nein, flüstern und dann sagte er: Jula lernt Liebe. Lektion eins: Fühlen und gefühlt werden. Ich hatte das Gefühl, mich aufzulösen, vergaß die Zeit … bis mich die scharfe Stimme meines Vaters aus dem Traum riss. Sie schnitt Hauke in zwei Teile und schickte mich auf mein Zimmer.

Am nächsten Tag gab es keinen Gärtner mehr in der Erdbeervilla. Weder mein Vater noch ich machten Hauke zum Thema für zwei Ohrensessel und einen Kamin. Vor dem Feuer die Wahrheit – aber was wäre die Wahrheit gewesen? Der Vorfall war peinlich und für Peinlichkeiten hatten wir keine Sprache. Niemals hätte ich sagen können: Mit Hauke fühlte es sich himmlisch an. Mein Vater probierte es mit Witz. Als ich mich am nächsten Tag stumm an ihm vorbeidrücken wollte, sagte er, wie zu sich selbst: Wenn ich nur wüsste, was sie hat. Sie singt heut so anners.

Ich lief in mein Zimmer. ›Du liebst ja auch Hauke nicht‹, schrie ich und schloss mich ein. Ich heulte ins Kissen, bis ich keine Luft mehr bekam, rief mit geschwollenen Augen den Namen meines Schutzengels, Carla, und weinte, glaube ich, an diesem Tag zum ersten Mal um die zu früh verstorbene Seele, die mich nie mehr trösten und streicheln kann. Immer wieder klopfte mein Vater an die Tür. Juliana, mach auf. Mach bitte auf, Juliana. Er schob einen Zettel unter der Tür durch, auf dem ›Mittagessen‹ stand. Er schob einen zweiten Zettel durch die Tür, auf dem ›Abendessen‹ stand und dann einen dritten. ›Komm raus, bin zwei Stunden fort‹. PS: Wollen wir das Haus weiß streichen lassen? V.

Er schloss die Haustür ab, warf das Gartentor hinter sich zu und erst, als ich den Motor seines Wagens hörte, schlich ich in die Küche. Er hatte den Tisch für mich gedeckt. Ein Löffel, ein Teller, Salz, Pfeffer, eine Schale mit Äpfeln. Neben dem Teller stand eine kunstvoll zusammengesteckte Stoffserviette, steif wie ein Soldat. Wozu die Serviette – er wusste, dass ich mir nach dem Essen mit dem Handrücken über den Mund wischte. Ich hielt das blütenweiße Gebilde für eine Erziehungsmaßnahme und warf es auf den Boden. Die Serviette sprang auseinander. Ich sah viele blaue Druckbuchstaben, angeordnet wie ein Vers im Poesiealbum:

Lerne,
den Schatten des Hundes
von dem des Wolfes zu unterscheiden,
sonst bist du verloren.
V.

Den Spruch verstand ich nicht. Nicht sofort. Aber dass er für eine Botschaft an mich eine teure Serviette versaute, rührte mich. Er schien mich zu mögen, hätte er sich sonst so viel Mühe gegeben? Mit Tinte auf Stoff schreiben ist schwerer als mit Kugelschreiber auf Papier. Ich sah mich um. Auf dem Herd stand ein Topf mit Tomatensuppe, wie ich sie gerne aß. Nicht zu dick, schön scharf, mit Petersilie, Zwiebeln und einem Schuss süßer Sahne. Ich rührte die Suppe nicht an. Carla flüsterte: Na los, probier sie. Ich schuttelte den Kopf. Er wollte Frieden, ich wollte Krieg. Hauke war kein Wolf, wenn er das meinte, er war mein Lehrer für Liebe und mein Vater hatte ihn entlassen. Die Suppe roch wunderbar. Er hatte sie heiß gemacht, bevor er das Haus verließ. Ich starrte auf den leeren Teller. Weinen macht hungrig. Sei schlau, flüsterte der Schutzengel, rühr den Teller nicht an. Salz und Pfeffer lass stehen. Nimm die Kelle, iss aus dem Topf, das fällt ihm nicht auf.

An diesem Abend änderte sich, ohne dass es mir auffiel, das Gefühl für meinen Vater. Ich habe ihn nie Vati genannt oder Vater oder Rudolf, schon gar nicht Papi, er war, seitdem ich bei ihm wohnte, nur irgendein Du, aus dem an diesem Tag Vpunkt wurde. Er akzeptierte den Namen, vielleicht, weil er verstand, dass wir nie Vater und Tochter werden würden. Vpunkt und Juliana waren ein Gespann, das anfing, sich aneinander zu gewöhnen. Er sich an ein Wesen, das nicht mehr Kind war und noch nicht Frau, das er einmal auf den Schlitten gesetzt, abgegeben und verlassen hatte. Acht Jahre lang. Zwischen uns war ein großes Loch aus Zeit, das sich nicht mehr stopfen ließ. Dennoch begann ich langsam, den Mann mit dem schrägen Witz zu mögen, der Sprüche auf weiße Stoffservietten schrieb, das Erdbeerhaus weiß streichen würde, um zu zeigen, dass ihn die traurige Tochter rührt, auch wenn er über ihre Tränen nicht sprechen kann. Vpunkt hatte mich Juliana genannt, das sollte mich älter, erwachsener und für ihn begreifbarer machen. Vielleicht hatte Ingemusch recht, als sie sagte: Ob Vater oder Onkel, Onkel oder Vater – es sind nur Wörter. Wenn dich beide lieben, bist du ein reiches Kind. Ich probierte die Wörter aus. Vpunkt. Vater Hans. So fühlten sie sich richtig an.

Ich litt. Tage, Wochen, Monate. Keine Schritte mehr über mir, die ich verfolgen, keine Stimme, der ich lauschen konnte. Hauke. Ich tröstete mich mit seinem Namen. Die Wohnung über mir war leer. Vor dem Einschlafen stellte ich mich ans offene Fenster. Hauke. Ich schickte seinen Namen in die Nacht, er würde den Mann finden, zu dem er gehörte. Warum wartete er nicht vor der Schule auf mich? Auf meinem Schulweg kam ich an einundneunzig Bäumen vorbei –

warum stand er nicht hinter irgendeinem, um mich zu überraschen? Großmutter hatte von Zetteln erzählt, auf denen Namen und Adressen standen, zwischen die Trümmer geklemmt, in höchster Not geschrieben von Menschen, die sich im Krieg verloren hatten. Suche meinen Mann. Suche meine Frau. Suche mein Kind. Warum hing an keinem der einundneunzig Bäume auf meinem Schulweg ein kleiner Zettel mit meinem Namen und einer Adresse? Ich schlich Männern hinterher, die mit demselben Schritt durch die Stadt gingen wie Hauke durch unseren Garten. Ich machte eine interessante Entdeckung: Mein Herz hämmerte, wenn mir ein Mann entgegenkam, der ihm ähnlich sah. Er musste es nicht sein, damit mir heiß wurde, die Einbildung reichte – wie war das möglich? Großmutter müsste das wissen, aber vielleicht würde sie auch nur sagen: Dafür haben wir kein Lexikon. Ich war nicht schwer zu finden. Er kannte meinen Schulweg. Ich ging davon aus, dass er wusste, wo Ingemuschs Boot lag. Und wenn er all das nicht wusste, hätte er mir nur folgen müssen. Meine Wege waren einfach, die Anzahl der Menschen, die ich besuchte, überschaubar. Wen man finden will, den findet man. Ein ganzes Jahr habe ich gebraucht, um zu begreifen, dass dieser Mann mich nicht suchte.

Der neue Gärtner hieß Johnny. Er kam, wenn er gerufen wurde, und ging, wenn die Arbeit beendet war. Er pflanzte und mähte, schnitt die Hecke und hackte Holz, seine Hände rochen nach Tabak. Aus der Wohnung über mir machte mein Vater eine Unterkunft für Geschäftsfreunde.

Großmutter weigerte sich, zu uns zu ziehen.

Nach dem Vorfall in der Wielandstraße wurde sie von einem Arzt zur Kur geschickt, schluckte die Pillen, die man freizügig verteilte, bis ihr auffiel, dass sich eine Wolke aus Gleichgültigkeit über sie stülpte und in ihren Kopf einziehen wollte. Die Ärzte warben für heilende Gelassenheit, aber die Menschen, die Großmutter im Speisesaal gegenübersaßen, im Kurpark begegneten oder die Zimmer nicht mehr verließen, hatten keinen Glanz in den Augen. Wenn heilende Gelassenheit dazu führt, vernebelt in die Welt zu starren, dann ist das nicht der Weg, das Leben zu verstehen, sagte Großmutter bei meinem ersten Besuch, verschenkte die Medikamente, nahm auf jeden ihrer Spaziergänge eine Frage mit und kehrte erst zurück, wenn sie die Antwort gefunden hatte oder ihr näher gekommen war. Es gab Tage, an denen sie so lange ausblieb, dass sich die Ärzte Sorgen machten.

Wenn ich Zeit hatte, meistens an den Wochenenden, fuhr mich mein Vater zu ihr. Er lud uns zum Kaffee ein, danach ließ er mich mit Großmutter allein. Er vertrieb sich die Zeit im Kurort, besuchte Geschäftsfreunde, besichtigte Kirchen und Klöster und holte mich ab, wenn im Kurheim das Abendessen serviert wurde. Ich verbrachte so viel Zeit mit Großmutter wie nie zuvor. Es war wie am Anfang unseres gemeinsamen Lebens. Sie sagte, was sie dachte, sprach mehr zu sich als zu mir, ich verstand nicht alles, hörte aber gerne zu. Auf einem Spaziergang fragte sie sich, ob sie gläubig sei. An irgendetwas glaubte sie, aber nicht an einen Gott, der auf ihre Gebete wartete. Wenn sie abends gesagt hatte: Lieber Gott gib Acht, dass Jula am Morgen erwacht, dann war das eine Bitte an das Leben, nicht an Gott. Es war das Leben, das ihr Kummer, Schmerz und Glück bescherte, nicht der liebe Gott. Zum Kummer gehörte, dass sie keine

Tochter hatte, zum Glück, dass ihr ein Enkelkind anvertraut worden war. Zum Schmerz, dass ihr dieses Kind gerade, als es ihr tief ins Herz gewachsen war, weggerissen wurde. Nicht von einem Gott, von dem hatte sie sich in zwei großen Kriegen verabschiedet, es war das Leben, das ihr das Kind wegnahm. Dasselbe Leben, das ihr einen Sohn zumutete, der sich in einer Welt eingerichtet hatte, in die sie nicht einziehen mochte. Dieses Leben hatte ihr einen zweiten Sohn beschert, der sie mit kaltem Schweigen marterte und, zu feige, seine Mutter anzuzünden, deren unschuldigen Vogel ins Feuer hängte. So hat sie es gesagt: Vergreift sich an einem kleinen, warmen Tier, statt seine Mutter ins Feuer zu stoßen. So ist das Leben, sagte sie und sein einziger Sinn ist, es anzunehmen. Man erträgt es, man wirft es nicht fort – und weißt du, warum?

Weil alles wieder gut wird?

Falsch. Weil du nur ein Leben hast.

Alles, was Großmutter damals sagte, hörte sich klar und vernünftig an. Sie sah besser aus als in der Wielandstraße, das Laufen hatte sie schlank und zäh gemacht. Als sie alle Feldwege der Umgebung kannte, umrundete sie einmal am Tag den mittleren der drei Seen, die zum Kurheim gehörten. Ich hatte Mühe, mit ihr Schritt zu halten. Sie legte die knapp sieben Kilometer mit großen, gleichmäßigen Schritten zurück, beim Schlendern, sagte sie, schlafe das Gehirn ein. Wie in der Wielandstraße widmete sie sich den Männern, die sie für singende Philosophen hielt: Peter Alexander und Walter Andreas Schwarz. Sie besorgte einen Plattenspieler, schrieb die Schlager, die ihr wichtig waren, Zeile für Zeile, Strophe für Strophe, in ein Vokabelheft. Beim Lesen, sagte sie, würden die Texte zu Gedichten und die Gedichte zu Bildern. So betrat Großmutter die Bühne von Peter Alexander, auf der wir alle unsere Rollen spielen müssen. *Nun ist sie leer, die Bühne*, das verstehst du doch, Jula, nicht wahr: Der Vogel verbrannt, das Enkelkind fortgenommen. Aber: *Das Spiel ist nicht zu Ende*, das Leben geht weiter, *der Vorhang wird sich nicht senken*.

Vpunkt besuchte Großmutter zwei Mal ohne mich. Beim ersten Besuch machte er ihr einen Vorschlag, den sie ablehnte, das Angebot

beim zweiten Besuch nahm sie an. Die Wohnung in der Wielandstraße betrat sie nie wieder. Nach der Kur zog sie in ein Stift in
unserer Nähe, das den Namen Elsa Brandströms trug. Zwei Zimmer,
hoch und hell, ein großes Bad, eine Terrasse, von der aus sie in den
Park gehen konnte, eine schmale Küchenzeile, ein Herd mit zwei
Flammen. Gas. Kein offenes Feuer mehr. Auch kein neuer Sittich.
Mein Vater hatte die Möbel bringen lassen, an denen ihr Herz hing.
Wir konnten zusammen an dem Tisch sitzen, an dem wir uns so
oft in Vatis Kriegsalbum verloren hatten. Die Kommode, in der die
braune Bildertüte versteckt war, wurde nicht mehr abgeschlossen.
Wozu auch – die Bombe war explodiert. Der Globus stand auf dem
Nachttisch neben ihrem Bett, sein Licht knipste sie abends an, ihre
Angst vor der Nacht hat sie nie ganz verloren. Über dem Bett hing
das kolorierte Foto im Silberrahmen. Elf junge Frauen und ein altes
Paar. Jonathan und Jette Lecour – feinste Brautmode seit 1874.

Großmutter war vierundsechzig Jahre alt, als sie mit den Texten
von zwei Schlagersängern ein neues Leben begann. Sie stellte sich
den *Wartesaal zum großen Glück* wie den Speisesaal des Stifts vor,
mit Wänden aus Träumen gegen die Wirklichkeit und Menschen,
die in der Vergangenheit lebten oder sich in die Zukunft träumten.
Niemand im Stift hätte in ihr meine Kittelschürzen-Großmutter aus
der Wielandstraße erkannt. Hier war sie die große, hagere Dame mit
den Kostümen aus gutem Stoff. Nur ich kannte beide Frauen und
hätte nicht sagen können, welche ich lieber hatte.

Vpunkt bezahlte das Stift. Ich brachte jeden Monat einen Umschlag mit Geld, den sie betont achtlos in die Nachttischschublade
schob – Taschengeld vom auswärtigen Amtsvater. Dass sie einen
Teil davon für mich anlegte, behielt sie für sich.

Großmutter las alles, was sie im Stift über Elsa Brandstöm
fand – und erschrak. Wie viel Leben in ein Leben passt! Schau sie
an, sagte Großmutter und zeigte auf das Foto, das im Foyer hing.
Eine kräftige Frau im weißen Kleid und hochgesteckten, üppigen
Haaren. Keine zwanzig Jahre alt. Schau auf ihr Lächeln, sagte Großmutter. Sie lächelt, weil sie weiß, was sie will. Auf dem Bild, das im

Speisesaal hing, trug Elsa Brandstöm eine dunkle Jacke und auf dem linken Ärmel ein rotes Kreuz auf weißem Grund. Auf dem Kopf die Haube einer Krankenschwester. Wieder dieses Lächeln, das für niemanden war. Großmutter bat die Leiterin des Stifts um ein Bild der jungen Elsa Brandström und hängte es so auf, dass sie uns anlächelte, während wir Tee tranken.

An einem Nachmittag sagte Großmutter: Hör zu, wir wollen rechnen: Ich bin jetzt 64 Jahre alt und habe somit 23 360 Tage gelebt, viele Tage, wenn nicht die meisten, vergeudet oder vergessen. Angenommen, ich würde noch sechs Jahre leben …

Großmutter, hör' auf, du wirst 94!

Umso schlimmer.

Die Frauen im Stift, die über neunzig waren, hatten ihr einen Schock versetzt. Nicht, weil sie tatenlos im Sessel saßen, nicht, weil sie sich ohne fremde Hilfe kaum noch bewegen konnten, das gehörte zum Alter – was Großmutter erschreckte, waren die Antworten, die sie bekam, wenn sie fragte, was in den letzten dreißig Jahren mit ihnen geschehen sei. Nichts. Verstehst du, Jula: Sie sagten: Nichts, was sich gelohnt hätte, erzählt zu werden. Wenn das Leben es gut mit mir meint, hätte ich noch dreißig Jahre Leben vor mir. Dreißig Jahre! In ihren Augen stand Entsetzen.

Ist viel Leben nicht etwas Schönes?

Lass uns rechnen, sagte Großmutter: Sollte ich noch dreißig Jahre leben, hätte ich 10 950 Tage vor mir. Was mache ich mit zehntausendneunhundertfünfzig Tagen?

Je öfter ich das Porträt Elsa Brandstöms betrachte, desto sicherer war ich, dass Großmutter sich darin selber sah. Mit zwanzig muss sie so ausgesehen haben. Die Ähnlichkeit erschreckte sie. Der Blick auf das junge Gesicht zwang sie, zwei Leben zu vergleichen. Was hatte diese Frau in ihre sechzig Jahre Leben gepackt! Wie viel gewagt! Wie viele Menschen gerettet. Und sie selbst, Großmutter, hatte schon vierundsechzig Jahre ihrer Zeit abgelebt, wie sie das nannte und der Welt nichts hinterlassen. Kein Buch. Keine Musik. Kein Bauwerk, das ihren Namen trägt. Keine gute Tat. Ich sagte: Hans und Rudi.

Die Namen scheuchte sie davon, als hätte ich zwei Fliegen vor ihr ausgesetzt. Ich sagte: Ich bin eine gute Tat von dir.

Sie nahm mich in den Arm und hielt mich fest. Ja, Jula, du bist eine gute Tat von mir. Trotzdem: Für ein ganzes Leben ist das zu wenig.

In den nächsten Wochen zog Großmutter Bilanz. Für Heldentaten, wie sie Elsa Brandstöm vollbracht hatte, war es zu spät. Der Krieg war vorbei. Auf einen neuen Krieg zu warten, um zum Engel der Schlachtfelder zu werden, war vergeudete Zeit. Sie ging auf die siebzig zu und niemand wünschte sich einen neuen Krieg. Also: Was tun mit dreißig Jahren Zukunft? Eines wusste sie genau: Am Ende wollte sie nicht auf ein Leben zurückschauen wie auf einen leeren Krug. Voll sollte er sein, randvoll. Mit dem Umzug ins Stift war ihr viel Zeit geschenkt worden. Zehntausendneunhundertfünfzig Tage. Sie wollte den Krug füllen – aber wie? Mit was?

Sie prüfte die Möglichkeiten, die das Stift bot. Sie könnte in der Küche helfen, dem Gärtner zur Hand gehen, nach den Kranken schauen. Sie könnte Verantwortung für die Tiere übernehmen: drei Hunde und vier Katzen, zehn Hühner, zwei Hasen und ein Hamster. Es gab einen Mann, der auf einem Pferd ausritt, das außer ihm niemand sah. Auch das Scheinpferd musste versorgt werden. Der Pfarrer wollte sie anlernen, sich Menschen zu widmen, die in anderen Welten lebten. Überall gab es Nischen, in denen Platz für sie gewesen wäre. Überall hätte sie tun können, was man Gutes tun nennt. Sie probierte die Angebote aus, nippte an ihnen. Half ein wenig im Garten, fütterte Hühner, nahm den einen und anderen Hund auf ihre Spaziergänge mit, tröstete, hielt die Hände Sterbender – ließ sich aber nicht festlegen, wollte nirgendwo dauerhaft verpflichtet werden. Das war die erste Erkenntnis: Es ging nicht darum, sich ein wenig nützlich zu machen. Es ging um den Entwurf für dreißig Jahre Leben.

Der Vorfall in der Wielandstraße hätte sie umbringen können. Hat er aber nicht. Den Einzug ins Stift hätte sie verhindern können – hat sie aber nicht. Wenn die Welt eine Bühne war und jeder seine

Rolle zu spielen hatte, dann ging es darum, diese Rolle für diesen Abschnitt des Lebens zu finden.

Zunächst veränderte sich wenig. Großmutter dehnte ihre Spaziergänge aus. Die Regale füllten sich mit Büchern. Sie gewöhnte sich an, mir Dichter vorzustellen, als wären es Menschen aus dem Heim. Die Pearl S. Buck. Sie lernte den Fontane kennen, den Theodor Storm und den Carl Zuckmayer. Die Vicky Baum. Einen Spruch hörte ich nie mehr. Wer grübelt, wird schneller alt. Manchmal sagte sie noch: Für solche Fragen haben wir kein Lexikon. Daran, dass des Menschen Wille sein Himmelreich sei, hielt sie fest. Auch daran, dass es kommt, wie es kommen muss, und die Maus daran keinen Faden abbeißt. Ihre pragmatischen Wenn-Dann-Sätze blieben Weisheiten, die ihr durchs Leben halfen. Wenn du Angst vor der Nacht hast, dann musst du wach bleiben. Oder bei Licht schlafen. Wenn du Pech im Leben hast, dann frage dich, wozu das gut ist. Wenn du schlechte Laune hast, denk an etwas Schönes, und wenn du traurig bist, dann hüpf und lach.

Ihre Angst vor der Nacht hatte sich verändert. Wenn sie wenig schlafen wollte, dann nicht mehr, weil sie einen Stillstand des Herzens fürchtete, einen Raub, einen Mord, eine Gestapo … sie hatte einfach eine Abneigung dagegen, die Nacht in einer Welt zu verbringen, auf die sie keinen Einfluss hatte. Und da die Nächte zu den möglichen dreißig Jahren gehörten, die ihr im Leben blieben, wollte sie sich, wie sie sagte, nicht selbst verschlafen. An einem Nachmittag drückte sie mir ein dickes Buch in die Hand.

Lies, Jula. Seite 139.

Sie hatte die Stelle, die ich vorlesen sollte, angestrichen. Ich las: »Nachdem die Köchin die Fische gereinigt hatte, setzte sie eine Pfanne mit Öl auf das Feuer und legte die Fische hinein, um sie zu braten.« Ich sah sie an. Soll ich das wirklich lesen? Das ist doch …

Ich bitte dich.

Ich las weiter: »Als sie auf einer Seite genug gebraten waren, wandte sie die Fische auf die andere Seite. Aber kaum waren sie umgedreht, als die Köchin mit Staunen sah, wie sich die Wand der

Küche spaltete. Hervor trat ein wunderschönes Mädchen in herrlichen Kleidern, mit kostbaren Ohrgehängen und perlenbesetztem Halsband; an den Armbändern waren große Rubine, in der Hand trug sie einen Myrtenzweig.«

Ich lachte. Es war ›unser‹ Märchen. Wir hatten es immer wieder gelesen und nie verstanden.

Großmutter stand mit dem Rücken zum Zimmer und sah in den Park. Klapp das Buch zu, sagte sie, erzähl mir, wie es weitergeht.

Du kennst die Geschichte, sagte ich, warum willst du sie hören?

Frag nicht, erzähl, was du erinnerst.

Keine Geschichte kannte ich besser, also: Das schöne Mädchen geht zur Pfanne mit den Fischen und die Köchin fällt vor Schreck in Ohnmacht. Das Mädchen berührt einen der Fische mit dem Zweig und sagt: Fisch, tust du deine Pflicht? Und weil der Fisch stumm bleibt, wiederholt sie die Frage noch einmal streng, dann heben alle Fische die Köpfe und sagen: Ja, wir tun ebenso unsere Pflicht wie Ihr. Indem wir unsere Pflicht tun, sind wir zufrieden. Nach diesen Worten stößt das Mädchen die Pfanne um. Die Fische fallen in die Glut und werden schwarz wie die Kohlen im Keller. Dann schreitet das Mädchen durch die Wand, die sich hinter ihm schließt, sodass niemand seinen Besuch bemerken kann. Richtig?

Großmutter drehte sich zu mir um und blickte mich versonnen an. Was meinst du, Fischlein, haben wir die Geschichte je verstanden? Ich schüttelte den Kopf. Es ist ein Märchen.

Auch Märchen haben einen Sinn, sagte sie, also: Warum stößt sie die Fische in die Glut?

Weiß nicht. Weil das Mädchen böse ist?

Großmutter stellte sich hinter mich, legte ihre großen Hände auf meine Schultern und erklärte mir, was sie hier im Stift und ganz in Ruhe begriffen hatte: Das Mädchen ist nicht böse, sagte sie langsam. Es bestraft Dummheit.

Warum sind die Fische dumm?

Weil sie sich haben fangen, schlachten und panieren lassen. Weil sie, schon in Öl schmorend, die Köpfchen heben und zufrieden sind.

Wie lange hatte uns dieses Märchen verzaubert – und nun beendete Großmutter den Zauber mit zwei Sätzen.

Bald kannte sie die Namen aller Mitbewohner. Zweiunddreißig Frauen und vier Männer. Mit dem gleichen Ernst, mit dem sie mir die Erlebnisse der Menschen erzählte, die sie aus den Büchern kannte, weihte sie mich in die Lebensgeschichten der Leute ein, zwischen denen sie beim Frühstück, Mittagessen, Kaffeetrinken und Abendessen saß. Keine Geschichte war ohne Krieg. Keine ohne den großen Hamburger Brand. In allen Geschichten kamen Tote vor, in den Lebensgeschichten der Frauen auch Tötungen, die heimlich zuhause geschehen waren, in Badewannen oder auf Küchentischen. Zu diesen Geschichten gehörten Stricknadeln, Seifenlaugen, giftige Pflanzen und Pilze, Sprünge von hohen Mauern, Boxhiebe und Tritte in den Bauch und, wenn auch das nicht half, der Besuch einer Person, die man Engelmacherin nannte, die einen mit Schmerzen zurückließ und viel Blut. Alle im Stift kannten mindestens eine Frau, die die Tortur nicht überlebt hatte, und alle, mit denen Großmutter sprach, hatten die Prozedur mehr als einmal ausgehalten, und einige hatten aufgehört, die Eingriffe zu zählen. Großmutter veränderte ihre Einstellung zu den Frauen, die untätig in den Sesseln die Zeit vergehen ließen. Sie ruhen aus, sagte sie. Sie erholen sich. Sie finanzieren das Nicht-mehr-leiden-müssen mit der Rente ihrer toten Männer. Das ist gerecht.

Ich weiß nicht, wann Großmutter gefunden hatte, wonach sie suchte. Vielleicht an dem Tag, als sie mich nach zwei Dingen fragte, die sie mir vor langer Zeit geschenkt hatte. Dem Tagebuch und dem Füller. Ich gab ihr beides zurück. Mein Leben war zu kompliziert, um ordentliche Sätze daraus zu machen. Bei meinem Onkel durfte ich Großmutter nicht erwähnen, bei Großmutter nicht den Namen Hans, den Mörder ihres Vogels, nicht die verkommenen Freunde Trümmer-Otto und Schuten-Ede, nicht meine Besuche beim Flittchen Ingemusch, obwohl sich die beiden gut verstanden hätten. Ich durfte bei meinem Vater nicht über Onkel Hans reden, jedenfalls glaubte ich das, nicht über Ingemusch, Schuten-Ede, Trümmer-Otto.

Ich war damit beschäftigt, immer alles richtig zu machen. Niemand außer mir hatte so viele Orte für die Hausaufgaben. Im Haus meines Vaters besaß ich einen Sekretär, bei Ingemusch konnte ich im Bauch des Hausbootes lernen, zur Not auch am Stammtisch in Schuten-Edes *Wind des Lebens* und später, als Trümmer-Otto sein Versprechen einlöste, im Haus meines Onkels – bis er die Tür nicht mehr öffnete. Am liebsten lernte ich am Tisch der Großmutter unter dem ernsten Lächeln von Elsa Brandstöm, das niemandem galt außer dem Leben.

Trümmer-Otto holte Hans aus der Klapsmühle, wie er die Nervenheilanstalt nannte, besorgte einen Arzt, zu dem mein Onkel nie ging, und überließ ihm ein Fischerhaus an der Elbe. Den Auszug aus der Wielandstraße organisierten Ingemusch, Schuten-Ede und die Stammgäste aus dem *Ass im Ärmel*. Tante Lälle hatte recht: Es gab keine Strafe für Vogelmord. Otto Merk hatte seinen Freund Hans nicht im Stich gelassen. Er half, wie er helfen konnte, mit Geld und Leuten, die ihm einen Gefallen schuldeten. Hätte er sich in seinen Freund hineinversetzt, wäre er vielleicht nicht zu dem Schluss gekommen, eine Siedlung mit gepflegten Gärten und wachsamen Nachbarn würde seiner Seele guttun.

Ich hatte Blumen im Arm, Brot und Salz, Ingemusch trug einen Topf mit Gulasch. Als er die Tür öffnete, war ich erleichtert, da stand der Onkel, den ich kannte. Er lachte viel und laut und nicht so schrill wie in der Anstalt, auch war das Lachen nicht mehr so nah am Weinen. Er führte uns durchs Haus. Die Räume waren niedrig, nicht sehr groß, aber gemütlich. Trümmer-Otto hatte die Holzböden schleifen und lackieren lassen. Im größten Zimmer, im Parterre, standen die schweren Sessel aus der Wielandstraße, der Schreibtisch mit den Löwenfüßen, hier lagen, wie früher in Ingemuschs Nissenhütte, die Teppiche übereinander. In der Küche stand ein neuer Gasherd, in der Gästetoilette gab es ein Waschbecken aus Marmor. Luxus pur. Hans öffnete die Tür zum Keller. Sieben weiß lackierte Stufen, kein schwarzer Schlund wie in der Wielandstraße. Ein heller, noch leerer Raum, der eine Werkstatt werden sollte. Im ersten Stock gab es ein Schlafzimmer, zwei Stuben für Gäste, das Bad und eine Tür, die zur Bodentreppe führte.

Ingemusch begriff früher als ich, dass er uns beim Rundgang durch das Haus mehr zeigen wollte als die Zimmer. Er wies auf die Türen hin. Das Wort ›Tür‹ wiederholte sich wie ein Refrain. Das Wohnzimmer hatte eine Tür, das Bad, die Küche. Es gab die Eingangstür, die Tür zum Keller, die Tür zum Boden, das Schlafzimmer hatte eine Tür, die Gästezimmer hatten Türen und alle Türen hatten Schlösser und in jedem Schloss steckte ein Schlüssel. Neun Schlösser, neun Schlüssel. Auf dem Dachboden sagte er: Hier wird ein Stuhl stehen. Ich werde hier sitzen und auf die Elbe schauen. Auch vom Wohnzimmer aus hatte er einen Blick auf die Elbe, aber hier oben sah er mehr vom Fluss, mehr Wasser. Seht, wie es fließt, sagte er, wie es zieht und nicht aufzuhalten ist, und dann träume ich mich in ein kleines Boot, schaue in den Himmel wie Moses und lasse mich vom Wasser über die Elbe in den Atlantischen Ozean ziehen und lande vielleicht in Kuba, vielleicht in Kanada oder bei den Eskimos. Er lachte über die Vorstellung, sich ohne Ruder treiben zu lassen, ohne Kompass, ohne Ziel, lachte beim Abstieg über die Bodentreppe, lachte im Flur, lachte noch im Parterre, brach das Lachen abrupt ab, als wir das Wohnzimmer betraten und in den Garten schauten. Ein kleiner Wald, sagte Ingemusch, das ist hübsch. Fünf Erlen standen nah beieinander wie eine Familie, drum herum verwilderte Weißdornhecken und ausgefranste Holunderbüsche. Im kniehohen Gras stand eine rote Bank, die glänzte, als sei sie frisch gestrichen worden. Die Bäume haue ich um, sagte Onkel Hans, die Büsche werden rausgerissen. Ein Garten ist doch kein Versteck!

Wer soll sich hier verstecken, fragte Ingemusch. Hasen?

Wenn sie kommen, kommen sie von dort, sagte er. Bevor der Satz bei uns angekommen war, hatte er ihn weggelacht und wir saßen in der Küche, aßen Gulasch mit Nudeln und tranken Bier aus der Flasche. Ein paar Mal hatte Ingemusch auf die Uhr gesehen und dazu Sätze gesagt, die unseren Aufbruch einleiten sollten: Also, ich glaube, wir gehen jetzt mal. Oder: Es ist spät, Jula muss ... aber immer, wenn wir kurz davor waren, aufzustehen, kochte mein Onkel frischen Kaffee, bot Plätzchen an, sagte: eine Zigarette noch. Er hielt uns auf, er spürte, dass sich mit dem Einzug in dieses Haus etwas Fremdes in sein Leben geschlichen hatte. Die Art, wie er sich von

Ingemusch verabschiedete, war mehr als nur das Ende eines ersten Besuchs im neuen Haus.

Er hielt sich an ihr fest. Sie standen eng umschlungen vor der Haustür, die Köpfe aneinandergelehnt, die Augen geschlossen. Zwei Menschen, stumm ineinanderversunken. Mir stiegen Tränen in die Augen, weil mich ihre Innigkeit ausschloss und so einsam machte, als hätten sie mich auf einer Insel ausgesetzt. Wie lange haben sie so beieinandergestanden? Sekunden, Minuten, eine Ewigkeit. Was ging in ihnen vor – es war doch kein Abschied für immer, nur ein Tschüss bis zum nächsten Besuch. Ich erinnere mich an diese Umarmung wie an ein schönes, sehr trauriges Gemälde. Das kleine Haus, der Himmel grau wie kalte Asche, auf dem Dach zwei Amseln auf der Fernsehantenne. Die Nachbarin gießt das Tulpenbeet im Vorgarten, ein Mann im Overall poliert seinen Wagen. Die Zeit steht still. Wenn sie kommen, kommen sie von dort. Um nicht immerzu an diesen Satz zu denken, starrte ich auf die kreisende Putzhand des Mannes und sagt leise: V W Kombi Typ 3 mit Stufenheck. Wenn sie kommen, kommen sie von dort.

Abrupt, als habe sie einen komplizierten Gedanken zu Ende gedacht, löste sich Ingemusch von Hans. Sie sagte: Verlass' dieses Haus! Auf dem Boot ist Platz für zwei. Ich fragte mich, was in Ingemusch gefahren war. Warum sollte er das Haus verlassen? Es passte zu ihm. Es war nicht zu klein und nicht zu groß. Die Hausnummer war in Ordnung, einhundertzwölf – niemand hatte darin eine Acht versteckt. Er hatte ein Haus an der Elbe, für das er keine Miete zahlte, ganz für sich allein. Kein Vogel, der nach ihm schrie, kein Versteckspiel mit der Mutter. Besser konnte man nicht wohnen. Eine gute halbe Stunde zum Autoplatz und vor der Tür Sand und Wasser.

Verlass dieses Haus! Für Ingemusch war das ein ungewöhnlich dramatischer Satz. Wie im Kino. Du musst hier abhauen, hätte besser zu ihr gepasst. Oder: Dieser Schuppen ist nichts für dich. ›Verlass dieses Haus‹ hörte sich an, als hätte sie unter dem Dach Gespenster gesehen. Ich kann diesen Satz noch immer hören, nur nachsprechen kann ich ihn nicht. In ihm stecken Liebe und Sorge.

›Verlass dieses Haus‹ war mehr als eine Bitte. Es war ein Flehen. Und ein Befehl.

Mein Onkel stand vor ihr und schwieg. Sein Kopf war gesenkt, er sah seine Freundin nicht an, auch mich nicht. Er starrte auf irgendeinen Punkt seiner Schuhe. Später behauptete er, den Satz nie gehört zu haben, und Ingemusch hat ihn nicht wiederholt. Zum Abschied sagte sie: Lass die rote Bank im Garten.

Es war schon Abend, als sie mich in die Nähe der Erdbeervilla fuhr. Wir blieben nebeneinandersitzen, voller Gefühle, für die wir keine Worte finden konnten. Irgendwie war alles wieder in Ordnung, aber irgendwie auch nicht. Wir starrten auf die Straße und waren mit unseren Gedanken so weit entfernt, dass uns nicht einmal mein Vater auffiel, der, wie er später sagte, sehr langsam an uns vorbeigegangen sei. Es war, als würden wir stumm miteinander die Bilder vergleichen, die der Besuch in uns zurückgelassen hatte. Die Türen und die Schlüssel, der Garten, der ihm mit seinen Bäumen und Büschen nicht geheuer war. Ich sah meinen Onkel auf dem Dachboden sitzen und von der Nussschale träumen, die ihn über die Elbe in den Ozean zieht. Ich hörte sein Lachen auf der Bodentreppe

Was immer passiert, sagte Ingemusch, wir lassen ihn nicht allein – versprochen?

Drei heilige Eide. Versprochen.

Jula, sagte sie, ich weiß nicht, ob ich dem neuen Hans gewachsen bin.

Sie ließ den Motor an. Ich sah ihr nach, bis sie um die Ecke bog. Alles wird gut, rief ich dem Wagen hinterher. Hans hat einen Schutzengel, vielleicht auch zwei. Oder eine ganze Armee.

Vielleicht hätten wir meinen Onkel retten können. Es gab außer seinen Freunden, Ingemusch und mir, meinen Vater und die Ohrensessel am Kamin. Vor dem Feuer die Wahrheit. Aber da lebte ich schon nach einem Gesetz, meiner ersten, eigenen Lebensweisheit: Erzähl niemals alles. Wer schweigt, kann nicht lügen. In Wahrheit wollen Erwachsene die Wahrheit nicht wissen.

Die Tage zwischen dem ersten und zweiten Besuch bei meinem Onkel waren normal. Ich ging zur Schule, danach zur Großmutter ins Stift, zu Ingemusch aufs Boot oder half meinem Onkel, Autos zu verkaufen. Es war 1965. Ich war nicht mehr der Lehrling im Anzug aus Fliegerseide, der Nummernschilder wusch. Ich war sechzehn, trug enge Röcke und Schuhe mit spitzen Absätzen. Kunden, die mich für ein Flittchen meines Onkels hielten und mich Schatzi oder Mausi riefen, verstummten, sobald ich ihnen die neuesten Modelle der Oberklasse von Opel, Mercedes und BMW vorführte. Wenn ich vom BMW 1600 schwärmte, der von Giovanni Michelotti entworfenen Stufenhecklimousine – in sechzehn Sekunden von Null auf 150 –, wurden auch die längsten Beine uninteressant. Die Männer hingen an meinen Lippen, wenn ich von der neuesten Sensation aus Amerika berichtete: Fenster im Karosseriedach! Blick in den Himmel! Schuten-Ede hatte recht. Mein Onkel musste keine Angst haben: Die Zukunft des Autos hatte gerade erst angefangen. Ich war keine Leuchte in Mathematik, aber Zahlen, die mit Autos zu tun hatten, behielt ich mühelos. Im letzten Jahr wurden in Deutschland 2,6 Millionen PKW verkauft. Allein bei VW liefen täglich 5.600 Autos vom Band und es würde eine ganze Weile dauern, bis jede Familie ein Auto hatte.

In zwei Jahren werde ich in meinen grünen Goggo steigen. Ich werde das Nummernschild, das seit zehn Jahren meinen Namen trägt – 10-21-12-1 –, abschrauben und durch ein Nummernschild ersetzen, vor dem mein Onkel sich nicht fürchten muss.

Es war ein ungewöhnlich heller Sommertag. Religion fiel aus, die Sportstunde schwänzte ich und fuhr mit der S-Bahn zu den Landungsbrücken. Wenn ich schnell ging, war ich in einer guten halben Stunde bei Onkel Hans. Gegen unsere Erdbeervilla waren die Häuser in der Siedlung Puppenstuben. In den Vorgärten standen Ginstersträuche oder Rhododendronbüsche, Kletterrosen rahmten die Türen ein, hier brauchte niemand einen Gärtner. Es muss ein Montag gewesen sein, montags ließ Onkel Hans seinen Platz geschlossen, am ersten Tag nach dem Wochenende, sagte er, haben die Leute schlechte Laune, den Traum vom eigenen Auto träumen sie ab Dienstag, ab Mittwoch denken sie ans Wochenende und dann wächst der Wunsch von Tag zu Tag. Donnerstags nähern sie sich dem Auto, auf das sie scharf sind, klopfen aufs Dach, als würden sie einem Kumpel auf die Schulter hauen, setzen sich hinters Lenkrad, fahren Probe, fragen nach dem Preis und am Samstag, Jula, ist es dann so weit – wenn wir Glück haben! Ich kannte seine Statistik, genauso war es. Der Samstag war ein Glückstag. Montags kamen nicht einmal die Probepisser.

Ich grüßte die Nachbarin, die den Rasen sprengte, klingelte an der Tür meines Onkels und wartete. Ich klingelte noch einmal. Wartete, klopfte, rief: Onkel Hans, ich bin's, Jula. Die Nachbarin hob den Kopf.

Geh' hinten rum, er ist zuhause.

Auf der Straße standen zwei Volkswagen, ein Mercedes, ein Ford, ein Motorrad mit Beiwagen – den taubenblauen Opel Rekord A, das elegante Nachfolgemodell des Opel Rekords P2, den mein Onkel in der letzten Woche zur Probe gefahren war, konnte ich nirgends entdecken. Vielleicht ist er unterwegs, sagte ich zur Nachbarin, ich sehe das Auto nicht.

Kannst du auch nicht, dein Onkel parkt nicht vor der Haustür.

Die Häuser im Elfenweg standen nah beieinander, Zäune aus Maschendraht trennten die Grundstücke. Statt mir den kurzen Weg durch ihr Wohnzimmer zu erlauben, zeigte sie auf die Straße: Geh' drei Mal nach rechts, dann siehst du, was der Mann hier angerichtet hat.

Ich lief die Straße zurück und wäre wohl wieder nach Hause gefahren, wenn die Nachbarin meinen Onkel nicht ›der Mann‹ genannt hätte und das Wort ›angerichtet‹ so böse klang, als hätte er ihr Haus angezündet. Die letzten hundert Meter legte ich im Laufschritt zurück – und dann sah ich ihn, den neuen Garten meines Onkels: Er glitzerte und funkelte wie Schnee in der Sonne. Es gab keinen Baum mehr, keinen Strauch, nur etwa tausend Quadratmeter weißen Kies. Vom Gartentor bis zur Terrasse: kleine, blendend weiße Kieselsteine. Und, fast in der Mitte, die rote Bank, die auf dieser Fläche nicht einfach nur leuchtete, sondern ihre Farbe kreischend gegen das viele Weiß verteidigte. Er hatte den Nachbarn nichts angetan, er hatte bei der Verwandlung seines Gartens überhaupt nicht an sie gedacht. Es ging um ihn. Nur um ihn.

Ich schrammte die Gartentür über die Kiesel und näherte mich, Schritt für Schritt, der Verandatür. Ich ging langsam, ich genoss das Geräusch unter meinen Füßen. Es war kein Knirschen, wie es beim Gehen über harten Schnee entsteht, es klang hell, freundlich, als würde ein Bach mit seinem Kieselbett spielen. Die Sonne blendete so, dass ich in der großen Scheibe der Terrassentür nur sah, wie ich mir selber immer näher kam. Erst als ich fast vor mir stand, verwandelte sich das Spiegelbild in meinen Onkel. Er stand hinter der Glastür wie eine Säule. Ich legte meine Hände gegen die Scheibe und rief: Hej, mach auf, du hast Besuch. Er schob die schwere Tür zurück und nahm mich in den Arm. Ich wollte ihn zum Lachen bringen und sagte: Hier können sich nicht einmal Ameisen verstecken. Wir standen im Wohnzimmer nebeneinander und sahen gemeinsam auf die weiße Fläche. Ich war verblüfft und sprachlos, ich hatte so einen Garten noch nie gesehen. Kein Strauch, kein Halm, kein Baum. Kies. Wie eine Fläche aus Eis, nur nicht so glatt. Mein Onkel blieb ernst, als er sagte, der Kies habe die Prüfung bestanden. Von der Garten- bis zur Verandatür hatte er jeden meiner Schritte vernommen, jeden Zentimeter meiner Annäherung, und mein Klingeln und Rufen habe er gehört und gehofft, die Nachbarin würde mich – rechts, rechts, rechts – um den Häuserblock schicken. Das Experiment war gelungen. Das Schrammen der Gartentür über die Kiesel war von jedem Winkel des Hauses aus zu hören gewesen. Ich sah ihn an. In seinen Augen saß kein Schalk. Mein Onkel hatte sich eine Alarmanlage aus Kieselsteinen gebaut.

Und wer hat das alles …

Otto. Wer sonst.

Ich koche jetzt Kaffee, sagte mein Onkel, blieb aber neben mir stehen, und dann versanken wir, ich weiß nicht wie lange, in das, was er hier ›angerichtet‹ hatte. In der Sonne glitzernde Steinchen, abertausend Mal: Weiß. Glatt. Rund. Nebeneinander. Übereinander. Eine surrealistische Landschaft, in der die Augen sich nur an der roten Bank festhalten konnten. Wie mag dieses Stück Land wohl in der Nacht aussehen, wenn der Mond sein Licht auf diesen Garten wirft. Und bei Nebel – wie wird sich der Garten verwandeln, wenn der Nebel über die Elbe kriecht und sich hier niederlässt. Ich sagte: Wie es wohl aussieht, wenn ein Mensch auf der Bank sitzt? Er zog die Tür auf, knirschte über den Kies und setzte sich auf die Bank: die Beine übereinandergeschlagen, die Arme auf die Lehne gestützt. Er lächelte jetzt wie über einen gelungenen Streich. Er konnte nicht sehen, was ich sah: Da war ein Mensch aus der Welt gefallen und auf einem fernen Stern gelandet. Eingerahmt von den Zäunen der Nachbarn und ihren geschorenen Rasen, gestutzten Ligusterhecken, Bohnen- und Tomatenstauden, irgendwo gurrten Hühner – und dazwischen saß mein Onkel in seiner bleichen Kiesel-Alarmanlage.

Er hatte die Arme von der Lehne genommen und sich vorgebeugt. Eine ganze Weile schien er auf seine Füße zu starren, dann plötzlich drehte er den Kopf zu mir und brach endlich in das unbändige Lachen aus, auf das ich gewartet hatte. Jula, rief er, du hast dich geirrt. Unter den Kieseln versteckt sich eine Armee schwarzer Ameisen.

Es gab Männer, die über ihre Kriegserlebnisse schwiegen. Wie mein Vater, aber der musste ja auch nicht reden, der hatte seine Erinnerungen in ein Album geklebt. Klack. Kleine Bilder mit weißem Zackenrand. Sara in Ruhestellung (1) Klack. Sara in Ruhestellung (2) Klack. Es gab Männer, die so oft über den Krieg redeten, dass ihnen niemand mehr zuhörte, was so gut wie Schweigen war. Und dann gab es meinen Onkel Hans, der, was ich zum Zeitpunkt des Besuches in seinem Haus nicht wusste, nur zwei Mal über sich und den Krieg geredet hat. Das zweite Mal mit Ingemusch, das erste Mal, nachdem er an der Haustür geklingelt hatte und nicht in die Arme genommen, sondern nach seinem Bruder gefragt worden war. Er verzieh seiner Mutter, er brauchte sie, es gab niemanden, der ihm näherstand. Er wäre an dem Drama, dem er entronnen war, erstickt, hätte er es nicht sofort erzählen dürfen. Oder so: Er ist an der Geschichte erstickt, weil sich seine Mutter übergeben musste und ihm den Mund mit einem Satz verschloss, von dem sie behauptete, ihn nie gesagt zu haben. Und sollte sie ihn gesagt haben, dann war er um Himmels willen nicht so gemeint gewesen. Ein Missverständnis. Sie bettelte, sie flehte, sie klopfte an seine Tür – mein Onkel hatte keine Mutter mehr, er nannte sie Rabenaas und ging ihr stumm aus dem Weg. Großmutter ließ den Sittich seinen Namen rufen: HansiHansiHansi.

Ich war nicht mehr das Kind, das sich über die Welt freute, die es vorgefunden hatte: Ruinen und Invaliden. Ich hatte verstanden, dass das Wort Krieg zu eingestürzten Häusern, abgerissenen Beinen und Armen gehörte. Ich wusste, dass man alles wieder aufbauen, vieles zusammenflicken oder durch Prothesen ersetzen konnte. Ich hatte zugesehen, wie man Bomben entschärft und wie aus Trümmern neue Häuser entstehen, warum kam niemand auf die Idee, nach einem Menschen zu suchen, der die Bombe hätte entschärfen können, die im Kopf meines Onkels tickte.

Bevor wir an diesem Nachmittag an die Elbe gingen, verschloss er alle Türen im Haus, verteilte neun Schlüssel über seine Hosen- und Jackentaschen und sagte: Jetzt zeig ich dir, wo es den größten Eisbecher der Welt gibt. Ich kann mich an das Eis nicht erinnern, aber ich höre das Quietschen von neun Schlüsseln in neun Schlössern.

Wenn zwischen dem Nachmittag, an dem wir Großmutters Lebenszeit ausgerechnet hatten, und dem Abend, an dem sie mir ihr Tagebuch zeigte, zwei Monate lagen, dann hatte sie keine 10 950 Tage mehr zu leben, sondern nur noch 10 890 – auf einen mehr oder weniger, sagte sie, käme es nicht an. Die Menge Lebenszeit, über die sie nachdachte, war gewaltig genug. Ihr schien das Leben im Stift zu gefallen. Im Buch der Beschwerden gab es viele Eintragungen: Das Essen zu fett oder zu mager. Immer Kartoffeln, nie Reis oder Nudeln. Der Nachtisch eintönig: Vanillepudding oder grüne Götterspeise. Der Kaffee zu dünn oder zu stark und meistens zu knapp. Unter keiner Beschwerde stand Großmutters Name. Sie war diese große, gut gekleidete Person, freundlich und distanziert, die Frau, die lange Spaziergänge machte, mal das Mittagessen, mal den Nachmittagskaffee ausfallen ließ, das Abendbrot gerne allein in ihrem Zimmer aß, aber sich Zeit nahm für die Menschen, die man allein gelassen oder vergessen hatte. Eigentlich gehörte auch Großmutter dieser Gruppe an – wer kam sie schon besuchen? Mein Vater schaute vorbei, wenn er Zeit hatte – wobei er mehr Zeit hatte, als er sich für die Besuche bei seiner Mutter nahm. Er zahlte, das war ihm genug Beweis seiner Liebe – und ihr auch. Großmutter hatte ja mich und ich war so oft bei ihr, dass es fast wie ein Zusammenleben war.

Sie sonderte sich nicht ab und blieb dennoch für sich. Sie half dem Gärtner, wenn er Hilfe brauchte, sie sprang ein, wenn sie sah, dass in der Küche jemand fehlte – so ein Heim war auch nichts anderes als der Haushalt einer großen Familie. Sie sah, wo jemand gebraucht wurde, und war da, ohne sich aufzudrängen. War sie glücklich? Hätte ich sie gefragt, hätte sie gesagt: Ach, Kind, was ist schon Glück?

Bis heute ist um sie herum eine Einsamkeit, die ihr von allen

Menschen allein mein Onkel nehmen könnte. Oder Alma, wenn es sie gäbe. Sie wäre die Einzige, der sie sich anvertrauen würde. Für mich war das Gesicht meiner Großmutter von einem feinen Schleier umgeben, der nicht jede ihrer Regungen freigab. Wie die Gesichter der Puppenbräute im Schaufenster von Jonathan und Jette Lecour.

Niemand außer mir wusste, dass sich Großmutter mit einer Zahl herumschlug, die jeden Tag kleiner wurde, aber ungeheuerlich blieb. 10 890 Lebenstage, die sie nicht vergeuden und nicht dem Zufall überlassen wollte. Großmutter begann, Erinnerungen zu sammeln.

Als sie sich dieser Aufgabe stellte, gab es keine Bücher, aus denen sie hätte lernen können, wie das Gehirn mit Erinnerungen umgeht. Im Fernsehen gab es *Das Halstuch* von Francis Durbridge, der Tod der Marlyn Monroe war nicht wirklich ihre Welt, gelitten hatte sie beim Tod von Hans Albers, der mit inneren Blutungen auf der Bühne zusammengebrochen war. Damals habe ich gestanden, dass es auf der Reeperbahn eine Kneipe gibt, die ich auf den Namen *Wind des Lebens* getauft hatte. Sie sagte: Gut so, das wird an ihn erinnern. Im Abendblatt verfolgte sie nicht die Kubakrise am Ende der Welt, näher waren ihr Berichte über die schwerste Sturmflut in Hamburg seit hundert Jahren. 340 Tote. Ja, traurig, sagte Großmutter, und über die toten Tiere mal wieder kein Wort! Wie viele Hunde hat sich der Blanke Hans geholt? Wie viele Katzen mit sich gerissen? Wer zählt die Möwen, die mit zerschmetterten Flügeln in den Straßen liegen? Wer rettet die japsenden Fische, die die Flut, statt sie wieder mitzunehmen, auf den Dächern vergisst?

Es waren die Ameisen auf der Terrasse, die sie auf den Gedanken brachten, Erinnerungen könnten mit Konzentration und Intensität zu tun haben. Eines Morgens, sie hatte absichtslos auf der Terrasse gesessen, fiel ihr Blick auf die winzigen Tiere, die wie ferngesteuert über die grauen Marmorfliesen flitzten, mit ihren sechs dünnen Beinchen ein Stückchen geradeausrannten, inne hielten, mit den Fühlern wedelten, nach rechts rannten, den Lauf stoppten, sich im Kreis drehten, rückwärtsliefen, stoppten, flitzten, stoppten, flitzten. Sie schienen kein Ziel zu haben, aber auch nicht auf der Flucht zu

sein. Flucht sieht anders aus, Flucht hat ein Ziel. Weil sie diese von
Unruhe getriebenen Tiere fesselten, holte Großmutter ihr Tagebuch,
zeichnete das Muster der Fliesen hinein und – so schnell es eben
ging – den wirren Weg der kleinen Ameisen. Das Muster ergab keinen Sinn, der Weg kein Ziel, ein Puzzle ohne Anfang und Ende. Wie
der Weg des Menschen, sagte Großmutter, was meinst du, Jula? Ich
erzählte ihr, dass es zehn Billiarden Ameisen gibt, jedes hundertste
Tier auf der Welt eine Ameise sei und die Spuren, denen sie folgten,
ein Duftstoff sei, den man Pheromon nenne – aber das interessierte
sie nicht. Das Faszinierende an diesem Ameisenmorgen war, dass
sich diese eine Stunde, in der sie ihnen zugeschaut und ihre Wege
ins Tagebuch übertragen hatte, so intensiv anfühlte, als habe sie
einen ganzen Tag mit diesen Tieren verbracht. Vor dem Schlafen-
gehen stellte sie fest, dass die Ameisenstunde in ihrem Gedächtnis
eine Spur hinterlassen hatte. Ein Bild, das sie abrufen konnte. Sie
präsentierte mir ihre Erkenntnis wie eine Forscherin eine Formel:
$IZ=E$. Aus intensiv erlebter Zeit wird Erinnerung. Großmutter hatte
einen Weg gefunden, einen Vorrat an Erinnerungen anzuhäufen,
den sie ins Jenseits mitnehmen konnte.

Niemand merkte, dass Großmutter nach ihrem ›Ameisentag‹ ein
anderes Leben führte. Sie half dem Gärtner, sie half in der Küche,
nur machte sie alles viel intensiver. Man sah ihr die Bäckerin von
Erinnerungen nicht an. Sie blieb einen Tag in der Küche. Sie half
dem Gärtner ein ganzes Wochenende. Sie begleitete Herrn Bittermann, der ihre Nähe suchte, nicht nur auf seinen kurzen Gängen
über den Flur, sie nahm ihn auf ihre Ausflüge mit. Sie zwang ihren
Kopf, während der Gartenarbeit nicht über die Wielandstaße nachzudenken, sie beobachtete stattdessen ihre Hände beim Pflanzen
von Blumenzwiebeln. Sie hörte Herrn Bittermann zu, behielt die
Sätze, mit denen er sich umgab, und fragte mich, ob die Reime
eine Botschaft enthielten. Manchmal rief Herr Bittermann: *Ger-
trude, weiße Blume, was bist du so stolz, es wächst kein grünes Blättlein
am trockenen Holz.* Er sagte: *Ich glaub' nicht an die Dauer jenseits der
Kirchhofsmauer.* Er flüsterte: *Das Schiff geborsten. Das Feuer verschwelt.*

Gerettet alle. Nur einer fehlt. So wie Großmutters Wellensittich den Namen plapperte, den sie ihn gelehrt hatte, leierte Herr Bittermann Verszeilen, die ihm eingepaukt worden waren. *Ich lasse den Freund dir als Bürgen – ihn magst du, entrinn ich, erwürgen.* Die Spaziergänge wurden in Großmutters Erinnerungssammlung: die Tage mit Herrn Bittermann.

Sogar den Morgen, an dem die Heimleitung anrief, weil sich Großmutter nicht von der Stelle rührte, wollte sie nicht vergessen. Keine Pflegerin, kein Mitbewohner und auch ich brachte sie nicht davon ab, auf den Vogel zu starren, der auf der Terrasse lag, der ihr, so schien es, am frühen Morgen, vielleicht schon in der Nacht, auf die Terrasse gelegt worden war. Eine junge Krähe. Sie war nicht tot vom Himmel und auch nicht tot vom Baum gefallen. Sie hatte sich nicht zum Sterben vor die Terrassentür geschleppt. Selbst wenn sie vergiftet worden war, konnte sie nicht an diesen Ort geflogen sein – nicht ohne Flügel. Die Schwingen lagen neben dem Körper, sie waren abgeschnitten worden. Der schwarze Kopf lag auf der Seite. Ein Auge sah in den Himmel. Nie hatte ich ein traurigeres Bild gesehen. Der verkohlte Wellensittig war schaurig – dieses leblose Geschöpf aber war von einer Verlassenheit, die ich mir größer nicht vorstellen konnte. Großmutter hatte den Vogel sofort entdeckt. Schon vom Zimmer aus. Sie hatte nicht geschrien, keine Hilfe geholt, sie war vor die Tür getreten und stehen geblieben. Nicht erschrocken, nur starr. So, wie man auf ein Zeichen schaut, das es am Abend zuvor noch nicht gab und nun entschlüsselt werden muss. Der Pflegerin verbot sie, das Tier in den Müll zu werfen.

Ich sagte: Großmutter, lass uns gehen. Ich zog an ihrer Hand. Großmutter, bitte! Sie schüttelte den Kopf. Nein, Kind ... es ist, wie es ist ... Sie stand vor dem kaputten Vogel wie eine Trauernde. Sie weinte nicht. Sie sah aus, als brächte der Vogel ihr eine Erinnerung zurück, die sie verloren hatte oder tief in sich versteckt. Weil sie, so schien es, nicht unter Schock stand, gingen Heimleiterin und Pflegerin ins Haus. Es war Frühstückszeit, die Arbeit musste getan werden wie jeden Tag. Wie lange standen wir auf der Terrasse?

Haben wir Kaffee getrunken? Ich erinnere mich nicht, in die Schule gegangen zu sein. Ich sehe uns stehen und stehen und auf den Vogel schauen, den die Pflegerin Aaskrähe genannt hatte. Sie war größer als eine Taube, die Flügel, die neben ihr lagen, glänzten wie schwarzes Metall.

Vor dem Feuer die Wahrheit. Zwei Ohrensessel, ein Kamin, Place de la Concorde. Ich war entschlossen, meinem Vater zu erzählen, was an diesem Tag passiert war. Wie Großmutter sich auf mich stützte, wie sie sich aufs Bett fallen ließ. Er sollte wissen, dass ich seiner Mutter den Schweiß von der Stirn gewischt hatte. Ich wollte ihm ihre Stimme beschreiben, als sie sagte: Geh heim, Kind. Wenn Stimmen alt werden können, dann war Großmutters Stimme in einer Stunde hundert Jahre alt geworden. Heiser, als hätte sie zu lange geschrien. Er sollte wissen, was sie sagte, als ich mich in der Tür noch einmal umdrehte: Frag Hansi.

Ich war aufgewühlt. Ich wollte an diesem Tag die Wahrheit sagen. Unbedingt. Gestehen, was ich hinter seinem Rücken tat. Ingemusch und das Nuttenboot, Hans und die Flittchen, Schuten-Ede und die nackten Tänzer. Der Zeitpunkt war gut. Er hatte uns am Abend Rührei mit frischen Krabben serviert. Wir hatten gemeinsam Geschirr gespült und uns in die Ohrensessel an den Kamin gesetzt. Zwischen uns der Tisch mit zwei Gläsern. Ein großes und ein kleines. Ich durfte Wein trinken, weil ihm Wein nur in Gesellschaft schmeckte. Von dem versauten Kind, das ein nachtblaues Glas für Eierlikör hütete, war nicht mehr die Rede. Das Feuer brannte. Er fragte nach meinem Tag und ich hätte einfach anfangen können: Heute Morgen, weißt du, du warst nicht mehr im Haus, da rief die Heimleitung an … aber dann war es, als hielte mir jemand den Mund zu. Drei Sekunden genügen, um aus einem Haus einen Trümmerhaufen zu machen und nur Träume richten Trümmer wieder auf. Einundzwanzig. Zweiundzwanzig. Dreiundzwanzig. Wer schweigt, lügt nicht. Meine heimlichen Welten waren stabil, die Wahrheit hätte sie zertrümmert. Und dann? Vielleicht war es mein Schutzengel, der mir rechtzeitig seine Hand auf den Mund gelegt hatte. Einundzwanzig. Zweiundzwanzig. Dreiundzwanzig. Vor dem Feuer die Wahrheit. Ich sagte: Mein Tag war prima – und deiner?

Im Stift sorgte Großmutter dafür, dass mein Vater von dem Vogel auf der Terrasse nichts erfuhr.

In den nächsten Wochen herrschte in meinen Welten eine Ruhe wie nach einem Blitz, auf den kein Donner folgt. Großmutter hielt die Merkmale des Alltags fest. Einen Gedanken, einen Geruch, ein Gefühl, eine Geste, einen Reim aus dem Gedächtnis des Herrn Bittermann. Am Ende der Woche waren die Notizen der Beweis, dass die Tage gelebt worden waren. Über den zerteilten Vogel auf der Terrasse verlor sie nie wieder ein Wort, nur ihre Augen fragten mich bei jedem Besuch nach einer Botschaft von Hans. Er hatte seiner Mutter nichts zu sagen und ich fragte nicht. Großmutters Stimme war wieder jünger geworden, aber nicht mehr froh. Mein Vater und ich gewöhnten uns an, die Türen im Haus offen zu lassen, so dass wir voneinander wussten, wo wir waren. Ich hielt mich an das Versprechen, das ich meinem Onkel gegeben hatte: Ich lernte oft noch spät am Abend, um Zeit zu haben für die Menschen, die mein Vater mir verboten hatte.

An einem Tag im Dezember, es muss ein Donnerstag gewesen sein, an dem ich meinen Onkel überraschen wollte, war sein Platz leer. Ich ging am Zaun entlang, fand aber nirgendwo einen Hinweis, dass er dort gewesen war oder wiederkommen würde. Die Autos standen an derselben Stelle, an der wir sie vor zwei Tagen abgestellt hatten. Ich fragte den Bäcker und den Metzger – sie hatten meinen Onkel an diesem Tag noch nicht gesehen. Ich trödelte zum Eilbekkanal. Ingemusch sagte: Gestern war er auch nicht dort. Sie hatte an diesem Tag zu viel zu tun, um sich Sorgen zu machen. Sie drückte mir einen eiligen Kuss auf die Stirn. Geh heim, Jula, ich schau morgen nach ihm.

Auf dem Weg zur Erdbeervilla trat ich missmutig jeden Stein beiseite, der mir vor die Füße kam. Kein Hans, keine Ingemusch, ob mein Vater zuhause war, war nicht sicher, und Großmutter ging um die Mittagszeit mit diesem Verrückten spazieren, in dessen Kopf sich ein gutes Dutzend Verse drehte. Ich tat mir leid. Vielleicht spürte ich an diesem Tag zum ersten Mal, dass ich keine beste Freundin hatte, dass ich mich an Erwachsenen festhielt. Oder sie sich an mir. Alle hatten Freundinnen. Ich nicht. Ich musste nicht fragen, warum das so war, ich kannte die Antwort: Freundschaften brauchen Zeit, hatte ich Großmutter einmal sagen hören, Zeit, die ich nicht hatte. Außerdem: Freundinnen erzählten sich alles, während ich einen großen Teil meines Lebens verschweigen musste: Ingemuschs Gewerbe, das Flittchenhaus, nackte Männer und Frauen in Edes Spelunke, den Besuch in der Klapsmühle, und für den Teil des Lebens, über den ich reden durfte, interessierte sich kein Mädchen. Sie prahlten mit den Autos ihrer Eltern, aber das, was das Auto erst zum Auto machte, war ihnen egal. Und eine Großmutter im Stift, die Ameisen beobachtete, machte mich auch nicht zur begehrten Freundin. Trotzig sagte ich mir: Bei niemandem ist es so schön wie auf Ingemuschs Boot und kein Spiel ist spannender, als Autos zu verkaufen. Großmutter würde sagen: Es ist, wie es ist – aber in diesem Augenblick wünschte ich, die Tage wären doppelt so lang und ich dürfte die Erwachsenen lieben und Zeit für eine Freundin haben. Vielleicht war es auch nicht der Mangel an Zeit, vielleicht war ich einfach langweilig mit dem bisschen Leben, über das ich sprechen durfte. Großmutter hatte mehr Zeit als ich. Sie war nicht langweilig, hatte aber auch keine beste Freundin. Auch bei Ingemusch hatte ich noch nie eine Freundin gesehen.

Es muss ein besonders spitzer Stein gewesen sein, gegen den ich trat. Blitzschnell ersetzte der Schmerz im Zeh das traurige Gefühl, ein einsames Kind zu sein, durch eine Erkenntnis, die mich sofort beste Freundinnen vergessen ließ: ER war einsam. Kein Kontakt zum Bruder, keine Versöhnung mit der Mutter. Die Frau, die er liebte, zu beschäftigt, um sich Sorgen zu machen, obwohl es noch nie passiert war, dass mein Onkel an einem wichtigen Verkaufstag nicht auf dem Platz war. Und ich? Trödelte durch die Stadt und tat mir leid. Ich rannte nach Hause, schloss die Haustür auf, rief:

Hallo? Keine Antwort. Auf dem Küchentisch lag eine Papierserviette: Gemüse auf dem Herd. Reistopf unter der Bettdecke. Vpunkt. Hastig schrieb ich: Reis später. Bin bei Hans. Jpunkt.

Die U-Bahn fuhr nicht schnell genug, der Weg war weiter als beim letzten Besuch, der Elfenweg, in dem mein Onkel wohnte, doppelt so lang. Der Tag war klar, es roch nach Schnee. Ich darf nicht zu spät kommen, dachte ich und wollte nicht wissen, wofür es zu spät hätte sein können. Ich rannte an Einfamilienhäusern vorbei, hörte aus einem Garten eine Männerstimme, die mir vertraut war, meinen Namen rufen. Einmal mit ungläubigem Fragezeichen: Jula? Dann als erstaunten Ausruf: Jula! Ich drehte mich nicht um, stürzte auf das Haus des Onkels zu und hämmerte an die Tür. Ich war nicht atemlos, weil ich einen halben Kilometer gerannt war, ich schnappte nach Luft, weil mir die Angst in den Hals geklettert war und auf die Kehle drückte.

Im Haus blieb es still. Die Nachbarin sah aus dem Küchenfenster. Als sich unsere Blicke begegneten, tippte sie mit dem Zeigefinger an die Stirn und formte mit dem Mund ein Wort, das ich verstand: Plemplem. Ich spürte, dass mein Onkel nah war, dass uns nur die Haustür trennte. Ich rief durch den Briefkastenschlitz: Onkel Hans, ich bin's, Jula. Ich hatte recht. Er stand hinter der Tür und als er sagte: Wer ist Jula, dachte ich, wir spielten unser altes Spiel und sagte erleichtert: Ich bin die Nichte der Tochter seines Bruders. Er lachte nicht. Er schob einen Zettel und einen Bleistift durch den Briefschlitz und sagte mit einer Stimme, in der kein Spaß war: Weis' dich aus. Ich wusste, was er wollte. Ich schrieb meinen Namen: 10.21.12.1.

Wir standen uns gegenüber, ohne uns zu sehen. Ich flüsterte, noch immer von der Nachbarin beobachtet, durch den Briefkasten: 8.1.14.19. Mach auf.

Das Schweigen hinter der Haustür erinnerte mich an die Stille in Großmutters Bügelkammer, in der man Hans nicht gehört hatte, als er uns nah sein wollte, aber zu spüren war. Was ging in ihm vor? Worauf wartete er? Jetzt, da ich wusste, dass ihm nichts passiert war, hätte ich nach Hause fahren können. Die Nachbarin klopfte ans Küchenfenster. Als ich den Kopf in ihre Richtung drehte, tippte sie wieder mit dem Zeigefinger gegen die Stirn. Plemplem.

Endlich steckte er den Schlüssel ins Schloss und öffnete die Tür einen schmalen Spalt. Er sah mich an, sagte ruhig und freundlich, als hätte es diese merkwürdigen Minuten nicht gegeben: Jula, komm rein. Ich stürzte auf die Toilette und übergab mich.

Jula, was ist?

Nichts. Ich bin gerannt.

Mein Onkel kochte Pfefferminztee, als hätte ich ihn wegen einer Magenverstimmung besucht. Ich setzte mich ins Wohnzimmer und betrachtete, immer noch fasziniert, seinen Kieselsteingarten. Er war gleißend weiß bei Sonnenschein, glänzte im Regen grau wie das Wasser der Elbe und wirkte jetzt, als aus den Wolken die ersten weißen Flocken fielen, müde und verträumt. Mein Onkel versuchte zu verbergen, dass die Angst ihn peinigte. Er kontrollierte die Tür zum Badezimmer. Abgeschlossen. Er tat, als ob er etwas suchte, überprüfte aber die Türen zum Schlaf- und Gästezimmer. Er schloss sie auf und wieder zu. Er öffnete die Luke zum Dachboden und schob sie zurück.

Onkel Hans. Vater Rudolf. Vater Hans. Onkel Rudolf. Wenn dich beide lieb haben, bist du ein reiches Kind, hatte Ingemusch gesagt. Hans hatte mir beigebracht, mit Buchstaben zu rechnen und mit Zahlen zu schreiben – aber wer erklärte mir, zu welcher Geheimschrift der verkohlte Sittich und die zerrissene Aaskrähe auf der Terrasse gehörte? Es gab nur zwei Menschen, die diese Handschrift lesen konnten. Großmutter und Onkel Hans. Es gab nur einen Menschen, der mit dieser Schrift Zeichen setzte: Hans. Warum tat er das? Warum quälte er seine Mutter? Schutzengel beantworten keine Warum-Fragen, hatte Großmutter gesagt und mir beigebracht, die Welt so hinzunehmen, wie sie war. Mit Trümmern, Krüppeln, Mitschnackern – und nun war ein Kieselsteingarten dazugekommen, der eine Alarmanlage war, und mein Onkel lebte mit der Angst vor Vollstreckern. Sie waren jetzt immer öfter in seiner Nähe. Sie wussten, wo er wohnte. Er sah sie täglich. Der Postbote war einer von ihnen. Er unterschlug die Briefe, die er ihm bringen sollte. Der Mann mit dem Leierkasten hatte vor seiner Tür länger gespielt als bei den Nachbarn. In das Haus am Anfang der Straße, das lange leergestanden hatte, war ein Mann gezogen, der sich den ganzen Tag im Garten aufhielt.

Mein Onkel beendete seinen Kontrollgang durchs Haus. Er setzte sich zu mir.

Sag, Jula, nennst du ihn Vati?

Nein.

Papa?

Nein.

Rudolf oder Rudi?

Weder noch.

Was dann?

Du.

Einfach du?

Ja. Wenn wir miteinander sprechen, nenne ich ihn ›Du‹. Wenn ich über ihn spreche oder ihm eine Notiz auf den Tisch lege, nenne ich ihn Vpunkt.

Und er?

Er sagt Juliana.

Verstehe. Ein Veredelungsversuch.

Er musste nicht rechnen, er wusste sofort: Der Name taugte nichts. In Juliana steckt keine Acht, sagte er, die hat mit uns nichts zu tun, und lachte wieder dieses unbändige, nicht enden wollende Lachen, mit dem ich ihn kennengelernt hatte.

Er hatte das Telefon stumm geschaltet. Fast stumm. Ich hörte es brummen und wusste, wer uns erreichen wollte. Mein Onkel wusste es auch, er ignorierte das Geräusch und deckte den Tisch am Terrassenfenster. Er stellte frisches Brot, Tatar, Zwiebeln und Butter auf den Tisch. Wir mussten nicht darüber reden, wir wussten es beide: Solange das Telefon klingelte, hatten wir Zeit. Wir spiegelten uns in der Scheibe. Es gab uns zweimal, drinnen und gleichzeitig draußen. Wir saßen in einem Zimmer, in dem es warm war, und in einem Garten, in dem sich Schneeflocken auf die Teller, den Tisch, unsere Haare und Hände setzten. Wir waren verzaubert von diesem Bild. Vielleicht war dieser Abend der schönste in meinem Leben und am Ende würde, wie im Märchen, alles gut ausgehen, daran wollte ich glauben.

Das brummende Telefon hätten wir einen ganzen Abend lang ertragen können. Schwer auszuhalten waren die Pausen, in denen es stumm blieb, in denen wir nicht sprachen, nur lauschten und auf das nächste Brummen warteten. Wir konnten beide rechnen. Wenn das Telefon länger als zehn Minuten stumm blieb, hatten wir höchstens fünfzig Minuten. Mein Onkel musste sich vorgenommen haben, mir in dieser knappen Stunde endlich die Geschichte vom schwäbischen Bauernhof zu erzählen. Nicht morgen, nicht in einer Woche, nicht irgendwann – jetzt erzählte er mir von den beiden Männern in Uniform, die im Frieden weiter Krieg spielen wollten und ihn zwangen, ihre letzte Gräueltat anzusehen und darüber zu lachen. Lach, Hans! Lach laut. Lach bis ans Ende deines Lebens! Lach dich tot. Nach dem Krieg wollte er in den Armen seiner Mutter weinen, ihr von Schmitti erzählen, dem Jungen, der auf dem einsamen Hof sein Freund geworden war. Aber seine Mutter erkannte ihn nicht, und später, am braunen Wohnzimmertisch, passierte ihr der Satz, den er nie vergaß und nie verzieh und den sie, das schwor sie bei allem, was ihr heilig war, nie gesagt hatte.

Ich legte meine Hände auf die Hände meines Onkels, einen anderen Trost hatte ich nicht. Wir achteten angespannt auf jedes Geräusch, das uns die Ankunft meines Vaters verraten würde. Eine zugeschlagene Autotür. Schritte vor dem Haus. Die Klingel. Vielleicht würde er klopfen. Oder meinen Namen rufen. Mein Vater muss das Haus gekannt haben, er kam durch den Garten. Wir hörten seine Schritte auf den Kieseln, bevor wir ihn sahen. Ich stand auf und umarmte meinen Onkel, der vielleicht mein Vater war. Ich sah es aus den Augenwinkeln: Mein Vater, der vielleicht mein Onkel war, blieb vor der roten Bank stehen, schüttelte den Kopf und sah

197

uns an. Nicht uns, nur mich. Wie eine Figur in der Schneekugel. Dabei strahlte er einen Willen aus, dem ich mich beugte. Ich löste mich von Hans. Nicht weinen, Jula, sagte er und lachte. Da wusste ich, dass in seinem Lachen immer schon ein Weinen war.

Der Schnee. Der lange Mantel. Der Hut. Für einen Augenblick saß ich zwischen zwei Koffern auf einem Schlitten, auf der Zunge kalte Schneeflocken. Mein Onkel starrte seinen Bruder an und sagte: Rudolf also auch. Ich nahm sein Gesicht in meine Hände. Hab keine Angst, er gehört nicht dazu. Er ist dein Bruder. Er kommt nur, um mich zu holen.

Wenn mich mein Onkel festgehalten hätte …

Er hat mich nicht festgehalten. Ich nahm meine Jacke und ließ mich abführen und wusste, dass das nicht richtig war. Mein Vater hielt mir die Autotür auf, ich trat sie zu und ließ mich auf die Rückbank fallen. Während der Fahrt redete er leise, vertraut, als säße ich neben ihm. Ich hielt mir die Ohren zu, verstand aber die Worte, auf die es ihm ankam. Verrückt. Unberechenbar. Naiv. Das Wort naiv galt mir. Ich begann, die Schneeflocken zu zählen, die auf die Windschutzscheibe fielen. Seinen Augen, die mich im Rückspiegel beobachteten, wich ich aus. Er sagte: Noch elftausendfünfhundert, Juliana, dann sind wir zuhause.

Bevor ich in den Wagen gestiegen war, hatte ich mich noch einmal umgedreht. Mein Onkel stand auf den Kieselsteinen, ein schwarzer Schatten, umtanzt von einer Wolke weißer Flocken. Er hob den Arm. Ich rief: Bis morgen! Morgen auf dem Platz! Er lachte und rief mir etwas zu, was sich anhörte wie: Morgen auf dem Platz!

Während mein Vater den Wagen in die Garage fuhr, schloss ich die Haustür auf, ging schweigend in mein Zimmer und wartete. Jetzt müssten wir reden. Oder schreien. Oder uns prügeln. Wenn nicht an diesem Abend, wann dann? Ich dachte, er würde an meine Tür klopfen, sich für den Eingriff in mein fast erwachsenes Leben entschuldigen, aber er kam nicht. Ich öffnete die Tür einen Spalt und lauschte. Er ging von der Küche ins Wohnzimmer. Er stellte Gläser auf den Tisch, als bereite er einen gemütlichen Abend vor. Er machte all die Geräusche, die ich bei ihm lieben gelernt hatte: Er kehrte die kalte Asche aus dem Kamin, schichtete dünne, morsche Zweige auf, Anmachholz, zerknüllte alte Zeitungsseiten zu Papierbällen. Ich hörte das erste Zischen der Flammen, das zögerliche Knacken, bevor das Holz Feuer fängt, die Flämmchen zur Flamme werden, lodern und fauchen und er einen dicken Holzscheit nachlegt. Als hätte er gewusst, dass ich im Treppenhaus lauschte, sagte er ruhig: Komm, Juliana, wir sind erwachsen.

Er war sanft. Mit seinem zärtlichen Ton nahm er mir die Wut, nicht aber die Unruhe. Wieder ein Abend, am dem ich ihm alles hätte erzählen können. Vom Vogel ohne Flügel auf Großmutters Terrasse, den Ritualen in der Wielandstraße, der Geschichte eines Hasses, verursacht durch Worte. Wie gerne hätte ich an diesem Abend mit ihm über die Gefahr von Worten nachgedacht, die, einmal freigelassen, nicht mehr zurückzuholen sind. Jede Seifenblase hält sich länger. Bevor sie platzt, kann man sie schweben sehen, sogar einfangen und sie sich für ein paar Sekunden auf den Finger setzen. Mit den Worten ist es fatal: Einmal ausgesprochen und es gibt sie nicht mehr. Sie schillern nicht. Sie lassen sich nicht verhaften, nicht dem Richter vorführen, nicht befragen. Man kann sie ohne Beweise schuldig sprechen oder frei von Schuld. Alles hätte ich ihm anvertraut, sogar die Geschichte, die mein Onkel bis zu diesem Abend nur Großmutter und Ingemusch erzählt hatte. Und vor einer Stunde mir. Kein Schutzengel verschloss mir den Mund. Vpunkt war schneller. Er hatte ein anderes Konzept für diesen Abend, er wollte selber reden. Vielleicht, weil er mir die Angst um seinen Bruder nehmen, mich zerstreuen, mich ablenken wollte, wobei ihm nicht auffiel, dass ich gar nicht bei ihm war.

Ich sah das brennende Holz und dahinter meinen Onkel. Er lief durch sein Haus, die Treppe rauf, die Treppe runter, von Tür zu Tür, drehte immer wieder neun Schlüssel in neun Schlössern um und ich hatte nicht die Kraft, zu sagen: Du da vor dem Feuer, hör zu: Hans darf nicht alleine sein. Auch mein Vater sah ins Feuer. Für ihn lag hinter den Flammen das Land, das ihn schon lange beschäftigte. Sein Kopf war nicht bei seinem Bruder, nicht bei mir, sein Kopf war am anderen Ende der Welt. Ich hörte ihn reden, ohne zuzuhören, weil ich das Verbrechen vor mir sah, das vor zwanzig Jahren auf einem schwäbischen Bauernhof vor den Augen meines Onkels geschehen war. Lach, Hans, lach dich tot. Dazwischen ein-

zelne Worte meines Vaters: Afghanistan. 8. November 1933. Kabul.
König Mohammed Nadir Schah von politischen Feinden erschossen.
Intrigen. Wie das in diesen Ländern so ist. Peng.

Ich sah meinen winkenden Onkel. Wollte er mir wirklich ›auf
Wiedersehen‹ sagen – oder hatte mich seine Hand nicht doch
zurückrufen wollen? Der Postbote macht ihm Angst. Der Gärtner
macht ihm Angst. Er fürchtet sich vor einem Leierkastenmann. War
ich taub, als mich mein Vater holte? Es muss in mir geschrien haben: Kehr' um! Lass' Hans nicht alleine! Wie kann man eine solche
Warnung überhören?

Juliana, hörst du zu?

Ja. Wie das in diesen Ländern so ist. Peng. Oder?

Und sein Sohn, hörte ich meinen Vater sagen, Prinz Mohammed
Sahir Schah, bestieg den Thron und wurde König. Mit siebzehn
heiratete er Homairah Begum, sie war dreizehn, weißt du, ich hatte
die Ehre, an ihrem Tisch … das war, warte mal … 1958? Erinnerst
du dich?

Erinnern? Ich? 1958? Ich war neun, als eine Postkarte aus diesem
Land im Briefkasten lag und wir den Globus zehn Mal um sich
selber drehen mussten, bis wir das kleine Land endlich gefunden
hatten.

Mein Vater stand auf, legte einen dicken Ast auf die Glut. 1958
war ich neun, putzte Autoreifen und rieb Nummernschilder blank,
während mein Vater mit goldenem Besteck Lämmer und Fasane
zerlegte. Großmutter nähte Kittelschürzen im Akkord und in Afghanistan dürfen die Mädchen jetzt zur Schule gehen, sagte mein Vater,
und die Universität besuchen. Als er in seinem Vortrag beim Ausbau
enger wirtschaftliche Beziehungen angekommen war, bei den Fach-
leuten aus dem Ausland, mit denen sich Mohammed Sahir Schah
umgab, er einen Staatsbesuch des Königs in Deutschland 1963 er-
wähnte – da war ich vierzehn und wohnte schon zwei Jahre in der
Erdbeervilla –, verstand ich endlich die Botschaft dieses Abends.
Er wollte meine Sorge um den Onkel nicht mit einem Märchen
aus Afghanistan vertreiben. Es ging ihm nicht um seinen Bruder.

201

Es ging um ihn. Er wollte sich absetzen. Er hielt die Verwandlung der versauten Trümmergöre zum Oberschul-Zierfisch für gelungen.

Juliana?

Was für ein trauriger Abend. Er hatte sich um die Wahrheit betrogen. Mich auch. Sein Plan, nach meinem Abitur in dieses Land zu gehen, stand lange fest. Er dachte daran, mich dorthin mitzunehmen. Kabul statt Tombouktou. Wer schweigt, lügt nicht. Er hatte sein eigenes Verhältnis zur Wahrheit vor dem Feuer. Er war wie ich.

Sag was, Juliana!

Wir müssen zu Hans.

Mein Vater schüttelte auf eine Weise den Kopf, die ein Nein für alle Zeiten war.

Ich ließ ihn vor dem Feuer sitzen. Ich legte mich angezogen aufs Bett, stand auf, wusste, dass ich in der Nacht nicht schlafen würde, war zu vernünftig, um einfach loszurennen, und zu vernagelt, um mir etwas Kluges einfallen zu lassen. Ich stellte mich ans Fenster und starrte in den Himmel, aus dem die weißen Flocken immer dichter fielen. Hans hätte mich festhalten müssen. Warum hat er mich ohne Einspruch gehen lassen. Warum kam ich nicht auf die Idee, Schuten-Ede anzurufen. Oder Trümmer-Otto. Oder Ingemusch. Sie wären gekommen, auch nachts um drei. Stattdessen schlich ich in den Flur und versuchte, meinen Onkel zu erreichen. Hartnäckig wie zuvor mein Vater, ließ ich das Telefon läuten, bis es sich abstellte. Immer wieder. Er ließ es klingeln oder brummen. Kam er nicht auf Idee, die Anruferin könnte ich sein? Wollte er nicht mit mir sprechen? Hatte er sich im Schlafzimmer eingeschlossen und schlief? Ich hatte Angst um meinen Onkel, wagte aber nicht, mir ein konkretes Unglück vorzustellen. Ich wählte: drei, eins, vier, neun, sieben.

So lange es Wählscheiben gab, so lange ich meinen rechten Zeigefinger in eines der zehn Löcher steckte, dachte ich: Dreieinsvierneunsieben. Quersumme: 24. Zwei mal vier ist acht. Die Zahl, die uns verband. Die Zahl, mit der ihn seine Verfolger quälen. H, wir kennen dich. Du kannst dich nicht verstecken. Wir finden dich.

Ich fror. Ich war müde. Ich redete mir ein, sein Winken sei ein Gruß gewesen. Bis morgen. Bis morgen auf dem Platz. Hans wird wohl einen Schutzengel haben, hatte Großmutter gesagt. Oder zwei. Oder eine ganze Armee.

Mein Vater wollte sein altes Leben wieder aufnehmen. Reisen. Verhandeln. Beraten. In dieser Nacht, als ich sah, wie die Welt vor meinem Fenster zuschneite, dachte ich das erste Mal darüber nach, was für ein Mensch Vpunkt war. Was er liebte, was ihn bewegte, wen er liebte. Wer ihn liebte. Ich kam gut mit ihm aus, aber ich kannte ihn nicht.

Am nächsten Morgen, es war ein Freitag, ging er früh aus dem Haus. Er hatte den Tisch in der Küche gedeckt. Marmelade, Honig, frische Brötchen. Das gekochte Ei lag warmgehalten im Geschirrhandtuch. In der kleinen Thermoskanne war Kaffee, in der großen heiße Milch. Kinderkaffee für sein Kind. Auf dem Frühstücksteller lag eine weiße Serviette mit einer Menge blauer Druckbuchstaben: Meine liebe Juliana, ich durfte Dich nicht bei ihm lassen. Unter keinen Umständen hätte ich Dich nachts dorthin gefahren. Hans muss gehen, wohin es ihn zieht. Du kannst ihn auf diesem Weg nicht begleiten. Vertrau mir! In Liebe: Vpunkt.

Ich starrte auf die Sätze, bis sie anfingen, auf der Serviette zu tanzen. Er kannte meine Gedanken. Er wusste von meiner Angst. Hatte er keine? War er wie seine Mutter? Es ist, wie es ist, es kommt, wie es kommen muss? Hans muss gehen, wohin es ihn zieht? Wusste er, wohin es seinen Bruder zog? Ich stürmte aus dem Haus. Der Bus war zu langsam, Geld für ein Taxi hatte ich vergessen. Ich rannte Leute um, stieß Kinder beiseite, schrie Ingemusch vom Boot herunter und trieb sie im Auto an: Los! Schneller!

Ingemusch ließ sich nicht hetzen. Ruhig lenkte sie ihren roten Renault über die verschneiten Straßen. Wenn es passiert ist, sagte sie, dann ist es passiert. Ich schrie sie an, sie klang wie mein Vater. Wir halten den Lauf der Dinge nicht auf – welche Dinge? Vor dem Haus des Onkels sagt sie schroff: Du wartest im Auto. Sie schloss mich ein. Sie zog den Schlüssel aus der Manteltasche und schloss die Tür auf. Ich kurbelte die Scheibe runter, hing aus dem Auto wie ein panischer Hund und verfolgte jede ihrer Bewegungen. Ich hörte sie rufen: Hans? Bist du da? Wo bist du? Sie schloss die Haustür auf, horchte, machte ein paar Schritte in den Flur, dann konnte ich sie nicht mehr sehen. Ich war gerade entschlossen, aus dem

Seitenfenster zu klettern, als sie langsam, wie in Zeitlupe, in der Tür erschien. Sie war blass. Über ihr Gesicht liefen Tränen. Sie schloss das Auto auf. Ihre Stimme war ohne Kraft, als sie sagte: Komm, Jula, steig aus. Dein verrückter Onkel frühstückt ganz gemütlich in der Küche.

Wir heulten in seinen Armen. Es dauerte lange, bis wir uns beruhigt hatten. Essen konnten wir nichts. Ihr süßen Spinner, sagte er, was ihr so zusammendenkt, ich liebe euch doch. Sein Lachen an diesem Morgen war warm und ohne Angst.

Wenn du Mut hast, dann spring.

In der Nacht zum Samstag nahm sich mein Onkel das Leben. Ingemusch fand ihn mittags. Es war nicht ihre Art, ihn ohne Ankündigung zu besuchen. Dass sie es dennoch tat, lag an dem Lachen, das sie von ihm mitgenommen hatte. Es war fröhlich gewesen. Ohne Angst. Wieso ohne Angst, fragte sie sich, in seinem Lachen hatte es immer eine Spur von Angst gegeben. In der Nacht wachte sie von der Erinnerung an dieses Lachen auf. Sie sah auf die Uhr – zehn nach drei. Sie stand auf, schenkte sich ein Glas Whisky ein, sah auf das dunkle Wasser des Kanals und trank, um müde zu werden, einen zweiten Whisky. Dann fiel sie in einen unruhigen Schlaf. Sie stand um sieben Uhr auf, um neun kam eine Kundin zum Waschen und Föhnen, um zehn der Mann, der sich täglich rasieren ließ. Um elf war ein Satz in ihrem Kopf, der sie verblüffte: Was, wenn nicht er die Angst besiegt hatte, sondern die Angst ihn? Sie rief ihn an. Er ging nicht ans Telefon. Sie fuhr zum Platz. Das Tor war verschlossen. Sie war froh, sagte sie später, dass ich in der Schule war und nicht schon wieder neben ihr im Auto saß. Die Fahrt war eine gespenstische Wiederholung des gestrigen Tages. Es schneite. Sie fuhr langsam. Wir halten den Lauf der Dinge nicht auf. Wenn es passiert ist, ist es passiert.

Sein Auto stand vor dem Haus, obwohl er niemals vor der Haustür parkte.

Sie schloss die Haustür auf, rief leise: Hans? Dann lauter: Hans! Die Türen waren verschlossen, die Schlüssel steckten in den Schlössern, sie suchte ihn in allen Räumen. An einem Samstagvormittag spazieren zu gehen, passte nicht zu ihm. Sie ging zweimal in den Keller, schaute unter alle Betten, öffnete den Kleiderschrank und verbot sich, an die letzte Möglichkeit zu denken. Lieber rief sie immer wieder: Hans! Hans! Hans! Zum Schluss weinte sie seinen Namen. Sie übersah die Briefe auf dem Wohnzimmertisch. Sie hat mir die Minuten, die folgten, genau geschildert. Sie stand im Wohnzimmer und sah in den Garten. Die rote Bank war zugeschneit, im Schnee auf den Kieseln sah sie Spuren spindeldürrer Vogelkrallen. Sie wollte die Zeit anhalten, aus Sekunden Stunden machen, aus Stunden Tage, aus Tagen Jahre, sie wollte umfallen und erst wieder zu sich kommen, wenn alles vorbei war. Sie klammerte sich an seinen Namen, wiederholte ihn wie ein Mantra, nannte ihn ›Hansi‹, was er nur ihr gestattet hatte und nur in Augenblicken großer Innigkeit. Sie wusste, dass er dann an Schmitti dachte, an den Hof und den Baum und die Unmöglichkeit, das alles zu vergessen. Ingemusch war zwanzig und sah aus wie vierzehn, als er sie vor der Eisdiele in der Langen Reihe ansprach. Sie war ein mageres Mädchen mit schönen Augen, noch nicht lange im Gewerbe. Sie sah den eisleckenden Kindern zu und er fragte nicht nach ihrem Preis, sondern: Magst du Himbeereis mit Sahne? Der Anfang ihrer Geschichte hatte zwei Farben: Rot und Weiß. Wie der Garten. Er wollte sie nie ganz für sich haben, aber öfter lieben dürfen als andere Männer. Und länger und anders als Schuten-Ede und Trümmer-Otto. So wurde Ingemusch das Lieblingsflittchen meines Onkels, die Vertraute, die er in sein Leben schauen ließ, und er war ihr Kunde, Geliebter und Freund.

Sie hörte das Ticken der Küchenuhr. Sie stand in seinem Wohnzimmer und zählte die Sekunden. Sie würde nicht umfallen, sie wusste, was zu tun war. Einen Augenblick lang unterdrückte sie den Impuls, ins Auto zu steigen, davonzufahren und das Haus sich selbst zu überlassen. Weil aber ein Verzögern kein Entkommen war, befahl sie sich, Schritt für Schritt, Stufe für Stufe, in den ersten Stock zu gehen. Sie zog die Leiter herunter, die zum Dachboden führte.

Zuerst sah sie die Schuhe mit den Socken. Dann die Hosenbeine, den Gürtel, das frische, weiße Hemd. Dann Hals und Kopf. Er hing im Tau, ganz still. Wie ein Schlafender. Die Augen geschlossen, den Kopf wie demütig nach vorne geneigt. Was sie dann tat, war ihr, als sie mir davon erzählte, völlig unverständlich. Sie hob den Stuhl nicht auf, den er von sich gestoßen hatte. Sie setzte sich dem toten Mann gegenüber auf den Boden. Jula, sagte sie, es mag verrückt sein: Wenn ich einen Fotoapparat gehabt hätte, hätte ich sein Gesicht fotografiert. So sanft. So friedlich. Völlig erschöpft, aber frei von Angst. Und dann dachte ich: Wie schön die letzten Bilder waren, die er mit sich nahm. Schneeflocken vor dem Fenster und hinter der zarten, weißen Wand der schwarze Fluss, die Elbe auf dem Weg zur Nordsee. Erinnerst du seine Worte, als wir zum ersten Male auf dem Dachboden standen? Seht, wie es fließt, das Wasser, hatte er gesagt, wie es zieht und nicht aufzuhalten ist. Dann hatte er sich vorgestellt, er läge in einem kleinen Boot ohne Ruder, wie Moses, schaute in den Himmel, ließ sich von der Elbe in den Atlantik ziehen und landete in Kuba, Kanada oder bei den Eskimos.

Der Notarzt gab den Zeitpunkt des Todes mit elf Uhr vormittags an.

Wir fragten niemanden, wir beschlossen, ihn mit einem Seemannsgrab von uns gehen zu lassen. Vorher sahen wir uns den liebsten Mann, den wir auf der Welt hatten, noch einmal an. Er lag, bevor er in die Flammen gefahren wurde, in einem hellen Holzsarg. Ich hatte Blumen mitgebracht und Ingemusch eine Schere. Sie schnitt sich die langen, blonden Haare ab und legte sie ihrem Hans über das erschöpfte Gesicht. Ich sagte: Ich auch.

Ohne Widerspruch schnitt sie mir die Haare raspelkurz und vermischte meine Haare mit ihren Haaren auf seinem Gesicht – damit er die Flammen nicht sah. Als ich anfing zu weinen, zog sie mich fort. Er hat unsere Haare, sagte sie, unsere Tränen braucht er nicht. Es war Mittwoch, der 7.12.1966. Sieben und zwei sind neun, minus eins ist acht. Hans hatte uns mit 44 Jahren verlassen. Ich war 17 Jahre alt. Das war der Tag, an dem ich vor Kummer erwachsen wurde.

Zwei Liebesbriefe hatte er geschrieben. Meiner begann mit vier Zahlen: 10.21.12.1. Jula. Ich erbte seine Fotos. Er schrieb: Nimm den Schreibtisch mit den Löwenfüßen und denk an mich, wenn du dort sitzt. Er schrieb: Verzeih diesen Abschied. Ich habe mir nichts angetan, ich habe mich erlöst. Weine nicht. Der Platz gehört dir. Ich bin dein Vater.

Ich erbte zwei Volkswagen, einen Opel Rekord, einen fast neuen Ford 12M, einen Renault 16, der 1966 Auto des Jahres wurde, und einen leicht verbeulten Lamborghini Miura: 12 Zylinder, fast vierhundert PS, grasgrün wie mein alter Goggo, nur schneller, 300 km/h. Der Vater aus der Erdbeervilla machte einen fairen Vorschlag. Ich durfte die Autos selber verkaufen, das Geld würde er für mich anlegen. Den Platz verpachtete er. Ingemusch konnte ihren Brief jahrelang nicht lesen, ohne zu weinen. Als er sie nur noch traurig machte, aber nicht mehr zu Tränen rührte, verbrannte sie ihn. Sie kannte jedes Wort und würde keines vergessen. Mein Onkel hatte ihr Geld vererbt, mit dem sie einen feinen Salon in der Innenstadt einrichtete. Solange die Trauer uns wehtat, trafen wir uns auf dem Boot, dann zog Trümmer-Otto seine schützende Hand zurück und unser *Ass im Ärmel* verschwand so lautlos vom Eilbekkanal, wie es aufgetaucht war. Simsalabim. Als Großmutter vom Tod ihres Sohnes erfuhr, entdeckte ich – einen Lidschlag lang – eine so große Hoffnung in ihrem Gesicht, dass ich kaum wagte, es zu sagen.

Kein Brief für dich, Großmutter.

Sie hatte noch nie ein liebes Oma-Gesicht – aber als der Sohn, der ihr von beiden Kindern der liebste war, sie ohne Abschied, ohne Erlösung, verlassen hatte, schrie sie. Hoch und spitz. Das war nicht Trauer, das war pure Wut. Ihr Hansi hätte sich, bevor er sich das Leben nahm, entschuldigen müssen. Sie hatte nie gesagt, was er unterstellte. Er hätte nicht gehen dürfen. Nicht so. Er hatte nicht das Recht, das Leben, das sie ihm geschenkt hatte, wegzuwerfen. Großmutter war 68 Jahre alt und hatte nach unserer Rechnung noch 9490 Tage zu leben. Nach dem Tod ihres Sohnes, der ohne ein Wort der Versöhnung gegangen war, verlor meine Großmutter nach und nach die Neugier auf die Welt, in der sie lebte. Sie sammelte keine Erinnerungen mehr. Es ist, wie es ist. Auf der Lebensbühne von Peter Alexander saß eine Frau, die ihre letzte Rolle angenommen hatte. Sie las. Dostojewski. Tschechow. Gorki. Die Dramen, die in Büchern stattfanden, waren schlimmer als ihre. Das tröstete sie.

Mein Vater saß am Steuer, Ingemusch neben ihm, ich auf der Rückbank. Der 19. Dezember war ein Montag. Wir waren früh gestartet, der Kapitän der *Alwine* wollte um zehn Uhr ablegen und zwischen Hamburg und Büsum lagen hundert Kilometer. Die Reederei hatte für die Bestattung einen Tag mit ruhiger See gewählt. Die Sonne schien, der Himmel war hoch und weit. Montag, der 19. Dezember 1966 war ein klarer, kalter Tag. Wir warteten vor der *Alwine* auf den Kapitän und den schwarzen Wagen, mit dem die Urne kam. Alle, die sich hier nach und nach einfanden, waren Freunde. Trotzdem war es nicht gelungen, meinen Onkel vor dieser Reise zu bewahren. Großmutter hatte sich geweigert, ihren Sohn zu begleiten.

Trümmer-Otto fror im gelben Kaschmirmantel. Neben ihm stand Schuten-Ede in Lederkluft – er war mit dem Motorrad gekommen. Eine BMW R 27, Baujahr 1964, Einzylinder-Viertakter, Kardanantrieb. Er hatte mich ein paar Mal mitgenommen. Kein Knattern, kein Dröhnen, die R 27 war eine leise, sanft schwingende Reisemaschine. Ingemusch hatte die Flittchen informiert. Ich erkannte Jeanette und Manon. Francine, Julienne und Juanita. Sie sahen mit verheulten Gesichtern dem Totenwagen entgegen. Der Kapitän nahm die Urne in Empfang und verbarg sie diskret unter einem Fischernetz in der Kajüte. Wir bestiegen das Schiff, die Flagge war auf Halbmast gesetzt, wir waren an diesem Morgen das einzige Trauerboot im Hafen. Über uns stand eine Wolke aus kreischenden Möwen. Kurz bevor wir ablegten, sprang eine Frau mit wehenden Haaren aus dem Taxi. Es war das Fräulein Voss, die sehr saubere Lehrerin mit den sehr blauen Augen und dem Unterrichtsfach, das meinem Onkel so viel Angst gemacht hatte. Ingemusch sah auf die Uhr. Mehr zu meinem Vater als zu mir sagte sie: Er wird es nicht geschafft haben. Wer, fragte ich, wer hat es nicht geschafft?

Hauke.

Hauke??

Na, der Gärtner. Der Nachbar, der mir im Trubel von Polizei, Notarzt und Krankenwagen beigestanden hat. Hab ich nicht erzählt? Ich schüttelte den Kopf und wurde rot. Mein Vater lächelte.

Elf Menschen sind eine Gruppe, der es, ob sie will oder nicht, schnell gelingt, der Trauer das Schweigen zu nehmen. In der Kajüte gab es Bier, Würstchen und Kartoffelsalat, belegte Brote und Schnaps gegen die Kälte. Schuten-Ede kannte Francine und Manon, Trümmer-Otto suchte die Nähe meines Vaters. Sie schienen sich nicht fremd zu sein. Juanita trank schnell hintereinander zwei Schnäpse, rollte sich auf der Kajütenbank zusammen und schlief ein. Ede deckte sie mit seiner Motorradjacke zu. Francine zerpflückte Brote und warf die Brocken den über uns kreisenden Möwen entgegen. Ingemusch und ich blieben an Deck, unter der Mütze die geschorenen Haare, aneinandergelehnt und leergeweint. Als der Möwenschwarm einen Fischkutter entdeckte, verließ er uns, um sich kreischend auf die Abfälle zu stürzen. Das Fräulein Voss gab Ingemusch die Hand, mich nahm sie kurz in den Arm. Ingemusch sah mich mit einem Blick an, der heißen konnte: Wer ist die denn? Oder: War da was? Das Schiff stampfte der Stelle im Meer entgegen, an der der Kapitän die Urne über ›rauem Grund‹ zu Wasser lassen würde. Der ›raue Grund‹ ist ein unsichtbares Grab, über dem nicht gefischt werden darf.

Eine Silbermöwe blieb uns treu. Sie war jung, ihr Gefieder noch braun. Ruhig schwebte sie über dem Boot. Ab und zu ein spitzer Schrei. Ingemusch sagte: Hans hat eine Trauermöwe.

Der Kapitän drosselte den Motor, die *Alwine* wurde langsamer. Wir dümpelten in der Nordsee, neunzig Minuten vom Ufer entfernt, irgendwo zwischen Büsum und Helgoland. Der Kapitän stellte den Motor aus. Er holte die Urne an Deck, um ihn herum standen die Trauergäste, alle mit einer weißen Lilie in der Hand. Auch die müde Manon. Mein Vater hatte den Arm um mich gelegt. Auch um Ingemusch. In den großen Händen des Kapitäns ruhte die Urne

212

wie auf einem Altar. »Wir sind hier zusammengekommen«, sagte er bedächtig, »um die Asche unseres Freundes Hans auf Hoher See beizusetzen. Der Verstorbene hat keinen Grabstein gewünscht und kein Denkmal, er hat keinen Anspruch an die Lebenden. Er hat sich das Verlöschen gewünscht. Er kehrt zurück in die Zeitlosigkeit, er kehrt heim ins Meer, aus dem alles gekommen ist.«

Ich sah Ingemusch an. Sie schüttelte den Kopf. Unser Hans soll sich das Verlöschen gewünscht haben? Er war 44 Jahre alt. Niemals wäre er freiwillig in die Zeitlosigkeit zurückgekehrt. Es war die Angst, vor der er geflohen war. »Bis hierher haben wir dich begleitet«, sagte der Kapitän. »Friede deiner Asche. Nun musst du deinen Weg alleine gehen.« Er hat sich das Verlöschen nicht gewünscht. Warum sollte er Ingemusch verlassen, warum mich? Warum seine Freunde? Voller Freude hätte er noch viele Jahre alte Autos verkauft. Nach altem Seemannsbrauch wurde die Schiffsglocke achtmal angeschlagen. Acht ›Glasen‹ sind das Ende einer Wache. Schichtwechsel. Seine letzte Acht. Wie in Zeitlupe glitt der Schatten der Möwe über die Planken, und in diesem Moment, auf diesem Boot mit den trauernden Menschen, wusste ich, wer meinen Onkel auf dem Gewissen hatte. Es waren die Männer, die in den ersten Tagen des Friedens zwei Kindern den Krieg erklärten. Mein Onkel suchte sie nicht, ließ sie auch nicht suchen, weil er wusste, dass man sie nicht finden würde. Ich sagte Großmutter, dass ihren Sohn Schmerz, Ohnmacht und Wut in den Tod getrieben haben.

Behutsam ließ der Kapitän die Urne ins Meer gleiten. Wir starrten auf das kleine Gefäß, das beschwingt auf dem Wasser schaukelte, ein fast heiterer Gruß an die Lebenden. Mein Vater trat an die Reling. Nach langem Schweigen sagte er schlicht: Kleiner Bruder, hab es gut dort, wohin es dich treiben wird. Er warf die Lilie ins Wasser. Schuten-Ede rief: Geh mit dem Wind des Lebens, Kumpel. Ahoi. Die Flittchen küssten die Lilien, bevor sie sie ins Wasser warfen. Trümmer-Otto hatte Tränen in den Augen. Er sagte nur: Hans, mein Freund … Es war verboten, etwas anderes als eine Blume ins Meer zu werfen, dennoch ließ Otto zusammen mit der

213

Lilie einen Gegenstand ins Wasser gleiten, der zu schnell unterging, als dass ich ihn erkennen konnte. Ich nahm mir vor, ihn zu fragen, und vergaß die Frage, bis sie mir zwanzig Jahre später, bei meinem zweiten Besuch in seiner Villa, wieder einfiel. Die Lehrerin warf ihre Blume stumm ins Meer, dann schob mich Ingemusch an die Reling. Wir sahen die schaukelnde Urne und stellten uns keine graue Asche vor. Wir dachten Sätze, die sich nicht sagen ließen. Wir hatten den Mittelpunkt unseres Lebens verloren. Wir sahen unsere Haare auf seinem Gesicht. Ich hörte seine Stimme. Jula, hast du Mut? Dann spring! Ich wäre von jedem Turm dieser Welt gesprungen, wenn ihn das lebendig gemacht hätte.

Wir traten von der Reling zurück in die Arme meines Vaters. Der Kapitän ging ins Steuerhaus, warf den Motor an und ließ das Boot langsame Kreise um die Urne ziehen. Nach der dritten Umrundung war das Wasser im Kreis spiegelglatt. Still saß die Urne auf einem Bett weißer Lilien. Dreimal erklang das Schiffshorn: Das war der Abschied. Und dann: Volldampf voraus, vorwärts, zurück zur Küste. Alle hatten der Urne den Rücken gekehrt und sahen dem Hafen entgegen. Ich nicht. Ich wollte nicht zurück in ein Leben ohne Hans. Ich konnte meine Augen nicht von der immer kleiner werdenden Stelle im Wasser lösen, wo die Urne tanzte. Sie würde sich innerhalb von achtundvierzig Stunden auflösen, so war es vorgeschrieben. Ich schloss die Augen. Nie würde ich die Einsamkeit vergessen, die um das kleine Gefäß entstand und mit jedem Meter größer wurde. Wir ließen meinen Onkel allein. Dort ist er nicht mehr, sagte Ingemusch und drehte mich um.

Als Erinnerung überreichte der Kapitän jedem von uns den Ausschnitt einer Seekarte. Unsere Urne wurde nördlich von Tonne Elbe 4 bei 54 Grad 08 Minuten Nord und 8 Grad 21 Minuten Ost über rauem Grund im Meer versenkt. Für mich lag Onkel Hans in einem Boot ohne Ruder und landete irgendwann in Kuba, Kanada oder bei den Eskimos.

Seine Urne konnte ich nicht besuchen, also schuf ich Orte, an denen ich ihm nah war. Ein Ort war die Wand, die ich mit seinen

Fotos tapezierte und versuchte so, von allem, was wir erlebt hatten, nichts zu verlieren. Vpunkt nannte die Bilderwand: Altar. Er irrte. Ich betete nicht. Ich weinte, ich redete mit Hans, ich versuchte, das Problem zu lösen, bei dem mir niemand helfen konnte. Wie spreche ich in Zukunft über meinen Onkel, wenn er doch mein Vater ist? Wie über meinen Vater, sollte er mein Onkel sein? Wer hat sich das Leben genommen? Mein Onkel oder mein Vater? Wäre meine Trauer eine andere, wenn ich wüsste, dass ich meinen Vater und nicht meinen Onkel verloren hätte? Die Fragen quälten mich. Von wem träumte ich, wenn ich von dem Mann träumte, den die Angst aus dem Leben getrieben hatte? Von meinem Vater oder meinem Onkel?

Sooft ich konnte, ging ich dort spazieren, wo ich ihm am nächsten war. Es war der Teil des Elbufers, auf das sein letzter Blick gefallen sein musste. Hier konnte ich weinen, wenn die Trauer so weh tat, als wäre ich verprügelt worden. Hier warf ich mit Steinen nach Möwen, die erschreckt aufflogen. Niemand hörte, wie ich in ihr Kreischen hinein seinen Namen rief: Hans. Immer wieder, bis ich alle Möwen vertrieben hatte und heiser war. Ich saß wieder einmal erschöpft im Sand und versuchte meinen Kopf aufzuräumen wie ein unordentliches Zimmer.

Meine Mutter hatte zwei Männer geliebt. Hans und Rudolf. Ingemusch hatte Recht. Es waren die Wörter, die alles verwirrten: Onkel und Vater, mein und dein. Wenn es nur noch Namen gäbe – Hans und Rudolf –, dann wüsste ich sogar im Traum, um wen ich trauerte: Es war Hans, der, solange er lebte, wie ein Vater für mich war. An diesem Abend sagte ich Vpunkt, dass ich ihn in Zukunft Rudolf nennen würde. Er sah mich mit seinen erstaunten Augen an und nickte. Wenn ich dein Freund bleiben darf, soll es mir recht sein.

Das Haus an der Elbe stand lange leer. Trümmer-Otto hatte die Kieselsteine abtragen, Rasen säen lassen und zwei magere Fichten angesiedelt. Ich sah Makler mit jungen Paaren durchs Haus gehen, sah ein älteres Paar mit zwei Dackeln auf der Terrasse stehen. Viele Menschen besichtigten das Haus und gingen wieder. Ein Jahr lang wollte niemand in einem ›Selbstmörderhaus‹ leben. Irgendwann saß ein Mädchen im Sandkasten und an einem Baum hing eine Schaukel.

An einem Tag, an dem mir vor Trauer ganz elend war, klingelte ich an der Haustür des Mannes, vor dem sich mein Onkel gefürchtet hatte. Es war Hauke. Der Gärtner. Nichts war kompliziert. Er breitete die Arme aus, als hätte er auf mich gewartet. Wir mussten nicht viel reden. Ich wurde seine Geliebte.

Noch ein Jahr bis zum Abitur. Die Mädchen wollten danach ›etwas mit Menschen‹ oder ›mit Sprachen‹ machen und wurden vom Klassenlehrer gelobt. Die blonde Birgit konnte sich ›etwas mit Büchern‹ oder ›mit Musik‹ vorstellen. Die Jungen dachten daran, Pilot oder Kapitän zu werden, und wurden vom Klassenlehrer gelobt. Gudruns Absicht, zum Film zu gehen, kommentierte der Lehrer mit dem Summen eines Schlagers: *Mit 17 hat man noch Träume.* Hilde hatte vom Spital des Doktors Albert Schweitzer gelesen und wollte als Ärztin nach Lambarene gehen. Ich sagte, ich hätte gerne ›etwas mit Autos‹ zu tun. Und der Lehrer, der von träumenden Schülerinnen genug hatte, sagte: Darf ich raten? Formel-1-Rennfahrerin? Und reimte höhnisch: Reichtum und Ruhm – und wenig zu tun.

Ich nickte, stand langsam auf und sagte, als hätte er mich nach Vokabeln gefragt: 1953: Charles de Tornaco, tödlich verunglückt auf Ferrari. 1954: Onofre Marimón, tödlich verunglückt auf Maserati. 1955: Mario Alborghetti, tödlich verunglückt auf Maserati. 1958: Luigi Musso und Peter Collins auf Ferrari. 1961: Wolfgang Graf Berghe von Trips auf Ferrari. 1962: Ricardo Rodríguez auf Lotus-Climax. 1964: Carel Godin de Beaufort auf Porsche. Schluss jetzt, rief der Lehrer, aber ich war noch nicht fertig: 8. September 1966: John Tailor tödlich verunglückt auf Brabham – so viel zu Reichtum und Ruhm. Ich setzte mich und sagte so gelangweilt wie möglich: Vielleicht gehe ich auch mit meinem Vater nach Afghanistan, er ist mit dem König befreundet.

Ich hatte als einzige in der Klasse noch vor dem Abitur einen Geliebten. Auch eine Leistung, für die es keine Note gab. Ich wusste

Dinge, die nicht in Chemie vorkamen, nicht in Physik, nicht einmal in Biologie. Ich wusste, dass Trauer den Körper weich macht, sodass er viel Liebe aufnehmen kann. Großmutter schüttelte den Kopf: Kind, pass bloß auf. Ingemusch sagte: Ich hatte den ersten Freier mit fünfzehn. Rudolf fand, ich sei schöner geworden nach dem Tod seines Bruders und fragte, ob es mir recht wäre, wenn wir Ingemusch irgendwann einmal zum Abendessen einladen würden.

Zwanzig Jahre später habe ich eine schwäbische Liebe. Erik. Damit er mich in seinem Alltag sehen kann, gibt es mich in allen Räumen seiner Praxis. Ich liege als Foto in Schubladen, klebe an den Türen seiner Schränke. Ich bin das Parfüm in seinem Schal, die Abendstimme am Telefon, ohne die er nicht mehr leben möchte. Er kann sich alles vorstellen, nur nicht das Kurieren kranker Zähne in einer Stadt, in der man kein Schwäbisch spricht, Bier trinkt und meistens friert. Und ich? Ich baue nach jedem Besuch ein wenig Schwäbisch in meinen Wortschatz ein, um ihm nahe zu sein. Ich sage: ›a bissl arg‹ und spüre Erik. Ich nenne ängstliche Fahrschüler ›Hosasoicher‹ und sehe Erik. Ich trinke Saft nicht mit dem Strohhalm, ich benutze ›a Röhrle‹. Ich sage geschmeidig ›adele‹ und ›guats Nächtle‹, während Eriks ›Tschüss‹ noch immer harsch klingt und seine ›gute Nacht‹ wie ein leises Fauchen. Dennoch sagt er: Wenn du eine Wohnung findest, die für uns ›baschd‹, dann mach ich ›ernscht‹. Also hole ich, damit er die Wohnung kennenlernen kann, zum dritten Mal den Schlüssel vom Makler.

Wie oft habe ich ihm diese Wohnung beschrieben. Er kennt die Mäntel, die in der Diele hingen, er findet den Weg ins Kinderzimmer ohne mich. Er nennt die kleine Stube Besenkammer. Er kann sich den braunen Tisch im Wohnzimmer vorstellen und den Schrank, von dem ich in die Arme von Hans gesprungen bin. Er kennt die Wohnung – ihre Seele scheint er nicht zu spüren. Das Schlafzimmer der Großmutter ist nur: quadratisch und hoch. Die Küche ganz hübsch. Er kann sich vorstellen, hier schwäbische Maultaschen zu füllen. Er fragt nicht nach der zugemauerten Bügelkammer, in der uns Hans belauschte. Er durchschreitet die Wohnung und ich folge ihm wie ein Hund. Im selben Augenblick, in dem er etwas anfasst oder benennt, wird es mir fremd. Er tritt zu laut auf – weiß er nicht, dass Parkett sich nachts an jeden Schritt erinnert? Er hält nirgendwo inne. Ich versuche, die Enttäuschung zu unterdrücken. Ich versuche, gerecht zu sein. Eine Wohnung ist keine Kirche. Warum sollte er innehalten? Seine Blicke gleiten über den Boden, schweifen an den Wänden entlang. Er legt den Kopf in den Nacken, prüft den Stuck unter der Decke, er sieht sich hier wohnen. Er verlegt Teppichböden, hängt Lampen auf, streicht und tapeziert. Dann zieht er einen Zollstock aus der Tasche und legt ihn auf den Boden. Ich sage: Richtest du dich ein? Und denke, was ich gar nicht denken will: Er darf hier nicht messen. Erik sagt: Ich richte mich nicht ein. Die Wohnung ist eingerichtet.

Wir gehen in den Keller. LU 26 – auch die Kellergeschichten sind ihm vertraut. Er bewundert den Eisenofen, öffnet die Türen des alten Kleiderschranks. Er fragt nach der Wand, an die der kleine Hans mit Eierkohle 13.1.13.1. geschrieben hatte. Unsichtbar, sage ich patzig. Übermalt – und bin froh, dass er sich mit seinem Zollstock nicht an dieser Wand vergreift. Ich stelle mich unter das Kellerfenster und kann die Tränen nicht stoppen, die mir über das Gesicht laufen. Ha noi, sagt die schwäbische Liebe, endlich Tränen!

Zwei Mal bin ich durch diese Wohnung gegangen. Alleine, langsam. Ich habe in allen Räumen den Klang der Worte gehört, Melodien, die mich acht Jahre umgeben haben. Großmutters Lieder, bevor sie die Wohnung verließ. Die Gespräche, die Hans in der Diele mit sich selber führte: Wo ist denn mein Hut? Nun wird's aber Zeit. Jula, kommst du mit? Ich habe im Keller gestanden und mich an Großmutters LU 26-Geschichten von Maden und fetten Fliegen erinnert, an jaulende Hunde, kreischende Katzen und eine brennende Stadt. Jetzt ist Großmutter 87 Jahre alt. Nach dem Wutschrei über den Sohn, der sie unversöhnt zurückgelassen hat, schien sie wie von einer Bürde befreit. Es war die dritte Verwandlung meiner

Großmutter. Sie spielte die Rolle, die ihr das Leben, wie sie fand, nach dem Tod ihres Sohnes zugedacht hatte. Sie stellte ihre schönen Beobachtungen ein, verschloss das Tagebuch, rechnete nie mehr die Tage aus, die ihr vielleicht noch blieben. Sie dehnt die Zeit nicht mehr, sie verschwendet sie, indem sie liest. Großmutter hat die Abgründe des Lebens in Romanen entdeckt, die wir früher Wahrheitsbücher genannt haben. Sie liest nach den Russen die Norweger, Schweden, Österreicher. Leid und Lüge, Falschheit, Liebe, Hass und Tod erscheinen ihr in Büchern übersichtlicher, interessanter und erträglicher als im Leben und vor allem: am Ende vorbei. Einmal sagte sie: Kind, ich wünschte, jemand hätte auch meine Geschichte in ein Buch gesperrt. Nach der letzten Seite würde ich es zuschlagen, in die Bibliothek tragen und irgendwo zwischen die anderen Bücher stellen. Mein Kopf wäre befreit und müsste sich nie mehr mit alten Geschichten befassen.

Eric nimmt mich in den Arm. Ha noi, endlich Tränen. Weiß er, warum ich ausgerechnet an dem Tag weine, an dem wir zusammen durch diese Wohnung gehen?

Es war der Zollstock, sagt er. Du weinst, weil er nur Länge, Breite und Höhe kennt. Er hat keine Maßeinheit für Gefühle.

Du hast ihn benutzt. Was sollte ich lernen?

Nichts. Ich bin kein Lehrer. Ich wollte schauen, ob du die Arbeit eines Zollstocks in dieser Umgebung erträgst.

Wir verlassen den Keller, in dem es nicht mehr raschelt und keine Katze Mäuse fängt. Wir bringen den Schlüssel zum Makler. Erwartungsvoll sieht er Erik an, den er für den Entscheider hält.

Und?

Schöne Wohnung, sagt Erik, a bissle dunkel vielleicht. Wir melden uns Mittwoch, einverstanden?

Der Makler hat Verständnis für zögernde Frauen. Für einen Mann ist eine Wohnung eine Wohnung, sagt er. Wenn sie groß genug ist, gut geschnitten, wenn das Stadtviertel stimmt und die S-Bahn vor der Tür hält, greift er zu. Er zwinkert. Er hält Erik für einen Verbündeten. Frauen wollen von einer neuen Wohnung wissen, ob sie hier glücklich werden, sagt er – ich kenne das, das dauert. Entscheidung am Mittwoch ist in Ordnung. Während er die Schlüssel ans Bord hängt, sagt er, wie nebenbei, dass es eine Familie gäbe mit ernsthaftem Kaufinteresse. Bevor wir das Büro verlassen, drehe ich mich noch einmal um. Wer entscheidet über den Käufer?

Der Mann, dem das Haus gehört.

Wir gehen, wie immer, wenn Erik mich besucht, an der Elbe spazieren. Die Menschen im Norden ... na ja ... die sind für ihn eher harter Zwieback als weiche Knödel, aber die Schiffe und die Möwen könnten ihn mit den fehlenden Schwaben versöhnen. Wir gehen, wie immer, am alten Haus von Hans vorbei. Die Bäume sind groß geworden, es gibt Sträucher, der Rasen ist gepflegt. Auf der Terrasse steht ein Strandkorb. Die Gardinen sind kunstvoll gerafft. Wer immer hier jetzt wohnt – für mich lebt Hans in diesem Haus. Mal sitze ich mit ihm hinter der Scheibe, mal sitzt er dort mit Ingemusch, mal sehe ich uns alle drei. Und wenn hier ein Urwald entstünde – für mich werden in diesem Garten immer weiße Kieselsteine liegen. Acht habe ich an mich genommen und in meiner Wohnung verteilt. Drei liegen im Wohnzimmer, zwei im Schlafzimmer, einer im Flur als Briefbeschwerer, einer im Bad, einer neben dem Herd. Die rote Bank steht bei Ingemusch im Salon. Das Haus am Anfang der Straße, Haukes Haus, wird entkernt. Ein Blick auf die Fassade genügt und mein Körper erinnert sich an die Schulstunden nach der Schule. Jula lernt Liebe.

Erik hat recht. Auf dem Zollstock gibt es Zentimeter und Millimeter. Die Richterskala zeigt die Stärke von Erdbeben an. Mit dem Thermometer kann man Fieber messen. Gibt es ein Gerät, das die Stärke von Gefühlen anzeigt? Eine Art Gefühls-Thermometer? Von kalt über lauwarm, von warm zu heiß? Es müsste den Zustand der Seele in Farben verwandeln. Grau, weiß, rosa, feuerrot. In welche Körperhöhle müsste man es stecken, damit es reagiert? Wo lagern Gefühle, wo verbergen sie sich? Ganz unwissenschaftlich stellt sich Erik den Aufbewahrungsort für Gefühle irgendwo, gut versteckt, zwischen Galle und Bauchspeicheldrüse vor. Ein Organ, das erkranken, aber nicht entfernt werden kann. Es ist von Geburt an da und verschwindet mit dem Tod.

Und dort fällt die Entscheidung über den Kauf einer Wohnung? Warum nicht?

Am Sonntagabend begleite ich Erik zum Bahnhof. Immer sind wir zu früh, nie steht der Zug schon auf dem Gleis. Wir wissen nicht mehr viel zu sagen, haben das Aalbrötchen zur Henkersmahlzeit erkoren und starren in die Richtung, aus der der Zug kommt. Sobald er die Schnauze des ICE sieht, sagt Erik: Geh jetzt, sonscht steig i net ein. Seitdem ich einmal nicht fortgegangen bin, weiß ich, wie ernst er diesen Satz meint. Er hat den Zug abfahren lassen und wir haben am nächsten Morgen um fünf Uhr ohne Aalbrötchen dem Zug nach Stuttgart entgegengesehen. Als wir die Luft spürten, die er vor sich herschob, haben wir kurz daran gedacht, das Spiel zu wiederholen, waren aber nach ein paar Jahren Fernliebe nicht mehr verrückt genug oder schon zu vernünftig.

Am Montagabend finde ich im Postkasten einen Brief ohne Absender. Das Papier ist rauchgrau und riecht teuer. Die Handschrift ist energisch, die Buchstaben sind groß. Ein Mann? Eine Frau? Ich kenne diese Handschrift nicht. Schwarze Tinte, kein Kugelschreiber. Ich lege den Brief unter den weißen Kieselstein im Flur, mache in allen Räumen Licht, schenke mir ein Glas Wein ein, um den ärgerlichen Teil dieses Tages abzuschließen. Die begabteste meiner Schülerinnen ist zum zweiten Mal durch die Fahrprüfung gefallen, dabei steuert sie traumsicher durch den dicksten Verkehr, fährt schnell und gelassen über die Autobahn, muss Verkehrsregeln nicht pauken, begreift sie sofort und verschmilzt mit dem Auto, als wäre sie darin aufgewachsen. Sitzt der Prüfer hinter ihr, wird sie steif und dumm. Wir hatten die Plätze getauscht: Ich auf der Rückbank, der Prüfer neben ihr – sie fuhr wie ein Kind, das Vatis Auto geklaut hat. Wer dreimal durchfällt, muss zum Irrenarzt. Ich habe sie getröstet, wir sind eine Stunde ohne Prüfer gefahren – tadellos. Ich werde über eine Lösung nachdenken. Gibt es unsichtbare Prüfer? Wäre eine Prüferin besser? Ist es erlaubt, den Führerschein unter Hypnose zu machen? Ist Prüfungsangst eine Krankheit, die man heilen kann? Vielleicht hat ein schwäbischer Zahnarzt mehr Phantasie als eine norddeutsche Fahrlehrerin.

Auf dem Brief klebt keine Marke, jemand muss ihn eingeworfen haben. Das Briefpapier riecht nach frisch geschlagenem Holz und einem Spritzer Zitrone. Ich schließe die Augen, irgendwo bin ich diesem Duft schon einmal begegnet – aber wo?

Liebe Jula, lese ich, ich möchte, dass Du mir am Dienstag beim Abendessen Gesellschaft leistest. Mein Chauffeur wird Dich um acht Uhr abholen und selbstverständlich auch zurückbringen. In alter Verbundenheit: Dein Otto Merk.

Otto Merk fragt nicht: Hast du Lust, hast du Zeit? Chauffeur holt dich. Chauffeur bringt dich. Eine Vorladung von Montag auf Dienstag. Onkel Hans hätte gelacht. Das ist Otto Merk, direkt ab Werk. Ich rieche noch einmal am Briefpapier, schließe die Augen und erinnere Hände, in denen grüne Karteikarten wie ein Fächer liegen oder wie ein Kartenspiel. Von diesen Händen war der Duft ausgegangen. Wie lange ist das her? Ich habe den Mann, der mit mir abendessen will, vor zwanzig Jahren auf dem Boot gesehen, das die Urne mit der Asche meines Onkels aufs Meer hinausfuhr. Da war ich siebzehn. Zwei Jahre davor saß ich Otto Merk und seinen Weggefährten gegenüber. Simon und Jacobus, die mich nicht aus den Augen ließen, als ich um Hilfe für meinen durchgedrehten Onkel bat. Simsalabim. Zaubere, Otto Merk, damit alles wieder gut wird.

Bevor wir uns an diesem Abend mit immer denselben drei Worten in die Nacht schicken, sagt Erik: Grübel nicht, er wird dich adoptieren wollen. Ich stoße mein Weinglas gegen den Telefonhörer. Dann wäre ich wohl das einzige Kind auf der Welt, das drei Väter hat.

Die Einladung klang nach einem Essen zu zweit. Ich ziehe einen schwarzen, kniekurzen Rock an, einen schwarzen Rollkragenpulli, einen langen, roten Blazer und rote Pumps. Ingemusch hat mir die Haare gelockt wie frisch vom Wind zerzaust. Der Dicke spielt den Feinen, sagt sie, zeig ihm, was wirklich fein ist. Wirklich fein ist für Ingemusch lässige Eleganz, die man spürt, bevor man sie sieht. An der Kasse ihres Salons lehnt die gleiche Postkarte aus Buenos Aires, die ich auch bekommen habe. Das Abkommen zwischen Deutschland und Argentinien über die Zusammenarbeit in Forschung und Entwicklung hat den Mann, den wir mögen, wieder einmal ins Ausland getrieben. Ingemusch grinst. Ein Mann, der nie da ist, ist auch nur manchmal ein Mann.

Und was bringe ich Otto mit?

Er hat alles, sagt Ingemusch, such' etwas von Hans, das rührt sein Herz. Aber was rührt sein Herz? Ein Foto? Es gibt kaum Bilder, auf denen Hans alleine zu sehen ist. Ich finde kein Bild mit Otto und keines mit Schuten-Ede. Von Fotos, die Hans als Kind zeigen, werde ich mich nicht trennen. Es gibt eine Kiste mit Dingen von seinem Autoplatz, auf die ich ›Krimskrams‹ geschrieben habe, weil ich nicht weiß, ob sie ihm etwas bedeutet haben. Ich wühle zwischen alten Muttern, Zündschlüsseln, Keilriemen, lauter Dingen, die er einmal in der Hand gehabt haben muss. Ich polstere ein Kästchen mit Watte aus und lege den ältesten der Zündschlüssel hinein. Ein silbrig glänzendes, zierliches Ding, das wie ein stilisierter Engel aussieht oder wie ein alter Schlittschuhschlüssel. Ich poliere das Teil, bis es glänzt, und entdecke eine unauffällige Gravur – drei Arme in einem Kreis. Hans würde lachen: Ein Jedes fährt Mercedes. Der Schlüssel könnte ein halbes Jahrhundert alt sein, vielleicht gefällt ihm die Antiquität. Ich finde keine Schleife und verschließe das Kästchen mit einem Stück Gummi aus der Krimskramskiste.

Ich stehe lange vor acht Uhr auf der Straße. Nicht aufgeregt, eher neugierig. Wen würde er schicken? Wer würde mich abholen? Paule, der Mann von Frau Mette, wäre jetzt siebzig und bestimmt nicht mehr der rasende Fahrer von Otto Merk, schließlich ist 1986 das Jahr der Verkehrssicherheit. Neuntausend Tote in einem Jahr sind auch eine Art von Krieg, schreiben die Zeitungen – der moderne Kavalier am Steuer fährt langsam. Pünktlich um acht Uhr biegt ein Wagen in die Straße ein, wie man ihn hier noch nie gesehen hat. BMW 735i, eine viertürige Limousine mit 211 PS, silbergrau. Der Chauffeur, ein korrekt gekleideter junger Mann, nennt mich Fräulein und hält mir die Tür auf. Er stellt sich mit ›van Borken, Piet‹ vor, ein Holländer, der sich nichts Schöneres vorstellen kann, als für Otto Merk zu arbeiten und diesen Wagen zu fahren. Hans hätte sehr laut und sehr lange gelacht. Wer fährt einen 735i? Otto Merk – protzig wie nie.

Der Abend beginnt mit zwei Überraschungen. Die erste: Otto Merk ist dünn geworden, seine grauen Trümmeraugen sind wieder groß. Er sieht müde aus. Nicht krank, aber zu hinfällig für einen Mann, der noch nicht einmal siebzig ist. Er räumt in seinem Leben auf, hatte Ingemusch gesagt, du und ich, wir sind Teil des Gerümpels. Wenn du ihm helfen kannst, hilf ihm.

Seine Befangenheit ist größer als meine. Es rührt mich, dass ihm nichts anderes einfällt, als zu sagen, ich sei gewachsen. Ja, einsvierundsiebzig, mit Absatz einsachtundsiebzig. Es gibt eine neue Frau Mette, die sich um ihn kümmert. Sie ist jung, hübsch und heißt van Borken. Otto bevorzugt Ehepaare, vermutlich eine kluge Idee. Die zweite Überraschung ist seine Reaktion auf mein Geschenk. Er öffnet das Kästchen und sieht mich an. Jula, flüstert er, mein Gott, Jula ... woher ...? Seine Augen füllen sich mit Tränen. Otto Merk, die einflussreiche Trümmerpflanze, drückt mich an sich und weint.

Er hat die Möbel umgestellt. Der Esstisch steht jetzt nah an der Terrassentür – als hätte er sich das Spiel mit der Verdoppelung von Hans abgeguckt. Im Dunkeln ist die Scheibe ein Spiegel und so sitzen wir beim Abendessen sowohl in einem großen Wohnzimmer als auch unter einer alten Eiche in einem gepflegten Park und sehen aus, als hätte einer von uns Geburtstag.

Was feiern wir, Otto?

Hab' Geduld.

Das weiße Damasttuch, die Teller mit silbernem Rand, die Messerbänkchen, das schwere Besteck, sogar die Kerzen kommen mir edler vor als die, die ich in meiner Wohnung anzünde. Die Gläser haben überlange Stiele, ich lerne von Otto, wie man sie anhebt, ohne den Wein zu verschütten. Nicht direkt unter dem Kelch, das ist unfein, und nicht zu tief am Fuß des Glases. Trümmergöre lernt von Trümmer-Otto.

Auf dein Wohl, Jula.

Auf dein Wohl, Otto.

Der Wein auf meiner Zunge ist eine Sensation. Er schmeckt fruchtig, ohne süß zu sein, herb wie in einem Fass aus Kastanienholz gereift. Otto nennt ihn einen guten Tropfen, den Jahrgang habe ich vergessen, auch das Land, aus dem er ihn schicken lässt. Chile oder China, keine Gegend, in der ich Weinbau vermuten würde. Ich halte das Glas gegen das Licht: dunkles Gold. So sieht der Himmel im Winter an der Elbe aus, bevor die Sonne untergeht. Otto kaut den Wein und ich möchte beim Trinken das Glas nicht mehr absetzen. Um Erik alles erzählen zu können, frage ich Frau van Borken nach jeder Speise, die sie aufträgt. Ich erinnere Hummerschwänze auf einem Dillbett, süßsaure Aalsuppe, Zimt-Limonen-Sorbet als Zwischengang, Kabeljau mit einem Klecks Senfsoße, ein Scheibchen Sachertorte ... aber keine Benennung kann ausdrücken, wie es wirklich schmeckt. So kochen Engel. Ich habe beim Essen drei Gläser üppig eingeschenkten Wein getrunken und weiß noch immer nicht, was ich zur Ordnung in Ottos Leben beitragen kann oder was wir feiern.

Er weist mir meinen Platz in der Landschaft seiner Plüschsessel zu, sitzt mir, wie damals, gegenüber und wird, wie damals, eingerahmt von den Gefährten mit den spitzen Schnauzen. Simon und Jacobus. Die Augen der Hunde sind auf mich gerichtet, folgen aber keiner meiner Bewegungen. Otto sieht meinen erstaunten Blick und spricht zärtlich über seine Lieben, die ihn zehn Jahre seines Lebens begleitet haben, gehorsam aber nicht devot, die ihn liebten, aber mit Distanz, seine treuen Jünger, die er hat erlösen lassen, als sie siech wurden im Jahr des Todes seines Freundes Hans. Er habe sie, weil es mit Tieren ja erlaubt sei, zum besten Präparator der Stadt gebracht. Er sagt diesen Satz so bedauernd, als täte es ihm leid, seinen Freund Hans dem Meer überlassen zu haben.

Unsere Gläser sind voll. Otto sieht mich an. Wir schweigen wie vor einem schweren Weg. Er weiß, was er von mir will, und ich beginne zu ahnen, dass es an diesem Abend nicht um eine Feier geht. Otto will mit meiner Hilfe ein Puzzle zusammensetzen, das Hans heißt. Ich habe Bausteine, die er ahnt, aber nicht kennt, und er hat Bausteine, von denen ich nur weiß, dass er sie mir an diesem Abend zeigen will. Wir wissen nicht, wie gut unsere Puzzleteile zusammenpassen. Am Ende aber liegt das Bild einer kranken Seele vor uns und viele Versuche, sie zu heilen.

Wer fängt an?

Du, sagt Otto.

Ich beherrsche noch immer nicht die logische Erzählung, die Otto erwartet: erstens, zweitens, drittens. Anfang, Mitte, Ende. Ich kann erzählen, was ich von dem, was mein Onkel mir an unserem letzten Abend anvertraut hatte, behalten habe. Wenn ich es überhaupt schaffe, wiederzugeben, was ihn am Ende um den Verstand gebracht hat.

Otto steckt eine Zigarre an, die Hausdame stellt Pralinen auf den Tisch, füllt mein Glas, bringt Otto in einem Schwenker dunkelbraunen Armagnac.

Fang an, ich hör' dir zu.

Ich sehe die Geschichte vor mir, als sei ich dabei gewesen. Da stand er im Mai 1945 in der Nähe eines schwäbischen Dorfes, dessen Namen er nicht mehr wusste – Eichhof oder Aichhof? Eichwalden oder Aichwalden? Eichdorf oder Aichdorf? – vor einem einsam gelegenen Bauernhof. Nicht groß, ein Betrieb für eine kleine Familie. Vor den Fenstern hingen schmuddelige Gardinen, der

Geräteschuppen hatte kein Dach, die Tür zum Stall war offen. Hans stand auf einem Hügel, beobachtete den idyllischen Hof und wusste nichts vom Ende des Krieges, war noch immer auf der Flucht vor Menschen, die einen herumlungernden Jungen verdächtig fanden. Er hatte gelernt, frech aufzutreten wie einer, der das Sagen hat, oder sich blitzschnell unsichtbar zu machen. Er hatte Menschen kennengelernt, die Brot und Wasser mit ihm teilten, und Menschen, denen es auf einen Toten mehr oder weniger nicht ankam. Der Hof schien verlassen. Er entdeckte keinen Bauern, keinen Knecht, keine Frau, keine Kinder, keinen Hund. Aus dem Stall drang das leise Muhen und Schnaufen von Kühen. Dann sah er den Jungen. Kleiner als er selbst, nicht viel älter, Mitte zwanzig vielleicht. Er trug ein kariertes Hemd, die Hose war zu groß und mit einem Gürtel in der Taille zusammengeschnürt. Er verschwand eine Stunde im Stall, schien sich um das Vieh zu kümmern. Hans horchte. Es gab keine Stimmen, der Junge schien alleine zu sein. Vorsichtig, sich immer wieder hinter Bäumen versteckend, näherte er sich dem Hof. Um den Jungen nicht zu erschrecken, rief er: Hallo. Ich bin kein Soldat. Die beiden gingen aufeinander zu, musterten sich, grinsten. Zwei, die vor dem Krieg geflohen waren. Verschmutzt, verwildert, misstrauisch. Sie gaben sich die Hand. Der Junge vom Hof sagte: Ich heiße Pitti, und Hans verstand: Ich heiße Schmitti. So nannten sie sich in den nächsten Tagen: Hansi und Schmitti.

Otto schwenkt das Cognacglas, hat noch keinen Schluck getrunken, schnuppert nur, als wolle er den Armagnac inhalieren. Er sagt: Erzähl die ganze Geschichte.

Ich werde den Jungen immer so nah sein, als hätte ich zu ihnen gehört. Schmitti hatte den Hof entdeckt. Er hörte das Schreien der Kühe im Stall – die Besitzer mussten geflohen sein, freiwillig lässt kein Bauer seine Tiere zurück. Die Tröge waren leer, die Euter der Kühe voller Milch. Schmitti hatte noch nie eine Kuh gemolken, aber in der Not lernt man schnell. Er hatte im Haus jedes Zimmer durchsucht. Auf dem Küchentisch stand schmutziges Geschirr, im Schlafzimmer lagen Jacken, Hosen und Röcke auf dem Boden, wie hastig aus dem Schrank gerissen. Die Jungen blieben vorsichtig. Sie behielten die Umgebung im Auge. Sie erzählten sich nur das Nötigste. Auch Schmitti hatte den Krieg geschwänzt und Glück gehabt, er war nicht verhaftet und nicht deportiert worden. Beide hatten klauend und vagabundierend überlebt, als Knechte und Laufjungen, angewiesen auf Almosen und Verschwiegenheit. Sie waren glücklich, dass sie lebten, und lachten über die verrückten Verstecke, in denen sie sich verkrochen hatten. Wie viele Menschen hatten ihnen geholfen? Wie viele hatten sie verjagt oder anzeigen wollen? Gab es mehr gute oder mehr schlechte Menschen auf der Welt? Für Schmitti war das keine Frage: Auf einen guten Menschen kamen tausend schlechte. Hans sagte: Fiffti-fiffti.

Sie aßen, was in der Speisekammer zurückgeblieben war. Ranzigen Speck, alte Kohlköpfe, Möhren und Kartoffeln aus dem Vorratskeller. Sie verscheuchten die Mäuse aus dem vertrockneten Käse, im Kamin hingen Räucherwürste, die Hauptnahrung war Milch. Wie entsteht Butter? Wie macht man Käse? Sie wussten es nicht. Sie sammelten Holz, machten am Abend Feuer im Ofen, fühlten sich zu zweit mit jedem Tag sicherer in der schwäbischen Einsamkeit. Nachts wärmten sie sich in dem Ehebett der Bauern aneinander. Sie genossen ihre warmen Körper, entdeckten ungeahnte Gefühle und hatten keine Eile, nach ihren Eltern zu suchen, die es vielleicht nicht mehr gab. Es war Mai, die Sonne schien warm auf den Hof – noch nie in ihrem Leben war es so schön gewesen. Vielleicht kämen die Bauern zurück und dankten für die Rettung des Viehs? Und wenn sie nicht zurückkämen? Dann würden sie den Hof einfach behalten.

Über Ottos Kopf hängt eine dicke, weiße Wolke. Simon links, Jacobus rechts – Ottos Apostel. Ausgestopft, mit wachem Blick, nicht wirklich tot. Ich werde wieder zeichnen üben. Die Hausdame füllt Wein in mein Glas.

Ich wünschte, ich hätte nie erfahren, was an einem Morgen im Mai 1945 auf diesem Hof geschah. Weil Rudolf mich nach der Geschichte seines Bruders Hans nie gefragt hat, habe ich sie vor fünf Jahren einem Mann anvertraut, den ich erst wenige Stunden kannte.

Damals hoffte ich, ich müsste sie nie wieder erzählen. Wenn ich von ihr spreche, wiederholt sich die Tat.

Eines Morgens fuhr ein Jeep auf den Hof. Zwei Männer rissen die nackten Jungen aus dem Bett, pöbelten, grölten, ihr Lachen war wie Dreck. Sie griffen sich Schmitti, weil er vorne im Bett lag, Hansi hinter ihm an der Wand. Sie zerrten ihn auf den Hof, Schmitti schrie: Nazimörder, und sah seinen Freund mit einem Blick an, der ihn zerriss: Tu was, so hilf mir doch. Hans schrie: Nehmt mich, nehmt doch mich, es ist sein Hof, er ist hier zuhause. Die Männer hatten Pistolen und Hans hatte leere Hände. Sie holten ein Seil aus dem Kuhstall und machten sich daran, den nackten Schmitti an den Baum zu hängen. Hans brüllte: Nein, nicht ihn, er ist der Bauer, er schenkt euch den Hof! Seine Augen suchten nach einer Waffe … er sah einen Ast … aber was ist ein Ast gegen eine Pistole … er kreischte wie aufgespießt und als Schmitti schon am Baum hing und um sein Leben kämpfte, richteten sie ihre Pistole auf den nackten Hans und riefen: Lach, Hans. Lach. Sie zwangen ihn, sich neben den Baum zu stellen und zu lachen. Wie lacht man, wenn man halb tot ist vor Schmerz? Als Schmitti sich nicht mehr bewegte, gaben sie Hans einen Tritt. Einer der Männer setzte ihm die Pistole an die Schläfe und entsicherte sie. Hans hatte keine Angst. Nichts wäre besser gewesen, als in diesem Augenblick zu sterben. Der Mann schoss nicht. Er sagte: Lach, Hans, lach bis an das Ende deines Lebens. Lach laut. Lach dich tot.

Sie stiegen in den Wagen und gaben Gas. Das Geräusch des davonrasenden Autos schien kein Ende zu nehmen. Hans kniete neben seinem Freund und schrie in eine Landschaft hinein, die friedlicher nicht sein konnte. Die Sonne wärmte, die Luft war mild, die Hügel sanft und grün. Später, als er nicht mehr schreien konnte, nahm er die Stille wahr und den unbeschwerten Gesang der Amsel in der Krone des Baumes, unter dem zwei verkommene Marodeure einen Jungen umgebracht hatten, als das Morden schon verboten war. Hans nahm einen Stein und schleuderte ihn auf den herzlosen Vogel.

Die Wolke vor Ottos Gesicht ist nicht so dicht, dass ich seine Tränen nicht sehen kann. Weine nicht, Otto, auch diese Geschichte

230

hat ein Ende. Der Junge stand nach dem Krieg vor der Tür seiner Mutter – und sie erkannte ihn nicht. Und als sie ihn erkannte, fragte sie nach seinem Bruder. Und als er ihr am braunen Tisch die Katastrophe seines Lebens anvertraute, sagte sie: Warum haben sie dich nicht aufgehängt – warum ihn? Großmutter schwor, diesen Satz nie gesagt zu haben. Was sie hatte ausdrücken wollen, war: Um Himmels willen, es hätte auch dich treffen können! Hans hätte ihr glauben können, aber er glaubte ihr nicht. Der Klang des Satzes saß ihm in den Ohren. Er grub sich in seine Erinnerung ein. Warum haben sie IHN aufgehängt, warum nicht DICH? Mit dieser Betonung hatte sie ihm, dem lebendigen Sohn, einen Platz im Sarg angeboten. Hans wurde stumm und Großmutter ließ den Namen ihres Sohnes von einem Wellensittich rufen: Hansi.

Ich habe nicht auf die Uhr geschaut. Irgendwann führt mich Otto durch den Garten zur Garage. Ich sage: Ich bin nicht betrunken, es ist nur der Wein. Der Chauffeur weckt mich vor der Haustür, er hilft mir die Treppen hoch zur Wohnungstür. Die Vorstellung, dass irgendwo, weit entfernt oder ganz nah, diese beiden Männer leben, lachen, saufen, lieben, Kinderköpfe streicheln, kochen, essen, Freunde haben, macht mich krank.

Es ist zwei Uhr in der Nacht, als ich Eriks Nummer wähle. Er bittet mich nicht um die Wiedergabe des Abends, er will nur meine Stimme hören. Ich behaupte später, gesagt zu haben: Bei Otto geht der gute Gast nicht mit leeren Händen. Er hat mir eine Kiste Wein versprochen. Erik will diesen Satz nicht gehört haben, eigentlich hat er überhaupt keinen Satz gehört, nur Wirres von einem Reichsmarschall, einem Mercedes und einen Termin mit Otto beim Notar. Erik behauptet, er habe gelacht: Sag ich doch, er will dich adoptieren – oder will er dich heiraten? Und dann hätte ich auf Schwäbisch zu sagen versucht, er möge die ganze Nacht in den Hörer atmen, weil sich das anfühle, als läge er neben mir.

Am Mittwochmittag stehe ich mit Otto in der Kanzlei seines Anwalts: Keine Adoption. Keine Hochzeit. Der Besitzer des Hauses Wielandstraße 3 heißt Otto Merk. Er hat mir die Wohnung geschenkt.

231

Am Wochenende gehen wir ohne Zollstock durch eine Wohnung, die mir gehört. Wir messen nicht, wir denken uns Möbel in die Zimmer. Mein Sessel hier, sein Sofa dort, mein Schreibtisch, sein Schrank, ich nenne die Räume noch immer ›Großmutters Wohnzimmer‹, ›Großmutters Schlafzimmer‹, ›die Zimmer von Onkel Hans‹. In die Küche passt nichts von dem, was wir haben. Aus der Mädchenkammer könnte ein Gästezimmer werden. Das Bad kann bleiben, die hohen Kachelöfen sowieso, ich will die alte Bügelkammer wieder haben, sage ich und merke, dass ich mit Erik an meiner Seite keine Bilder mehr sehe, keine Stimmen höre, als hätten wir als neue Bewohner die alten Geister vertrieben. Oder erkennen sie mich nicht mehr mit dem Mann an meiner Seite? Will ich in d i e s e Wohnung ziehen – wirklich? Als ich sie unter Girlanden von Kartoffelschalen entdeckte, hatte mein Herz schneller geschlagen und Erik hatte gefragt: In d i e s e Wohnung willst du ziehen – wirklich? Er wollte mich vor Erinnerungen schützen und jetzt kommt es mir vor, als wären die Erinnerungen ausgezogen. Weil die Geschichte zu Ende erzählt ist? Ist sie nicht. Es fehlt der Teil, der das Geheimnis der Freundschaft zwischen Trümmer-Otto, Schuten-Ede und Hans erklärt.

Ich lade Erik in den *Wind des Lebens* ein. In keiner Kaschemme auf der Reeperbahn gibt es besseres Labskaus als bei Schuten-Ede. So wie ich in Zukunft mit Schupfnudeln und Sauerkraut, Wurstspätzle, Maultaschen und Flädlesuppe leben muss, kämpft Erik gegen Übelkeit, wenn Ede Labskaus serviert, das alte Seemannsgericht, das nichts weiter ist als ein dicker Brei aus Kartoffelmus mit Cornedbeef, roter Bete, Gewürzgurken und Heringsfilets. Die Krönung ist das Spiegelei, heiß und weich das gelbe Auge, fest und kross der weiße Rand.

Beim Essen erzähle ich Erik ein Gaunerstück für drei Personen: Trümmer-Otto. Schuten-Ede. Hans. Es begann irgendwann im Herbst 1945 in einer Bar irgendwo zwischen Hafen und Reeperbahn. Es war weit nach Mitternacht, Otto trank seinen letzten Whisky, der Mann rechts neben ihm hatte den Kopf auf die Arme gelegt und schlief, sein Nachbar zur Linken unterhielt sich mit dem Barmann. Im Spiegel beobachtete Otto zwei uniformierte Tommies, britische Besatzer, die an einem Bistrotisch saßen und zügig tranken. Ein Bier, ein Schnaps und noch ein paar Mal the same, please. Es waren Offiziere, die ihre Stimmen nicht dämpften, weil sie davon ausgingen, in einer Hamburger Bar von niemandem verstanden zu werden. Otto hatte nicht die Absicht, den Männern zu lauschen, er hörte erst genauer hin, als der Name ›Görring‹ mehrmals im Zusammenhang mit ›swanky set of wheels‹ fiel und die Offiziere sich vor Lachen verschluckten. Otto bestellte einen weiteren Whisky, hörte zu und wurde immer wacher. Das konnte nicht wahr sein – oder doch? Sollte es sich bei dem ›swanky car‹ etwa um den Protzschlitten handeln, mit dem sich der dicke Reichsmarschall Hermann Göring durch den Krieg hatte kutschieren lassen? Otto lehnte sich zurück, hüllte sich in die weiße Wolke seiner Zigarre und schnappte ein Wort auf, Oversaltbörg, das für Obersalzberg stehen könnte.

Die Offiziere verließen schwankend die Bar und Otto setzte die Bruchstücke, die er verstanden hatte, zusammen und ordnete die Fakten. Erstens: Ein amerikanischer Colonel hatte Görings Luxuslimousine auf dem Obersalzberg konfisziert. Zweitens: Er hatte den Wagen neu lackieren lassen und der Seitentür den fünfzackigen Stern der 7. US-Armee verpasst. Und dann? Sollte der ›Görring-Schlitten‹ von Hamburg in die USA verschifft werden, wo es einen schwerreichen Autonarren gab. Durch das laute Lachen der Engländer hatte Otto nicht alle Details verstanden, aber begriffen, was hier und heute wichtig war. Und vor allem: Er glaubte die Geschichte. Der Wagen war in Hamburg. Otto Merk trank ganz genüsslich einen doppelten Malt, zahlte, verließ die Bar und stand um drei Uhr morgens bei Ede vor der Tür.

Dass sich Ede und Otto nach dem Krieg begegneten, war ein Naturgesetz. Otto war der Spürhund, seiner Nase entging kein sich anbahnendes Geschäft. Ede war der Perlentaucher, der sich im Ozean herrenloser Waren wach und geschmeidig bewegte. Der Dritte im Bunde war Hans, den sie den ›stummen Jungen‹ nannten. Mal half er Ede, mal Otto. Er war nicht viel jünger als sie, aber in einem Ausmaß verstört, dass er ihnen wie ein Kind vorkam, das ihren Schutz brauchte.

Erik sitzt vor dem Teller und schaut auf den Brei, von dem ein säuerlicher Duft aufsteigt.

Iss, es schmeckt nicht, wie es aussieht.

In der Nacht, als Otto vor Edes Tür stand, ging es zunächst nur darum, herauszufinden, ob die Luxuslimousine tatsächlich in der Stadt war. Der Auftrag hieß: diskrete Fragen. Nicht viel reden. Ohren auf. Keine Mitwisser. Zwei Tage später stand Ede vor Ottos Tür.

Den Wagen gibt's.

Er fischte einen Zettel aus der Tasche. Othmarschen. Feine Gegend. Elbestraße 26. Sie besorgten Hans einen Anzug, der ihm passte, einen seriösen Hut und Schuhe mit leisen Sohlen. Der stumme Junge als Flaneur. Unauffällig umrundete er eine Woche lang das Grundstück. Er schlenderte morgens an der Villa vorbei, sah sie sich mittags an, am Nachmittag zwischen fünf und sechs und abends zwischen acht und neun, wenn feine Menschen sich zum Essen treffen. Nachts fuhren sie zu dritt im Schritttempo an der Villa vorbei. Kein Licht. In keinem Zimmer. Niemand betrat das Grundstück, niemand verließ es, es gab keine Dienstboten, keine Hunde, kein britischer General hatte sich hier einquartiert. Sie suchten nach frischen Reifenspuren – der Weg vom Gartentor zur Garage wurde nicht benutzt. Sie prüften das Garagentor: zwei Türen aus dickem Holz. Der Eisenriegel und das Schloss vor der Garagentür waren für einen Profi wie Hans kein Problem. Er hätte den Krieg nicht überstanden, wenn er nicht seine Begabung für das Aufbrechen von Schlössern und Kopieren von Schlüsseln aller Art entdeckt hätte. Für Otto und Ede hatte die Garage fast schon keine Mauern mehr. Sie rochen den Schatz, in dem sich der Oberbefehlshaber der Luftwaffe durch den Krieg hatte kutschieren lassen. Fette Beute: ein Mercedes Benz 540K Cabriolet B. Sechs Meter lang. 180 PS. Schmuseweiches Leder, mattes Grau. Hans kannte sich damals schon mit Autos aus: Bis 1939 wurden von diesem Luxusschlitten nur 200 Exemplare gebaut, eines davon für den Herrn Reichsmarschall. Ede war den Gerüchten im Hafen nachgegangen, der Tippgeber war zuverlässig, Otto hatte den großen Kreis seiner Kontakte unauffällig sondiert und war fündig geworden. Er kannte einen Nazi, der keiner mehr sein wollte und sich mit einem Engländer in Hamburg angefreundet hatte, der einen Amerikaner in Frankfurt kannte, der mit einem Mann in North Carolina in Verbindung stand, dem für eine hochkarätige Nazi-Devotionalie zehntausend Dollar nicht zu schade wären. Wenn dieser Wagen tatsächlich in dieser Garage stand, wäre das für die drei Diebe das Ende mieser Zeiten, in denen die stabilste Währung Zigaretten und Eier waren, und ein Huhn im Stall doppelt so viel verdiente wie ein Kumpel unter Tage.

Im Spätsommer 1945, in einer warmen Nacht ohne Mond, knackte ein Schloss in der Elbestraße so behutsam, dass sich in der stillen Gegend kein Vogel erschrak. Der Riegel quietschte, sie bewegten ihn einen Millimeter, hielten inne, wagten einen weiteren Millimeter, stellten Hans als Wache hinter einen Baum am Ende des Grundstücks. Ede wünschte sich ein ›bisschen Fliegeralarm, aber ohne Bomben‹ – die Stille der Nacht war ihm unheimlich. Dann riefen sie Hans und zogen langsam, zu dritt, mit angehaltenem Atem, die Türen auf und starrten in die dunkle Garage. Ede flüsterte: Wenn das der Führer wüsste. Otto legte die rechte Hand auf die silbern funkelnde Autoschnauze. Hans behauptete später, das Wort ›beschlagnahmt‹ gehört zu haben, und Ede wollte gesehen haben, dass Hans nicht aufhören konnte, den Wagen zu streicheln. Die Kotflügel, das Dach, das Heck. Er öffnete die Fahrertür, roch am Leder, setzte sich hinters Steuer, legte den Kopf aufs Lenkrad und schluchzte.

Ich weiß nicht, wie oft sich die Männer diese Geschichte erzählt haben, ich kann nur Ottos Version wiedergeben. Danach hat er den weinenden Hans in die Arme genommen und nicht nach dem Grund der Tränen gefragt, weil er spürte, dass die Freude über den Coup etwas in dem versteinerten Jungen gesprengt hatte. Als Hans sich beruhigt hatte, verloren alle drei den Verstand. Besoffen vor Freude tanzten sie um den Wagen herum, wurden leichtsinnig und übermütig wie Kinder. Hans schloss den Wagen kurz. Otto warf einen begehrlichen Blick auf die leerstehende Villa und den Park, der sie umgab, dann rollten die drei vornehm wie einst der Feldmarschall durch die finstere, zertrümmerte Stadt. Hans lenkte den Wagen. Ede grüßte ein Volk, das zu dieser Stunde aus Ratten, Mäusen und ein paar betrunkenen Seeleuten bestand, Otto sah die Trümmerlandschaft mit ganz neuen Augen und beendete den Ausflug abrupt, weil jeder weitere Kilometer das Ende ihres Traums vom Reichtum hätte sein können.

Hans bekam seinen Platz und das Startkapital für die ersten Autos. Ede eröffnete eine Edelbar, war aber für die neuen, finsteren Könige der Reeperbahn nicht brutal genug – erst der bescheidenere *Wind des Lebens* brachte ihm Glück. Und Trümmer-Otto wurde Trümmer-Otto, der sich die Trümmer der Stadt jetzt leisten konnte. Sie hatten den Krieg geschwänzt, alle drei. Sie hatten keine Beine und keine Arme verloren, nur den Glauben daran, dass die meisten Menschen gute Menschen sind. Hans baute in den ›Görringschlitten‹ ein neues Schloss ein und schmiedete fünf zierliche Zündschlüssel, die wie stilisierte Engel aussahen mit einer unauffälligen Gravur: drei Arme in einem Kreis. Zwei Schlüssel für den amerikanischen Käufer. Einen für Hans. Einen für Otto. Einen für Ede. Drei Andenken für drei Ganoven.

Otto hatte sich vor zwanzig Jahren von seinem Schlüssel getrennt und ihn an Bord der *Alwine* seinem Freund Hans mit auf den Weg gegeben. Schließ dem Himmel damit auf.

Am späten Abend setzt sich Ede zu uns an den Tisch. Wir stoßen auf alles an, was im Leben wichtig ist. Ede sagt: Die Liebe. Die Treue. Die Freunde. Die Frauen. Wir trinken auf Ingemusch und auf

236

Trümmer-Otto. Wir stoßen auf Erik an, obwohl er Schwabe ist. Ede spendiert seinen besten Cognac und wir rufen: Auf Hans! Ich versuche, nicht zwei nackte Jungen auf einem Hof zu sehen, sondern den Mann, der seine Arme nach mir ausstreckt und ruft: Wenn du Mut hast, dann spring. In dieses Bild hinein sagt Schuten-Ede nachdenklich: Otto ist knorke – aber Otto ist nicht von der Wohlfahrt. Er sieht mich an. Weißt du, warum er eine ganze Wohnung verschenkt?

Großmutter würde sagen: Das kommt vom Krieg. Oder: Dafür haben wir kein Lexikon.

Danksagung

Welch Glück, eine Lektorin zu haben, der es mit einem kleinen Satzzeichen gelingt, alles zu fragen und alles zu sagen, was zu einem Manuskript zu sagen und zu fragen ist.

Doris Engelke, dafür: Danke.